或る「小倉日記」伝

某《小仓日记》传

松本清张
短经典系列

〔日〕松本清张 著

左汉卿 等 译

人民文学出版社

著作权合同登记号　图字01-2024-1289

Original Japanese title: ARU KOKURA NIKKI DEN Kessaku Tanpenshuu Vol. 1 by Seicho Matsumoto
Copyright © 1965 Yoichi Matsumoto
Original Japanese edition published by Shinchosha Publishing Co., Ltd.
Simplified Chinese translation rights arranged with Shinchosha Publishing Co., Ltd.
through The English Agency (Japan) Ltd.

图书在版编目(CIP)数据

某《小仓日记》传 /(日)松本清张著;左汉卿等译. -- 北京:人民文学出版社, 2025. -- (松本清张短经典系列) -- ISBN 978-7-02-018782-9

I. I313.45

中国国家版本馆CIP数据核字第2024BP3549号

责任编辑	朱卫净　陶媛媛
装帧设计	钱　珺

出版发行	人民文学出版社
社　　址	北京市朝内大街166号
邮政编码	100705
印　　制	安徽新华印刷股份有限公司
经　　销	全国新华书店等
字　　数	236千字
开　　本	889毫米×1194毫米　1/32
印　　张	14.5
版　　次	2017年3月北京第1版
印　　次	2025年1月第1次印刷
书　　号	978-7-02-018782-9
定　　价	69.00元

如有印装质量问题,请与本社图书销售中心调换。电话:010-65233595

目 录

某《小仓日记》传
1

　　　　　　　　　菊枕——奴依女的一生
　　　　　　　　　　　　53

火之记忆
81

　　　　　　　　　　　　断碑
　　　　　　　　　　　　107

笛壶
165

　　　　　　　　　　　　红签
　　　　　　　　　　　　195

父系的手指
239

　　　　　　　　　　　　石骨
　　　　　　　　　　　　289

青之断层
331

　　　　　　　　　　　　丧失
　　　　　　　　　　　　375

弱点
401

　　　　　　　　　　　　情断箱根
　　　　　　　　　　　　433

某《小仓日记》传

（明治三十三年，一月二十六日）

终日风雪。其情状不同于北国冬日。一堆暗云被风吹过来时，雪花翩翩飘飞，而在天之一隅却可见蓝天中有日光照射。此九州地方下雪，真堪谓冬日阵雨啊。——引自森鸥外《小仓日记》

一

昭和十五年秋的某一天，诗人K. M.收到一封陌生人寄来的信。寄信人写的是"小仓市博劳町二十八号田上耕作"。

K本身是医学博士，但是他之所以成名，原因却是写了很多优美的诗歌以及戏剧、小说和评论文章，在南蛮文化研究方面也颇有名气，其艺术造诣被誉为江户情调与异国情趣有机融合后的特别产物。因此，像他这样的文人接到来自陌生人的稿件不足为奇。

然而，这次寄信来的人却不是寄来自己的诗作或小说稿请他看看的那一类。概括讲来，信的内容大概是说，自己因为居住在小仓，现在正在调查森鸥外在小仓时代的事情。随信寄来的稿子就是其调查内容的一部分，给您寄过来是想让老师您帮我看看这样的东西是否有价值，等等。看来这位姓田上的男子并不是随意寄信过来的，好像寄信前了解了K和鸥外之间的关系。

K对于同为医生的森鸥外十分崇拜，写了不少关于鸥外的评论和随笔，比如《森鸥外》《鸥外文学》《某一天的鸥外先生》，等等。就在这一年春天，他还刚刚在杂志《文学》上发表了题为《鸥外先生的文体》的文章。

这封信之所以引起K的兴趣，是因为写这封信的人正在调查森鸥外在小仓居住期间的生活。森鸥外作为第十二师团的军医部长，从明治三十二年开始，被派驻小仓整整三年，然而其间鸥外所写的日记却不知所踪。K作为岩波书店正要出版《鸥外全集》的编辑委员之一，很想在全集出版之际，能把这个时期的日记收录进"日记篇"里，因此想尽了各种方法，却都没能找到这些日记。这种重要资料的缺失，让所有鸥外研究者感到无比遗憾。

这位姓田上的男子说，自己正在精心调查鸥外在小仓驻留时期的事情。这可是需要耐心的工作。写信的人说，时间已经过去了四十年，岁月的尘沙早已掩埋了一切痕迹，这个城市里知道欧外曾经在小仓地方居住过的人已经很少了。当时跟欧外有过交际的人也差不多都去世了，所以，只能找出这些人的亲戚朋友来打听关于欧外的事迹。信中还写了具体的事例，读起来觉得还挺有意思的。研究和草稿都还在进行。不过看得出来，如果这个工作能完成，可能会很有分量。而且，文章写得也不错。他五六天后写了封回信。五十五岁的 K. M. 下意识地把对方想成一个年轻人，写了一封充满鼓励的热情洋溢的回信。

不过他心中还是暗暗思量：这个叫作田上耕作的男子，到底是个怎样的人物呢？

二

田上耕作于明治四十二年出生于熊本。

明治三十三年的时候，熊本县有过一个叫作国权党的政党，是因为反对大隈重信修改条约而结成的国粹党。佐佐友房为该党的盟主，在当时誉满全国。党员当中有个名叫白井正道的人，跟佐佐友房一起，为政治运动奉献了一生。

这位白井正道膝下有个名唤阿藤的女儿，是个出名的美人儿。曾几何时，熊本地方流传过这样的佳话：有一次，皇族成员到熊本来，阿藤姑娘在水前寺的庭院里负责礼宾接待。当年轻的皇子看到在林荫小道上为客人引路的阿藤姑娘时，竟然怦然心动，回京的时候还念念不忘说务必把那位姑娘娶过来。这话让跟随的侍从们大惊失色。

阿藤姑娘的美随着年龄的增长越发出色，来提亲的人络绎不绝。提亲的对象几乎都是好人家，但是白井出于政党立场考虑，哪一家都不能答应。也就是说，答应了这一家，就会得罪另一家。可以说，白井把女儿嫁给自己的外甥田上定一，完全是不得已而为之的选择。因为只有这样，才能哪一方都不得罪，也不会觉得对不起任何一方提亲的人。而对于田上定一而言，娶到阿藤姑娘这样的大美人只能说是坐收渔翁之利，捡了个大便宜。

两个人婚后生了个男孩，这个男孩就是田上耕作。户口本上写的是明治四十二年十一月二日生人。

然而不知道为什么，这个孩子一直长到四岁，舌头还伸不直。长到五岁，又长到六岁，还是说不清楚一句话。嘴巴就那么软塌塌地耷拉着，口水流个不停。不仅如此，有一条腿还是瘸的，只能拖着脚走。

父母操碎了心，到处寻医问药，然而哪一家医院都没查出个所以然。谁都知道这种病是神经系统导致的，然而就是说不出病名。他们甚至还去了 Q 大学医院，也没能查出个名堂。很多医生都说，大概是小儿麻痹。其中有一个医生的说法比较接近这个病症，他猜测说，应该是颈椎附近长了个类似肿瘤的东西，生长缓慢，慢慢地伤害到了神经。这种病是无药可治的。

考虑到是因为自己权衡社会关系而导致女儿有了这样的婚姻，白井正道觉得女儿生下这样不幸的孩子，自己还是要负些责任的，因此对孩子表示深沉的担心，到处帮忙打听，甚至还代出了些医药费。

白井在热衷于搞政治运动的同时，好像也插手实业方面的事务，参与了以门司市为起点的九州铁道会社的创立。这条线就是现在的国铁鹿儿岛本线。因此，白井正道可以说是为铺设铁道作出贡献的人员之一呢。

田上定一进入九州铁道会社工作也是靠着白井的面子。后来，田上一家人因工作关系搬到小仓居住，那是发生在田上耕作五岁时候的事。白井在这个地区的博劳町买了块地皮，给女儿一家盖了房子，还给他们另外盖了几间出租屋。白井一生热衷于搞政治运动，败尽了祖上传下来的家产，自己又不会赚钱，所以一辈子没有留下任何像样的财产。女儿阿藤能够继承的，也只有这几间房而已了。

博劳町在小仓的北端，紧挨着海。这片海，是连接响水滩的玄界滩，家里一年四季听到惊涛拍岸的声响。耕作就是听着这样的海浪声长大的。

耕作六岁的时候，记忆中有过这样一件事。

自己家的出租屋里住进了一家穷苦人，是一对老夫妇和一个五岁左右的小女孩儿。这一对老夫妇好像并不是女孩儿的父母。

老爷子六十岁左右，白发苍苍，每天一大早就去出工干活儿，穿一件退了色的号衣，打着绑腿，脚上结着草鞋。老爷子手里总是举着一只有柄的大铃铛，一边走一边摇铃。

耕作的父母亲把这家人称作"传便屋"。所谓的传便屋，好像说的是老爷子的职业。然而耕作并不知道这传便屋具体是干什么的。他倒是经常到老爷子家里去找那个小女孩儿一起玩耍。这个小女孩儿眼睛大大的，皮肤白白的，看上去很文静。耕作每次来玩的时候，老奶奶就会很高兴，还会给他烤些饼吃。

耕作因为舌头蜷曲，发音不清楚，他的话没人能听懂。他的左脚因为麻痹而一直瘸着。租住在这里的老爷爷和老奶奶之所以对他和善,除了因为他是房东家的孩子,恐怕还因为同情他这一不幸的毛病。虽然长大后的他对这样的怜悯甚是反感,然而在六岁的时候,他还没想那么多,只是接受了这对老夫妇的友善款待。女孩子名唤小末,对从来没有过玩伴的耕作来说,她是唯一的小玩伴。而且,甚至可以说,小末是他最早开始懵懂地感到心爱的女孩儿。

老爷子一大早就走出家门,在耕作还蜷在被窝里的时候从他家门前经过,摇着手里的铃铛。那"叮铃铃叮铃铃"的铃声渐行渐远,一直到街道尽头仍能传来,幽弱的余音萦绕耳畔,长久地回响后消失。耕作最喜欢把脸埋在枕头里,竖起耳朵,一直聆听,直到最微弱的铃声听不见。这声音在孩子心中引起了淡淡的哀伤。日落时分,老爷子回来的时候,又会经过他家门前。

有时候,耕作的父亲在晚饭小酌一口的时候听到铃声,会小声嘟囔一句:"啊,传便屋老爷子回来了。"老爷子总是劳作到这么晚才收工回来。特别是秋天的夜晚,伴随着响水滩的海浪声,听到从屋外传进来的铃声,会有一阵子淡淡的伤感。

"传便屋"一家仅仅在这里住了一年,某一天突然逃走了。可能六十多岁的老爷子一个人养家糊口实在支撑不下去了吧。耕作跑去看的时候，只见大门紧锁，门上贴着父亲手写的"出租"字幅，给人一种凄凉的感觉。

耕作有时候会想象老人一家现在怎么样，他已经听不到老爷子摇响的铃声了。他想象着也许老爷子在某个遥远的地方仍然在每天摇着铃铛，于是他就会一个人把那块陌生地方的景色都想象一遍。

这个关于铃声的回忆，成为把他与森鸥外联接起来的机缘。

三

田上定一在耕作十岁那年病故了。他一直到死，都在为儿子耕作的身体而发愁。说不清一句话，一天到晚张着嘴，流着口水，还瘸着一条腿……儿子这副样子，让当爹的实在难以忍受。看过许许多多的医生，不仅去附近的医院，他们还带着儿子跑去博多、长崎求医问药，然而哪里的医生都对这孩子的病瞧不明白，甚至连病名也说不出来。两口子连祈祷和民间偏方都试过了。田上家能称之为财产的东西，也全都变卖给孩子治病打水漂了。

田上定一过世的时候，阿藤三十岁，刚刚步入中年，原本的美貌更增添了一份高雅气质。很多人找到她谈改嫁的事。其中来自熊本的提亲人格外多，这是因为十年前大家就听说过她是个大美人。

然而阿藤拒绝了所有来提亲的人。虽然想娶她的人家中，有人开出特别诱人的条件，比如愿意承担为耕作治病所花费的不论多么巨额的医疗费。然而阿藤认为，这些人的话信不得，甚至认为这些都只是提亲的诱饵，说说而已。她不论改嫁到哪里去，都不会放弃儿子耕作。而这样一个病歪歪的拖油瓶儿子，带到新人家会遭到什么样的对待，是可想而知的。她发誓一生不离开耕作，因此断了改嫁的念头。花销上节俭一些的话，五六间出租房的收入还是能够应付生计的。

耕作上小学了。这个总是张着嘴流口水、一句话也说不清的孩子，任谁看都是一个白痴。然而事实上，他的学习成绩比年级中任何一个孩子都好。因为他说不成话，老师就不让他回答问题，而考试成绩方面，却总是得优。这种情况不仅仅发生在小学期间，上了初中之后，他的成绩依然出类拔萃。

这让阿藤感到非比寻常地欣喜，总是不自觉地流下眼泪，想着这孩子如果身体正常的话……然而孩子的头脑比一般小孩儿聪明，已经让她无比欢喜了。一个母亲，一个儿子，虽然儿子身有残疾，但是在阿藤看来，他也是自己的依靠和顶梁柱。

当时，阿藤娘家的父亲白井正道已经去世了。这位一生狂热痴迷于政治运动的人，死后不仅没留下遗产，还债台高筑。白井家是熊本藩的家老，就家世而言，属于名门望族，然而在正道这一代却荡尽家产败落了。他死后，家人一直被债务纠缠，苦不堪言，阿藤不可能从娘家得到任何经济援助。

在学校学习成绩不错，让耕作在面对别人的时候多少有了些自信，身为残障者的自卑感带来的灰暗心情也有所缓解，却难以从孤独中逃离。于是他开始阅读文学方面的书籍。

耕作上中学的时候交到一个朋友，名叫江南铁雄。江南铁雄是个文学青年，一边在本地的商业公司就职，一边写写诗，他对文学的热心非比寻常，甚至在上班时间都会在工作文件下面偷偷垫上稿纸，趁人不备写点什么。铁雄与耕作两个人竟然特别投缘，可以说，铁雄是耕作人生中唯一的朋友。

有一天，铁雄给耕作带了一本小说集来让他看。他说："这里都是森鸥外的小说，其中有一篇名叫《独身》，你一定要看看，写的是欧外住在小仓时候的事情，很有意思呢。"

耕作借过来读了，没想到文章中有特别打动他的心的地方，尤其是《独身》中的一段文字，这种感动太过强烈，以至于有一段日子，他脑子里想的全是这句话："外面不知何时飘起雪来了。时不时能听到踏雪跑过的传便者摇响的铃声。说到'传便'这个词，外地人肯定不知道指的是什么。这是未经过东京直接从西洋传到小仓地方的两个洋风俗当中的一个。（中略）另一个就是这个'传便'。海因里希·冯·斯蒂芬出生在警察强权之国，整个国家都布满了邮政网络，信件联系方面本该没有任何不方便的地方，然而寄信是按照几日内、几个月内到达来计算的，如果想在一天之内就取得联系，通过写信、收信的方式恐怕不能解决问题。如果明天想在某处约会自己爱慕的人儿，可以寄封情书来约定。然而如果是个性子急的恋人，今晚就想见面的话，通过邮局寄信恐怕来不及了。在这样的情况下，也许有人会去发封电报。不过这种方式有点夸张。而且，发电报要通过死板的登记手续，甚是煞风景。这个时候肯定希望有个信使。这就是传便——戴着公司统一的帽子，站在大街小巷拐角处，既能够把信件送往城里去，也可以把顺手买了却不方便携带的东西送到家里去，等等，这些业务都可承接。送信送货的凭据是一张盖有公司印章的小纸片，这种方式倒是意外地不会出差错。小仓地区所说的传便，就是指这样的信使。关于传便的解释写得长了些。在小仓飘雪之夜，门外已是万籁俱寂，却能够听到那传便的铃声叮铃铃、叮铃铃、叮铃铃地急促响起。"

耕作幼时的记忆被唤醒了！传便屋老爷子，还有那个小女孩儿的形象，都浮现在眼前。那时候还不知道什么叫"传便屋"，没想到如今从欧外的小说里了解到。

"门外已是万籁俱寂，却能够听到那传便的铃声叮铃铃、叮铃铃、叮铃铃地急促响起"，说的就是他幼年时代实实在在的记忆。他仿佛感到自己把头贴在枕头上，真的听到了老爷子摇响的铃声。

耕作由于这样的幼时记忆而开始对森鸥外的作品产生了亲切感，然而欧外那文风枯涩的作品是否真的能够安慰耕作孤独的心灵呢？

四

阿藤考虑到耕作将来的人生，决定送他到洋服裁缝店去当学徒，也是为了让他学一门手艺。然而，他连三天都没撑过去。虽然左手残疾是原因之一，但根本原因是他不想干手艺人这一行。阿藤也没勉强他，于是他这一辈子到死都没干过一件有收入的工作。阿藤靠着承接裁缝活儿和收取房租勉强打理生计。

关于耕作的相貌，知道他的人都一直谈论不休。身高将近六尺，半边脸是歪斜的，嘴巴张着，从来都没合上过。软塌塌耷拉着的嘴唇，因常年流着口水而明晃晃地发亮。这样形貌的人，瘸着一条腿、肩膀一上一下颠簸起伏地走在路上，任谁看见了都会回头多看一眼。人们都以为他是痴呆。

耕作在街上走的时候，对于别人看自己的眼神，他看起来是毫不在意的样子。他甚至会跑到江南铁雄的公司里去。公司的女员工们看到他的时候，好像看什么稀罕物一样，特意从椅子上坐直身体张望。

耕作说话时不仅口吃，发音也不清楚。虽然江南铁雄已经习惯了，其他人却一点也听不明白。等他离开后，人们就会坏笑着问："江南君，那位是个痴呆吧？"江南铁雄反驳他们说："你们说什么呢。别看他这样，可比你们都强呢！"实际上，江南铁雄是很佩服耕作的。他看到耕作一点都不因为自己身体上悲惨的缺陷而自卑，感到很欣慰。

然而，江南并不知道真相。谁也不知道耕作对自己的身体是如何地感到绝望，如何地感到痛苦。之所以没有因为痛苦而崩溃，是因为对自己的头脑还有一点点自负。说起来虽然是像羽毛一样靠不住的东西，然而不能不说是他唯一的希望。这点自负还能支撑他在别人小看他时让他怀有一丝"走着瞧吧"的勇气，也是他唯一的救命稻草。

因此，在别人无从得知的内心深处，他有时候甚至故意夸张地做出傻瓜的举动。他把这种故作夸张当作一种假象，因此偶尔会有一种错觉，想象着自己身体的残障其实也是一种假象，以此来慰藉自己。这样的话，在别人嗤笑他的时候，他也能不以为意，甚至还想嘲笑别人不明就里的愚蠢表现。主动把身体弱点暴露在人们面前的人，必须知道该如何保护自己不受伤害。

当时，有一个叫白川庆一郎的医生居住在小仓。白川开了一家大医院，他是那种任何一座小镇上都会有的那么一位有着指导者权威的文化界领军人物。他还是一个家底丰厚的人物，家里藏书颇丰。当地的俳句诗人、和歌诗人、画家、文学青年等聚拢而来，成立了集会，他本人也被当作这种集会的核心人物，成为大家经济上的依靠。医院的经营也十分顺利。白川可以说是地方上的一支势力。祖上菊五郎时代和羽左卫门的时代也一样，当地但凡要举行什么活动，都会事先到白井家来打声招呼。

江南铁雄认识白川庆一郎后，就领着耕作来引见了。白川庆一郎年近五十，是个身材高大的男人。他问耕作是否喜欢读书。耕作回答说喜欢。于是白川说，那你来我的书库帮忙给我的藏书编目录吧。从此，耕作就开始自由出入白川家的书库。书库里保存有近三万册好书，从哲学、宗教、历史到文学、美术、考古学、民俗学，等等，简直就像一座图书馆。这都是爱收藏图书的白川花钱买来的。

耕作几乎每天都来。负责管理书库的还有一个人，所以耕作来这里其实并没什么事情可做，大部分时间都是读书。这个书库所在的主屋与医院并不挨着，不过中间有一条长廊连通。护士们时不时地在走廊上来回走动。不得不说，偷瞟这些女人也是耕作的乐趣之一。

坊间风评说白川医院里的护士都是美人儿。每当夜幕降临，白川庆一郎就会带着一拨护士到街上去散步。路上遇见的人，没有谁不回头顾盼这一群人。领着一群漂亮女人走在街上的高个子男人白川庆一郎气定神闲地享受着路人的注目。偶尔，耕作也会跟着这群人出来走走，瘸着一条腿，大张着嘴流着口水，耕作的姿态与这一行人形成了滑稽的对比，见者无不失笑。然而白川看重耕作的才智，若无其事地散步的时候带上耕作一起转悠。对于耕作来说，得到白川的赏识也是一种幸福。

白川庆一郎曾经准备写一篇论文，发表在母校 Q 大学的刊物上。题目是《温泉的研究》。他很早就开始收集资料了，然而因为工作繁忙，不可能总是坐两个小时的火车频繁地去 Q 大学查找资料。这件事一直让他非常烦恼，直到他想到利用耕作去跑这个差事。要干的活儿就是根据白川说的大概要领，把参考文献抄写回来。

耕作有一年多时间都在跑 Q 大学。结果与白川设想的一样，耕作对于这个差事非常热心。大概就是这个时候，耕作对查找资料这样的活儿产生了兴趣。

不幸的是，《温泉的研究》这个题目已经被别人抢先研究并发表，还凭借此成果获得了学位。白川失去了研究的兴致，耕作的那些努力也就白费了。不过经过这件事之后，白川庆一郎更加关照耕作了。

白川每个月都按照耕作提的要求采购书籍杂志，他自己并不一一阅读，只在书籍杂志上盖上"白川藏书"的印章就摆在书库里。耕作要做的事情就是给这些书编号，并且把这些书都读了。此时，岩波书店版本的《欧外全集》出版了。这是昭和十三年前后的事情。

五

《欧外全集》第二十四卷的"编辑后记"里，记载了欧外在小仓居住时期的日记的逸散始末。

欧外是明治三十二年六月到九州小仓赴任的。一直到明治三十五年三月回东京为止，在此地度过了三年时光。这段时间内，欧外写的日记都请人誊写并保存起来，然而在出版全集的时候，这些日记却无论如何也找不到了。关于是否有过日记这件事，欧外的近亲证明，曾经在观潮楼书库一隅的某个书箱里看到过，可能是被谁拿走后就不知所踪了。为了寻找这些日记，《欧外全集》的编辑和书店方面可谓用尽了各种方法和手段，然而最终还是没能找到。

欧外来小仓赴任的时候，年龄大概不过四十，正值一个男人的好年华。其独身生活极尽简朴，当时的情形在他本人写的《独身》《鸡》等作品里都有描述。之后，经母亲说合再婚，娶了漂亮妻子，也是在这里发生的事。记载这段生活的《小仓日记》的丢失让所有人都觉得可惜。一旦丢失不再拥有的时候，人们就痛彻地感受到了《小仓日记》里蕴藏的庞大信息，感受到其沉甸甸的分量。

耕作知道了这件事之后，心中开始有所打算。他幼年时关于传便的记忆不期然地被欧外的文章唤醒，从那以后，他就开始读欧外的书，并为之倾倒。当他知道《小仓日记》丢失的事情之后，竟然想象着这素未谋面的日记似乎与自己有着某种血缘关系。

耕作决定亲自走访并收集资料、记录欧外的"小仓日记"从而替代逸散丢失的《小仓日记》的想法是从何而来的呢？原来，当时正是柳田国男的民俗学开始在全国流行的时候，活跃在白川庆一郎身边的年轻人当中也燃起了民俗学热，甚至创办了名叫《丰前》的杂志。这些人从乡下收集素材，刊登在杂志上。耕作一开始考虑的是从地方志上考察居住在小仓时期的森鸥外，但当他看到民俗学的"资料收集"这种方法后，就联想到用这种方法来填补《小仓日记》丢失的空白，即到处去采访认识小仓时代的森鸥外的相关人士，不管什么样的只言片语，都一一收集起来。

耕作全身心投入地进行了这项工作，像寻找矿脉的冒险家一样兴奋。他下定决心一生专注于这一件事。

然而知道这件事之后最为开心的无疑是他的母亲阿藤。自己孩子的人生第一次燃起希望，阿藤决定无论如何都要帮助他成功。

阿藤当时年近五十，然而因为是天生的美人胚子，外表看起来不过四十来岁的样子。迄今为止有过很多诱惑摆在阿藤面前，她全都拒绝了，坚持把儿子当作唯一的依靠活了过来。当然这都是生来有残障的儿子无法了解的事情。事实上，阿藤就像侍奉丈夫一样伺候着耕作，把他当作孩童一样抚养。当儿子吭哧吭哧、口齿不清地对她讲述关于欧外的事情时，这位母亲面露喜色，听得津津有味。

当时，小仓地方的镇子里住着一位留着长胡子、个子高高、一身黑衣的外国老人。这位名叫F.佩特朗的法国人是在香春口地区拥有教堂的天主教传教士。当时可能已经很大年纪了，不过欧外住在小仓的时候是跟他学习过法语的。

耕作首先拜访了佩特朗。

佩特朗第一眼看到耕作的时候，以为是一个病人来寻求灵魂救赎。不过，当他渐渐听懂了耕作结结巴巴表达出来的是想打听欧外的事儿的时候，他温和的眼睛里盛满了惊讶。理所当然地，他反问道："打听这个干什么呢？"听了耕作的解释，老人搓着双手，满脸笑容地说："这个想法不错。"

"那是好久以前的事情了，我的记忆也不是很清楚了，不过森先生给我留下了很深刻的印象。"

佩特朗出生在巴黎，年轻时来到了日本，在日本待了四十多年，说日语一点问题都没有。年过七十的老人虽然满脸皱纹，但清澈如潭水般的蓝眼睛盯住空中的某一点，努力回想着遥远的过去，断断续续地讲述往昔。

"森先生很热心学习法语。每周日和周一、三、四、五都会来我这儿学习。每次都很准时，从来没迟到过。甚至师团长那里有宴请的日子，他也要来这儿学习，以至于他的随从担心他赶不上宴会时间，牵着马来接他。"

老人家一边抽着烟斗一边讲述，香烟的味道很好闻。

"来我这儿学法语的人很多，然而真正学成了的却只有森先生，他真的是异常优秀。当然，这跟他原本就具有较高的德语素养也有关系。他总是下班后先回趟家，然后马上就到这儿来。他自己说是回家换身衣服后嘴里叼支烟卷散着步走过来的，也就三十分钟的路程。"

老人想起这些之后，又不停地回忆起其他事情，一一说给耕作听。耕作花了两三天聆听，并做了笔记。

耕作把这些笔记给江南铁雄看了。江南鼓励他说："真是很不错的东西呢！就这样弄下去吧，肯定会有成果的！"江南的友情是耕作生命中的一道光。

佩特朗说，他要回法国了。说的时候满心欢喜的样子，不过不久后，他在小仓过世了。

六

下一步，耕作打算采访"安国寺先生"的遗族。这位在欧外的小说《两位友人》中叫作"安国寺先生"，在《独身》中叫作"安宁寺先生"。

"安国寺先生从我刚搬到小仓的时候就每天到我家里来。每当我从办公室回来，肯定能看见安国寺先生已经来了，在等着我，一直待到晚饭时分。这段时间，我给安国寺先生翻译并讲解德语的哲学入门，安国寺先生则给我讲授唯识论。"（《两位友人》）

文章里写到的这位安国寺先生，在欧外回东京的时候不忍离别，追随到东京去了。然而与在乡下时不一样的是，欧外在东京的生活太忙了，就请F君——后来的福田间博教授——来替代自己去教安国寺先生德语。F君采用的是那种从基础知识逐字逐句结结实实打基础的教法，很是艰苦。安国寺先生精通佛典，拥有给欧外讲授唯识论的学识，跟欧外学习德语的时候，是跳过初级阶段，使用哲学书籍一句一句地读，而且翻译成佛教用语后再加以理解的,对于F君这种要求从语法上一句一句加以分析的教学法根本吃不消。安国寺先生虽然拥有理解深邃哲理的头脑,却因为上了年岁,对于背诵名词、动词的词尾变化等机械记忆还真是无能为力,最终决定放弃德语学习。在欧外因日俄战争逗留海外期间,安国寺先生身染病恙,回乡下去了。

"我怀疑安国寺先生是因为学语言不胜其苦才身染重病的。不论多么复杂的理论,他都能很轻易地洞悉真意,这样的人竟然因为不能熟练背诵语法变化规则而苦不堪言,想想都觉得可怜。

"第二年我从海外归来的时候,安国寺先生已经回九州去了。在小仓附近的一座山中寺庙里当了住持。"(《两位友人》)

安国寺先生的本名叫玉水俊嶷。在欧外大正四年的日记里有这样的记录:

"十月五日僧俊嶷讣告至。福冈县企救郡西谷村护圣寺的住持者也。给其弟子玉水俊麟发去唁电。"

安国寺先生死于肺癌。年轻时的俊嶷因崇拜相州小田原最上寺的星见典海大师,曾经用功学习,因为太过刻苦而毁坏了身体,落下了病根。

俊嶷没有子嗣,护圣寺也已经换了好几代人。

耕作写信给西谷村政府办公室，打听俊媼可有故人在世。村政府回信说，"俊媼师傅的遗孀玉水秋女士至今健在，寄住在本村三岳片山家"。

欧外所说的"小仓附近的山中"，其实距离小仓有四里①多地。公共汽车可以通到距山二里处，而剩下的进山路，只能靠步行了。

耕作肩上背着装了便当的书包，手里提着水杯，脚上穿双草鞋就出门了。阿藤很是放心不下，但是耕作说了句"不打紧的"就出发了。

下了公共汽车后，山路很是难走。而且，对于耕作这样从来没步行超过一里路的人来说，这段距离相当于普通人十里以上的脚程。也不知道蹲下在路边歇了多少次，耕作已经呼哧带喘，像是在用肩膀呼吸一般。

时令适逢深秋，山色被红叶点缀。林子深处时不时传来百舌鸟尖利的鸣啭声，还有那静静隐栖于秋日阳光下的山峦，都是城市里不能得见的景致，这些多多少少补偿了耕作这次苦旅的艰辛。

三岳部落坐落在四面环山一个口袋状的盆地里，村落里以白墙红瓦建筑居多，这一点在北九州比较少见。

---

① 日本当时计量距离的单位，1 里相当于现在的 4 公里。

看上去日子殷实的人家不在少数，家家的宅子都挺有气势。从半山腰望见大门的那座寺庙就是护圣寺了。耕作似乎觉得"安国寺先生"还住在这里，不知不觉对着寺门看呆了。

耕作被告知片山家就在护圣寺底下不远处。不过，自从耕作到达这个部落之后，不知不觉间，他背后就聚拢了一群带着好奇目光的当地人。大家都觉得耕作这样瘸着腿、长着一张怪异面相的人很罕见吧。

片山家的家主刚刚耕地回来，在院门口卸下耕犁。这位当家的是一位六十来岁的农民，他看见耕作时也吃了一惊，站在那里半晌没反应过来。耕作让这位农民听明白自己的来意真是费了九牛二虎之力。他无声哂笑着问："水玉秋是家姐……你有什么事儿啊？"那无声的哂笑，是他看到耕作这副身子骨之后的反应。

耕作尽可能慢条斯理地说明事由，然而由于他的吐字发音不清楚，含含糊糊地反复说着"欧外""欧外"的，最终也没能让这位老农弄明白他到底是来干什么的。

他像是对待一个哑巴或者傻瓜似的，用手比画着说，俺姐不在，俺啥也不知道……

返程的二里地山路，耕作走得几近虚脱，心情沉重得像是压了一块石头，身体更显疲惫。

阿藤一眼看到耕作那疲惫的脸色，对这次出访的结果差不多已经明察于心，不过还是问了句："怎么样？"

耕作的身体疲劳到极致，无法马上说出话来。他迎面躺倒在榻榻米上，很吃力地挤出一句"不在家"算作回答。从这句话里，阿藤已经明白他受到了什么样的对待，觉得耕作无比可怜。最后，阿藤说："明天再去一次试试看吧，妈妈陪着去。"

第二天一大早，阿藤雇了两辆人力车。因为中途下了公共汽车之后就没有可搭乘的交通工具了，所以雇人力车的话，也只好从家出发时就乘坐。往返八里地，光租车费就抵上了阿藤节俭到不能再节俭的半个月生活费。阿藤这么做，只是为了尽可能保住耕作心底燃起的那一线微弱希望的小火苗儿。

在乡间小道上，两辆人力车结伴行驶，这种阵势，除了娶亲的时候之外，还是很少见的。在田里干活儿的人都踮起脚来观看。片山家的人更是吃惊不小。

阿藤说明了来意，还奉上了礼品，举止高雅，谈吐稳重，让这家人很是惶恐。说到底，还是乡下人。把母子俩让到上座，马上就给他们引见了正好在家的老婆婆。

水玉秋这个时候六十八岁，是个身材矮小、眼神和善的老太太。算起来，她跟安国寺先生年龄相差近二十岁。听她说，自己跟俊爄结婚是初婚，嫁到护圣寺是村子里的意思，她是被逼着嫁过来的。这样算的话，欧外在小仓居住的时候，她还没嫁给安国寺先生。

不过还好她丈夫生前跟她讲了不少有关欧外的事。

七

耕作给东京的 K.M. 寄来的，就是他整理的采访佩特朗和俊爄未亡人谈话记录的草稿。之所以选择寄给 K，是因为读过他写的书，而且知道他就是《欧外全集》编辑委员会成员之一。

耕作还给 K 写了封信，说明自己的这些东西只是做了一部分，想请教他的意见，看看这样的调查采访工作是否有价值。

这完全是耕作的真实想法。因为他很是不安，担心自己是不是在拼上性命做一件完全徒劳无益的事情，那种担心时不时会从心底袭来让他不安。这时候需要向某位权威人士请教一番，方能安心。他其实很害怕自己是全身心投入进了一项毫无意义的工作。给 K 写信，只是想印证一下这种想法。

两周后，他收到了 K 的回信。信封用的纸，纸质优良，背面的署名还是打印上去的。耕作心如鹿撞，迟迟不敢拆开信封。信的内容如下：

拜启

贵函及贵稿悉皆拜阅。感觉很是不错。因稿子处于初始阶段，尚不能下定论，若照此下去，大成之日，想必能成就恢弘之作。窃以为《小仓日记》去向不明之今日，贵兄之研究意义深远。谨祈努力！

得到超预期的肯定，耕作心中无声地欢呼。欢欣的情绪像潮水般瞬间灌满了心田。把这封信读了一遍又一遍，每读一遍，心中就会增加一层喜悦。

"太好了！小耕，真是太好了啊！"阿藤也激动得声音颤抖。母子二人四目相对，都满含热泪。

一想到儿子耕作的人生从此有了希望，阿藤就激动得不知道怎么样才能表达自己的喜悦之情。她觉得自己的心也像在黑洞里终于看到了出口的光芒。阿藤把K的来信供到自家的神坛上，当天晚上还煮了红米饭来庆祝。

耕作把K的来信拿给白川庆一郎看。白川把信看了一遍又一遍，不停地点头，为耕作高兴。江南铁雄就更兴奋了，像自己获得了肯定一般，逢人必定吹嘘一番："K先生回了一封这样的信呢，可了不得了！"

耕作觉得自己一下子就拉开了架势，跃跃欲试。

然而之后的调查却并没有什么进展。鸥外最初搬来居住的是锻冶町。这里现在住着的是一名律师，房子的主人也早就换成一个姓宇佐美的人了。耕作与母亲阿藤一起拜访了宇佐美。阿藤之所以陪着来，是因为有了上次到三岳去采访的经验，从那以后，阿藤就好像成了耕作的随身翻译一样，采访时都陪着他。

宇佐美家的当家人是个老人，听了他们的来意之后，歪着头想了想说："不知道啊……我是入赘这家的养子，所以什么都不知道。不过听我老婆说过，小时候鸥外挺疼爱她的。问问我老婆也许会知道点什么。不过，这都是老早老早以前的事情了……"老人笑着招呼老妻过来搭话。

鸥外的小说《鸡》的背景就是这家，所以耕作无论如何也想问出点什么。然而，听到招呼就走过来的老妇人只是微笑，眼角堆满和善的皱纹，说"什么也记不起来了，当时我也才只有六岁呢"。

鸥外从这儿搬走后，在新鱼町住了下来。关于新鱼町的文字，出现在小说《独身》里。他写道："那是小仓一个飘雪的夜晚。在新鱼町大野丰的家里,两个客人都来了。"这个房子现在成了一座教堂,然而关于当时欧外租住时候的房东是谁这个问题,却问谁都说不知道。耕作突然想到可以去市政府的土木科查一下明治四十三年前后的记录,结果真被他查到当时这片土地的所有者姓东。他还打听到这个姓东的人的孙子现在住在舟町,就想去找这个人问问。去了一看,那地方是一家花柳场所。

这位姓东的青楼老板只是不怀好意地看着耕作的形貌,关于欧外的事情则什么都不知道。还冲着旁边的阿藤甩出一句话:"你们查那些事儿有啥用?"

"查那些事儿有啥用?"他无意中甩出的这句话,像一根针牢牢刺入耕作的内心深处。说实话,他自己也一直心存疑虑,这个事儿有意义吗?自己是不是一直都在徒劳却斗志昂扬呢?一想到自己的努力看起来是徒劳无益的事情,心情突然就像泄了气的皮球。他甚至认为K的那封信也许只是几句客气的恭维。一瞬间人生的希望之火熄灭,绝望像无边黑暗席卷而来。从那以后,这种绝望感时不时就会突然从心头升起,让他痛苦到无法呼吸。

耕作有一阵子没到白川医院去了。这天刚到医院,就有一个女护士很是自来熟地凑上来搭话,是一位名叫山田辉子的眉清目秀的女孩子。

辉子问他："听先生说，田上君正在调查森鸥外的事，是真的吗？"然后，辉子告诉耕作一件让他意外欣喜的事。说自己的伯父是广寿山的和尚，提及以前欧外经常去玩，如果去问问伯父，没准会打听到什么有意思的事情。

耕作好像在黑暗中看到了一线晴空般来了点精神。

辉子还说，你要是去的话，我带你一起去吧。

耕作对这件事充满了希望。所谓广寿山，是位于小仓东边山麓的一座寺庙，寺名叫福聚禅寺。福聚禅寺是旧藩主家的菩提寺，开创人是黄檗宗的即非和尚。欧外在小仓居住期间写过《即非年谱》，所以也许真的曾经经常到访过广寿山吧。如果当时的和尚现在还活着，或许真能直接采访到些什么。

去的那天，是初冬时节一个暖和的日子。耕作与山田辉子相伴登上了广寿山。耕作行走缓慢，辉子就放慢速度配合他，紧挨着他走。林中有座寺庙，燃烧落叶的烟雾从树林深处飘过来。

见到了辉子说的伯父，是个七十来岁的老僧人。

"每当森先生来的时候，就拿出寺里面的古旧书籍和小笠原家的记录给他看，一看就老半天不动窝儿。如果上一代住持还活着，会给你们讲更多呢。我只是远远地看着他们俩聊天。"

老僧人啜一口茶继续说道：

"有一次是跟夫人一起来的。关于夫人，我记不得别的什么了。你们知道夫人在这寺里咏的一首诗吗？"

老僧人歪着干瘦的头使劲儿地回想，把想起来的诗句写在了纸上给他们看。

戏谑家夫坐禅态
酷似即非拂尘像
梅花飘落满佛堂

这首诗让人眼前浮现出森欧外携新婚妻子早春时节游山寺的情形。

"对了，森先生可喜欢坐禅了，每周都会约个日子跟同好一起，在堺町东禅寺里聚聚。"

八

耕作和辉子两个人稍后去转了转开山堂。黑黢黢的大堂里端坐着本寺开山祖即非的木雕像，雕像全身落满灰尘，黑不溜秋的。

"森先生长得跟这个像不像呢……"辉子露出排列整齐的皓齿很好奇地笑着说道。即非的脸长得很怪。

两个人穿过树林准备下山。路边两侧的落叶被高高地堆成堆。失去叶子的树枝光秃秃的，冬日的阳光穿过重重树梢照射下来。瘸着腿的耕作的手被牵在辉子的手里。那手指柔软温暖，散发出年轻女性才有的甘甜芳香。

耕作看到辉子好像毫不嫌弃自己丑陋身体的样子，感到无限惆怅。这可是个年轻貌美的女孩子啊。跟这样的女孩子，这么毫不生分地紧挨着一起走路，对于耕作来说，是前所未有的体验。耕作非常了解自己的身体，所以从来不会对女人动任何心思。然而这样被辉子牵着手，像一对情侣般在林间漫步的时候，他忍不住心旷神怡了。冬日的这一天与辉子一起漫步的情形，最终成为耕作难以忘怀的记忆。

耕作已经三十二岁了，迄今为止也有人来提过娶媳妇的事儿。不过一旦到了相亲阶段，肯定都会告吹。既不是特别有钱人家的主儿，还是个残障，谁会愿意嫁给他呢？阿藤为了能娶个媳妇，心都操碎了，拜托所有认识的人帮忙张罗，到底也没促成一个。自己年轻的时候，来提亲的人把门槛都踏断了，苦于无法拒绝，轮到自己儿子的时候，娶个媳妇却这么难。阿藤内心苦不堪言。

这个当口出现了辉子这样的女孩，对阿藤来说可真是莫大的希望。而且辉子最近时不时到耕作家来玩儿。自从广寿山之行以来，耕作和辉子之间就变得随意起来。

然而，辉子到底知不知道耕作的心思呢？她生性轻佻，对经常出入白川医院的男性都很亲热。她时不时到耕作家来玩儿这件事，说白了是闲得无聊，并没有什么更深的用意。

然而阿藤和耕作却把辉子来家里玩儿这件事想成是有含义的。因为到他们家里来逗留过的年轻美貌的女孩子，辉子是破天荒头一人。特别是阿藤，每当辉子来玩儿的时候，简直像迎接公主般加以款待。

然而阿藤到底还是没有勇气对辉子说："你嫁给我儿子吧。"因为迄今为止，各方面远不如辉子的那些女子都毫不留情地拒绝了跟耕作的婚事。阿藤虽然在心底里怀着一丝徒劳的奢望，但基本上已经死心了。然而，虽然几乎死心了，却仍抱着万一有奇迹发生的期待。

东禅寺是一座小寺庙。从路边能看见院墙内侧种着的木樨。阿藤和耕作找到住持僧的居住处的时候，一位戴着眼镜、身着白色和服、身材微胖的僧人走了出来。这位僧人满脸狐疑地盯着耕作看。

阿藤慢条斯理地解释来意说,我们从广寿山那儿听说,明治三十三年前后,欧外先生等人组织了个禅友会,请问您知道这事儿吗?僧人爱搭不理地回答说:"好像听说过,不过是我爷爷那代人的事儿了,我什么都不知道。"从他那硬邦邦的面部表情能看出来,即使再想问什么,都没用的。

然而还是不放心追问了一句:"那时候的事儿,有没有留下什么记载呢?"

"没那种东西。"仍然是一句爱搭不理的回答。

两个人失望地走出寺门。感觉四十年的岁月果然遥远,时间的尘土掩埋了任何一丝痕迹。

刚走到寺门外大路上,听到身后有声音在喊。回过头一看,刚才那个身穿白色和服的僧人正朝他们招手。

"我刚刚想起来了,当时有人捐赠给寺院一只鱼鼓,你们要看吗?上面刻着名字。"僧人说,看起来他是个脸冷心热的人。

鱼鼓已经老旧变黑,勉勉强强能够找到捐赠者的名字。然而只看了一眼那些名字,耕作就屏住了呼吸。

捐赠者:

玉水俊虓

森林太郎

二阶行文

柴田董之

安广伊三郎

上川正一

户上驹之助

耕作对这意外的发现感到无比惊喜，抄写在自己的手账上，作为重要的线索。这些人当中，除了欧外、俊㒵的名字之外，其他人的名字耕作还都没听说过，这位僧人也什么都想不起来。不过想办法查查这些人的身世，也许可以找到新的突破口。

耕作问遍了自己认识的所有的小仓人，结果谁都没听说过这些人的名字。连江南铁雄也说想不到任何线索。耕作甚至找到了白川庆一郎。白川医院里来来往往的人多，没准儿能打听到点儿什么。

白川庆一郎看着这些名字说："我也不知道呢……不过看上去这个安广伊三郎，说不定跟安广伴一郎能扯上点什么关系呢……要不，你去问问实六先生？"

安广伴一郎曾经当过满铁总裁，反对党给他起了个外号叫"安伴"。他的侄子叫安广实六，独身，是个爱喝酒的老画家。

耕作去拜访了安广实六的家，是一个小巷子里的大杂院中的一间，出来搭话的是和他同住的人，说："你们要找的安广去东京了，得过一阵子才能回来呢。"

耕作垂头丧气地回到家，却意外地发现有人给他寄来了一封信，寄信人是森欧外的弟弟森润三郎。

信里的意思是："我从K氏那里听说了您，我正在写关于家兄的事情，很想了解其在小仓居住时期的事情，若不太给您添麻烦的话，还请赐教您调查到的内容。"是一封极其客气的来信。

耕作欢天喜地地把调查到的东西抄寄过去了。

昭和四十七年出版的《欧外森林太郎》中有一段话提道："小仓市博劳町的田上耕作氏正在调查家兄居住在小仓期间的事情……"其中提到了耕作采访佩特朗。

九

翻看《欧外全集》，找到欧外小仓时期发表在地方报刊上的东西如下：

《如果把我变成九州的富人》——明治三十二

年 《福冈日日新闻》

《欧外渔史是谁》——明治三十三年 《福冈日日新闻》

《记小仓安国寺》——明治三十四年 《福冈日日新闻》

《和气清麻吕与足立山》《续和气清麻吕与足立山》——明治三十五年 《门司新报》

耕作想,也许负责跟欧外约稿的是当时报社的小仓分社,这里出现的《门司新报》早就不存在了,只能去问问前身是《福冈日日新闻》、现在叫《西日本新闻》的报社。耕作给这家报社的总务科写信,打听明治三十三年前后小仓分社社长姓甚名谁,如果此人健在,请告知其住处。

期待这种信件有回信简直是不可能的。将近五十年前的一家地方分社的社长的姓名,现在这家报社还会记录在案吗?何况,这家报社曾中途易主,即便姓名还能找到,恐怕也已经不在人世了吧。现在的住所之类的也不可能打听到的。可以说,耕作写信询问是抱着尝试万一的侥幸心理。

然而,从几天后收到回信内容来看,简直就像是发生了奇迹。

"经调查,明治三十二年至三十六年期间,小仓分社社长姓名为麻生作男。现居住于该县三潴郡柳河町一寺庙,寺名不详。"

寺名不详不要紧,知道了这个人叫什么而且还活着已经足够了。小小城镇,要找个寺庙,打听一下就行。

耕作的心情变得迫不及待了。

阿藤了解了情况之后说:"这样的话,咱们一起去看看吧。"她觉得只要耕作想去,她就愿意陪着去。

两个人坐火车去了。当时战争开始了一段时间。从车窗看出去,乡下的风景几乎所有农家都挂上了"出征军人"的旗帜。旅客间的交谈内容也都与战争有关。

从小仓坐火车三个小时,在久留米站下车,再换乘一个小时的电车,才到达柳河町。临近有名海,曾经是三十万石的城下町,近年来作为水乡城镇广为人知。行走在路上,堤上种满柳树的河流和护城渠随处可见,然而街道上到处弥漫着一股被遗弃的、宁静的荒废感。

回信只说是柳河的某寺庙,寺名不详,原想着不过是个小城镇,随便转转问问就能够找到的,所以兴冲冲地赶过来了。没想到一打听,当地人说"柳河这儿有二十四座寺庙呢……"阿藤和耕作听完不知所措,从来没想过这里会有这么多座寺庙。

硬着头皮走访了四五家，心里愈发地没着落了。

两个人坐在路边的石头上稍事歇息。眼前的河沟里蓄满了水，对岸土坯仓库的白墙影子倒映在水中。天空晴朗，仅有的一片白云挂在天边飘忽不定，而且那片云的形态看起来甚是寂寥。有意无意地看着这片云，耕作心里那种难以忍耐的空虚感再次油然而生，且弥漫开去。我调查这些事情到底要干什么呢？做这些事情到底有没有意义呢？如果原本就是空洞而无意义的事情，只有自己把它当回事儿，一个劲儿地愚蠢地付出努力……

阿藤并排坐在耕作的身边，看到耕作黯淡的脸色，像是为了给他打气一样，自己先站起身来说："好啦，小耕，打起精神吧！"说着走了起来。她比儿子更努力。

原本以为需要把二十四座寺庙都一一转转看看的，没想到在不期然的地方找到了线索。他们行走时，无意中看到了"柳河町公务所"的招牌，就想到先到这里打听一下。

一位女办事员正趴在简陋的办公桌上写着什么文件，竟然只听他们说了麻生作男的名字就有印象。不过她说自己也记不得寺庙的名字，就去问旁边坐着的年长些的女同事。女同事说，这样的情况，去问问"那谁"

吧，他也许知道。于是年轻的女办事员点点头，离开座位去给"那谁"打电话了。

电话那头好像迟迟没有人接听，女办事员反复用手指头"咔嚓咔嚓"地按话机，最终还是没什么反应。

年轻女办事员好像要解释什么似的说："最近局里好像挺忙乱的，都没人接听电话。"这个女办事员看起来有二十来岁，在阿藤看来，这位年轻姑娘的脸部轮廓、眼角眉梢处跟山田辉子长得有点像。

所谓"最近局里挺忙乱的"，说的是战争的影响已经波及偏僻的乡下小镇。电话终于接通了，女办事员一边跟对方有问有答，一边快速地在纸上记录着什么。

"打听到了麻生先生住在这里。"女办事员递过来记着地址的纸条，还详细说明了路该怎么走。

阿藤真诚地表达了感谢，然后走出了公务所。终于找到地址之后的安心感和女办事员的热情帮助让阿藤心里觉得温暖、亮堂，甚至女办事员长得有点像山田辉子这件事也让她从心底里想微笑。

阿藤一时间把山田辉子想象成与刚才那个女办事员一样善良体贴的姑娘了。如果娶回家当媳妇的话，肯定会把身体不方便的耕作照顾得妥帖周到。这么想着，阿藤就迫不及待地想把辉子娶进门。她一边想一边问走在身边的耕作："小耕啊，你说辉子小姐会不会来给咱家当媳妇儿呢……"

耕作无法回答，只是脸上呈现痛苦之色。这痛苦到底是因为拖着残障身体走在这陌生地方而产生的肉体痛苦还是难以探知辉子的真心而感到的精神痛苦呢……阿藤下定决心，为了耕作，回到小仓之后，无论如何也要找到辉子问个明白。

天叟寺是一座禅寺，也是旧时藩主祖上战国武将的菩提寺。听说是来找姓麻生的人，就走出一个自称姓麻生的四十来岁的女人。"您认识麻生作男先生吗？"女人回答说："那是家父。"

女人说麻生作男身体挺好的。竟然还活着！阿藤和耕作高兴得差点喊出声来。赶紧说明来意后，女人想了一下，笑着说："这样啊……年纪很大了，不知道行不行呢。"

"令尊多大年纪了？"

"八十一岁了。"女人说完走进后间去了，不过很快就返回来说：

"两位请进。家父说现在可以谈。"

十

耕作从柳河回来后整理了与麻生作男的谈话。麻生作男是和森鸥外直接接触过的人，他讲述的事情超出了耕作原有的期待。虽然说他已经八十一岁高龄了，不过还真是健谈。虽然有记忆不甚清楚的地方，但看起来并不是因为年老健忘。

"我当时跟欧外先生走得挺近的。先生从办公室下班时经过我家门口，总是叫我'麻生君、麻生君'，还带我去散步，有时候安国寺先生也一起。那时候，欧外先生真是开朗豪爽啊。我因工作到司令部去办事儿的时候，被请到军医部长室。我当时傻乎乎的，粗声大气地说话，惹得先生大笑呢。有时候隔壁副官室的人觉着好奇，说能跟阁下（当时是少将）这么聊得来的是什么人呢，还特意跑过来看。看到是我这样的人，还说麻生君，您肯定跟阁下很亲密吧……欧外给人的印象是不好相处，其实面对我们的时候，可是坦诚直率得很呢。"老人就这么一下子打开了话匣子。耕作在麻生家待了三个小时，这位年轻时能自由出入欧外私邸的老人，对欧外当时的日常生活真是了如指掌。耕作所有的采访中，这部分的内容最为丰富。

"然而欧外在公私分明这一点上很是较真儿。一旦穿上军服，就很严肃了。有一次，我一个亲戚，是个药剂官，来找我玩儿，我很随意地就带他到欧外先生那儿去了。这位亲戚当时穿着一身大尉或者什么衔儿的军装，可不得了啦，举手投足都得是军规军礼，我看着就觉得可怜。然而过了两三天，还是这位亲戚，穿着和服来拜访，这一次跟上一次截然不同，完全遵从待客之道，甚至走的时候还客客气气地送到大门口。在小仓的街道上着便装散步的时候，只要有认识的人向他点头施礼，肯定是会微笑点头回礼的。然而如果是穿上军装到小仓车站去接人的时候，一定是让人搬来一把椅子在月台上，火车到站之前端坐静待，对谁都不好好回礼，态度看起来都有点倨傲了。先生在守时方面也很严格，跟他约好时间却迟到的话，不管对方是多么有权有势的人也坚决不会让对方进屋。在男女关系方面，更是小心谨慎，处处注意，因为自己是单身，雇女佣的时候肯定同时雇两个。如果实在不能两个女佣同时在，晚上会到附近找个住处让女佣住宿。有一家叫三树亭的饭馆儿，先生很中意那家的姑娘，经常约姑娘出来走走，不过从来不是只叫这姑娘一个人，而是约那家的妹妹两个人一起出来。当时的师团长井上先生也是单身，那可是个随着本能行动的人，跟欧外先生的行为举止形成鲜明对比。先生还是个勤于学习的人，听说晚上只睡三四个小时。《即兴诗人》的翻译就是在那个时候进行的，还很热心地调查各藩国古文书，说起来我跟先生这么接近的契机，也是因为当初帮助先生整理柳河藩的古书记录。后来，先生还师从小仓藩士族中一个叫藤田弘策的心理学家学习过心理学。这个人的孙辈人应该就住在小仓的鱼町。有人认为先生之所以对心理学感兴趣，可能是受到了他的同乡西周的影响……"

麻生作男滔滔不绝地讲述欧外当时的生活，知无不言，言无不尽。

耕作拿出从东禅寺得到的那个鱼鼓给老人看，他对鱼板上面的那些名字一直耿耿于怀。

老人只看一眼，随口就说了："啊，这个呀……二阶堂是《门司新报》的主编，柴田是一位开业医生，安宏是药材商人，上川是小仓法院的法官，户上是市立医院的院长。"

听了老人的说明，耕作想到一件事：欧外在《独身》里写到过"医院院长户田""法院的富山"，大概就是以这些人为原型吧。

耕作一边整理麻生作男讲述的这些事，一边尽最大努力去搜寻在东禅寺里打听到的这些人的行踪。只要能找到他们的家族后人，追寻起来并不是难事。比如了解到柴田董之的大女儿嫁给了市内医院里的医生，就找到她，再从她那里打听到其他人的情况，特别是了解到其中户上驹之助至今健在、人在福冈时，耕作大喜过望。

姓安广的老画家也从东京回来了，还意外收到一封曾经在欧外家当女佣的老人的家人写来的一封信。这是因为报纸上报道了耕作当下在做的事情。另外，还有老兵说自己当年听过欧外在偕行社讲克劳塞维茨的《战争论》；还有经常承办宴会、被写入《梅屋》的旅馆老主人说跟欧外很熟络；还找到了藤田广策的儿子……总之，小仓地区跟欧外有关系的人，一个接一个地都被找了出来。

耕作之所以这么不顾一切地全身心投入工作，也是因为山田辉子拒绝了提亲。

阿藤提亲的时候，辉子说："哎呀，阿姨你是认真的吗……"说完高声大笑起来。辉子后来跟一个住院病人恋爱结婚了。这件事以后，耕作母子更加相依为命，好像是两个人用彼此的体温来温暖彼此的生命。

耕作收集的资料越来越多了。

然而随着战事推进，他的工作也越来越难做了。谁也不再对他这种刨根问底瞎打听的行为感兴趣了。敌机在头顶扔下燃烧弹的时候，什么森鸥外，什么夏目漱石，谁还管他们是谁。人人都说不准自己明天能否活着。所以，想到处找人来讲欧外的故事，简直想都别想。而且耕作本人也不得不在腿上缠裹绑腿布，空袭一来就逃命。这种状态一直持续到战争结束。

十一

战争结束了。然而境况却更加悲惨。本来耕作的老毛病就有越来越恶化的征兆，战争导致粮食匮乏，又加速了这种恶化。这个时期，老年人和病人无力到产地或批发店去采购。麻痹的症状严重之后，耕作行走已经很困难了，后来几乎没下过床。

耕作卧床不起后，通货膨胀越来越严重。他家的生活来源仅仅靠收房租，而提高一点点房租价格远远填不上通货膨胀带来的亏空。

能出租的房屋也一间接一间地没了。想来当初白井正道给他们盖这些房子的时候也想到最终会用来给这母子俩救急用。阿藤到黑市买来大米和鱼给耕作补身子。

"怎么样？小耕，好吃吗？这可是长滨来的活鱼呢。"指的是附近渔村的人钓来卖的鱼。耕作一边点头，一边趴在地上用手抓起米饭和鱼肉来吃。他这时已经连筷子都握不住了。

江南铁雄经常来看望耕作。这个体贴又活络的人，每次来总会带上不知道从哪儿弄到手的鸡蛋、牛肉之类的食品。

江南尽可能弯着腰靠近耕作的脸说："你要快快好起来，把活儿干完哪！"

"最近觉得好多了，我也正想着一点点慢慢开始弄呢……"每当这个时候，耕作总是含糊不清地表达出这样的想法，可是话却一天比一天说不清楚。他的脸颊已经像刀削一般，瘦得没肉了。

战争结束后没几年光景，能出租的房子都卖光了，连自己住的房子也分出一半租出去，母子俩蜗居到后间三张半席①的小房间里。经年失修，加上玄界滩潮湿的海风常年吹打，这栋房子的屋檐早已经歪斜。隔扇拉门等屋内配件没有一处不是摇晃松动的。

耕作最终没能起床。病情像是停滞了，一点不见好，倒也没有更坏。有时候还能够趴在地板上拿出自己

---

① 日本面积单位，一张席子传统尺寸长为180厘米，宽90厘米，面积1.62平方米。

写的那些东西来翻翻看看。东西全包在包袱皮里，量可真不少，全是他自己一步一步走过去收集到的一部新的《小仓日记》的手稿。他偶尔会想，要不要拜托江南铁雄帮他整理整理，但是心里又坚信自己的身体会好起来，好像还经常幻想着身体好了之后的样子来愉悦自己。

到了昭和二十五年年底，耕作突然急速衰弱下去。阿藤日夜看护，不离左右。有一天晚上，正好江南铁雄也来看望他，几天来一直昏睡的耕作突然从枕头上抬起头来，好像在侧耳倾听什么声音。

"怎么了？"阿藤问。

耕作好像嘴里说了点什么来回答，但是他这阵子说话的能力一天比一天差，最后几乎接近于哑巴了。然而这时候，随着阿藤把脸靠近他追问一句"怎么了"，耕作竟不可思议地清清楚楚地说出话来了："听到铃声了。"

"铃声？"阿藤反问道。耕作很肯定地点点头。然后把脸埋到枕头里，仍然保持侧耳倾听的样子。这大概是濒死之人混乱的大脑产生的某种幻听吧。冬日夜晚，户外连走路人的脚步声都没有。

这之后一夜昏睡到天亮，十个小时之后，耕作停止了呼吸。那天一会儿下雪，一会儿出太阳，正是欧外称之为"冬日阵雨"的气象。

阿藤被熊本的远亲收留了，她在耕作凄凉的头七过后，用包袱皮包好耕作的骨灰和手稿，带走了这对她来说无比珍贵的行李。

众所周知，欧外的《小仓日记》是于昭和二十六年二月在东京被找到的。欧外的儿子从疏散地带回了装满废纸旧物的储物柜，打开整理的时候，看到这部日记就在其中。对田上耕作来说，死在这个发现之前，是不幸还是值得庆幸？

菊　枕

——奴侬女①的一生

---

① "女"是用在女性姓名后面的一种结尾词,中世时代开始出现。江户时代以后,女性文学家、俳人、艺术家等开始在自己的姓名之后添加"女"字。明治时代以后,尤以女性俳人的使用为盛。因众多凭借写俳句而闻名于世的女性俳人多在自己的姓名之后缀"女"字,一时间成了人人争相效仿的风潮。原文中出现的女性姓名后都有"女"字。

一

三冈圭助和奴依走到一起是明治四十二年秋天的事了，那时圭助二十二岁，奴依二十岁。这是由于两人的父亲是东北同县出身，两家来往十分密切的缘故。

奴依的父亲是一名军人，全家人一起跟随父亲来到熊本赴任期间，奴依出生了。父亲担任连队长职务，经常调动，在这期间，奴依逐渐长大成人了。奴依的父亲退役后，一家人移居到了东京。奴依也在东京御茶水女子大学念完了书。

据说大学时期的奴依比较擅长写作，除此之外并无特别之处。但当时，同级还有另一名女同学的作文也写得很出色。她们两人因为这一点还互相暗自较劲，始终没能成为朋友。后来那名女同学成了小有名气的作家。

奴依的母亲出身士族，容貌端庄秀丽，闻名乡里。奴依不但继承了母亲的美貌，脸盘儿也比一般女子大一圈，站在舞台上应该很抢眼，这一点被认为是得益于她父亲的基因。奴依的父亲十分魁梧，身高近六尺[①]。所以奴依的身高也略高于一般男性。每当从女子学校出来，走在路上时，和她擦肩而过的学生们眼中总是略显狼狈之色。

圭助出身于山形县鹤冈地区，家里靠酿酒为生。他是家里的第三个男孩。由于圭助小时候多少对绘画有点兴趣，于是父亲把他送入了美术学校。后来尽管圭助也勉勉强强毕业了，但他心里十分清楚自己没有绘画的才能，所以当初一心想要成为画家扬名立万的心思也就打消了。最终，他自己领悟到：学校传授的只不过是技巧和知识罢了，是否拥有绘画的才能则是另外一回事。

所以当他听说九州福冈的某中学缺少美术老师之后，就立即赶了过来。这是他与奴依在一起后第二年春天的事情。

奴依毫无怨言地嫁给体格与容貌都略逊一筹的圭助，虽说是遵从了严父的命令，但也对他毕业于美术学校这一点抱有些许期待。她单纯地以为毕业于美校的人

[①] 长度单位。在日本 1 尺的长度因时代不同而各异。加入《米突公约》后，1891 年（明治二十四年）将曲尺 1 尺定义为 10 米的 1/33（约为 30.3cm），并作为尺贯法的长度公认基本单位使用到 1958 年（昭和三十三年）。

都能成为一名优秀的艺术家。这种愚蠢的错觉和她以往表现出来的聪慧大相径庭。

他们在福冈的房子是从城郊的士族那里租来的,由于是老房子,采光不好,屋里十分昏暗。那时的福冈还保留了些许城下町的样子。奴依觉得家里很昏暗,坚持要搬家,想找一个明亮点儿的房子。尽管圭助对目前的房子大体满意,但是他知道就算自己反对也不见得有用,反倒会被奴依唠叨一番。最后虽说又租了新房子,但也谈不上有多好。

要说圭助在学校的人缘儿,人们除了对他的东北口音颇有微辞之外,美校出身让他还是挺受欢迎的。事实上,圭助对教学也富有热情,立志要成为一名最优秀的美术老师。

但是,这并不是奴依所期待的。她对于圭助一直不举办画展销售画作而感到十分不满。后来这种不满渐渐升级为责难。

"嗯,要是灵感来了,我也会画些什么。我也不可能一辈子甘于当一名乡下中学的老师吧。"

当时圭助内心还是有些虚荣的,所以这么回答。奴依对他当时的这番回答十分满意。

后来,他把这番抱怨的话语当作咒语般反复念叨,奴依也就这样被骗了好几年。

当时后期印象派初涉画坛，年轻画家们纷纷因塞尚、梵高、高更等人的全新画作而热血沸腾。有岛生马、柳宗悦等经常在《白桦》杂志上将这些画用作插图，来介绍这股新风潮。尽管和中央离得有些远，但地方上仍受到了这种活力的影响。但是圭助看到这种潮流后并没有感到热血沸腾。他的血液里似乎从来就没有流淌过野心或雄心这种东西。

圭助嘴上说着"会画的、会画的"，一边却为了逃避而跑到河边、海边钓鱼，偶尔也去附近的棋室转转。这样又过了好几年，连奴依也对他彻底失望了。不知从何时起，奴依逐渐不再说那些抱怨的话，心中的失望逐渐转变为了轻蔑。

有一次，圭助的同僚们来到家里做客。当时圭助并没有觉得奴依的态度有什么奇怪的地方。但是，翌日，当他去学校时，听到有人在背后议论："三冈的妻子尽管是个美人，却总让人感觉难以亲近。"

圭助回家后把听到的话如实告诉了奴依，并在奴依面前责备了同僚们一番。奴依却只是淡淡回道：

"这样啊，反正我和中学老师们的性格也合不来。"

说罢，表情略微僵硬，转过头去，默默流泪。

这是圭助第一次知道奴依内心的想法。

但是，奴依那时已经怀上了他们的第一个孩子。

二

大女儿出生了。不管怎样，他们看起来都如普通恩爱夫妻一般。圭助在别人眼里是娶到了如花美眷的幸福男人。两年后，二女儿出生了。由于要照顾两个孩子，奴依作为母亲更加忙碌了。那大约是大正四、五年。

那时，他们之间经常会因为一些家庭琐事发生争吵。后来争吵的次数多了，奴依渐渐变得暴躁，大吼大叫，还乱扔东西。

一开始，圭助是无法忍耐奴依这种态度的。但是细细思量，奴依之所以变成这般极端易怒，就是因为对自己太失望了。毕业于御茶水高等女学校、才貌出众的奴依如果运气好，完全可以嫁入富贵之家，结果却嫁给了自己这样的贫穷乡村教师，内心压抑愤懑，才会变得这般歇斯底里。想到原因在于自己没什么能耐，反而觉得奴依变成这个样子挺可怜的。经过这番反省，圭助就尽量收敛自己。慢慢的，周围人也就都知道了：在他们家，奴依才是说了算的主儿。

一天晚上，圭助从学校回到家，正在查资料备课。奴依把孩子哄睡着后，静静地坐在桌子旁边，对圭助说：

"我也不想每天和你没完没了地吵架。所以我想找些兴趣爱好来打发时间。"

圭助为奴依今天这不同寻常的态度而感到惊喜，随口问道："当然可以啊。你想发展什么爱好，学茶还是学插花？"

奴依回应道："我想写俳句。"

圭助想起奴依曾说过她喜欢写作、想写小说的事情。

"俳句啊。你原来不是说想写小说吗？"

话音刚落，奴依就狠狠地瞥了他一眼，像是宣告一般自顾自地说道：

"你什么都不懂！反正我就要去学写俳句。"

对于奴依，圭助是没资格抱怨的。奴依这么跟他知会一声，权当是得到了他的承诺。

奴依立志要写俳句，是因为老家那边堂姐的力荐。于是，奴依开始向当时正在福冈发行的俳句杂志《筑紫野》投稿了。《筑紫野》的主编对奴依的俳句评价非常高，称赞她的俳句是女性俳句作品中能让人耳目一新的佳作。入选的作品都会送到东京的濑川枫声那里审稿，每一期，奴依的俳句都得到好评，排名靠前。不久，枫声就评价奴依为"九州女性三杰"之一，虽然三人中其他二位写俳句的资历远远超过奴依。

开始写俳句之后，奴依尽管不像从前那样会轻易地为琐事动怒，但因为沉醉于俳句的创作，便逐渐开始荒疏家务了。有时圭助下班回到家，晚饭没有准备好，两个孩子因为肚子饿而哇哇大哭，奴依本人却坐在桌子前岿然不动。圭助思忖着，一旦因此责备奴依，不知又将惹出怎样的风波，万般无奈之下只好自己主动干起了厨房的活儿。除此之外，奴依在照顾孩子、打扫屋子、洗衣甚至连打理圭助的生活方面也统统敷衍了事。白天，奴依因为要写俳句，所以经常外出独自彷徨，以寻灵感。夜里，奴依已经习惯了熬夜到两三点，直到四周寂寥。

渐渐地，圭助发现奴依像是结交到了一些同好，家中开始不断收到不相识的人的来信，也时常有访客到来。有时圭助回来的时候，会看到玄关的鞋柜里整整齐齐地摆放着客人们的鞋和木屐。

圭助尽量避免和奴依的访客碰面。所以他从玄关侧面的楼梯上了二楼，一边看书，一边静待访客离开。从楼下传来阵阵笑声，夹杂着奴依恍若无人般生动、悦耳的谈笑声。

奴依并没有打算向圭助引见她的访客。圭助也不喜欢和访客碰面。不得已在家中偶尔碰面时，便相互微微颔首致意，仅此而已。于是，圭助性格阴郁、不爱交际、在家里甘心受妻子颐指气使的名声传开了。

三

濑川枫声第一次来到九州大概是大正六年。那时《筑紫野》杂志社的同仁们聚在一起欢迎他。然而在枫声逗留福冈的三天里，奴依每日从早到晚都陪伴在他左右，或是俳句会或是行吟活动，一连持续了好几天。在旁人看来，那时奴依对枫声的态度过于亲昵了。

此事过后，奴依便开始向俳句杂志《秋樱》投稿。《秋樱》不仅读者众多，主编宫荻栴堂还是当代首屈一指的俳句大家，连不懂俳句的人都对他的名字耳熟能详。因为枫声是栴堂先生门下高足，所以奴依的投稿大概是得到了枫声的大力推荐。于是，奴依的俳句开始出现在《秋樱》的女性版中。

大正六年秋，奴依的俳句第一次出现在栴堂选的杂咏中。尽管只有一句，奴依却把入选的那一句俳句写在笺子上，挂于床前，供奉神酒，以示庆祝。

自那以来，奴依每月必定投稿。她的俳句几乎没有不被收录到杂咏里的，多则四句，少则两句。

大正七年三月，枫声再次来到福冈。距离上次不到半年，据说是来福冈探寻筑紫的春天。

听说枫声要来，奴依便对圭助说自己想置办一套新的和服春装。"去年俳句会那时候，尽管家里捉襟见肘，你不也置办了一套新和服吗？"圭助反驳道。奴依回答道："同一套衣服，我怎么能在枫声面前穿两次！"圭助禁不住火冒三丈，吼道："要是这样，那就干脆别写俳句了。"话音刚落，奴依决眦骂道："自从嫁给你，八九年了，你不就去年才给我买过一件像样的和服吗？除此之外，腰带、衬领，哪样给我买过？就连和服外褂都是我从娘家带来的，一直穿到现在，都破旧得不像样了。"

奴依一一数落完，一字一顿地说："好吧，算了！"说罢，突然起身从圭助的面前离开。

被奴依这么吼了一通，圭助意识到，仅凭自己微薄的教师收入确实什么也做不了，光是养活两个孩子已经竭尽全力了。然后又反省到自己确实能力不足，奴依生气也有一定的道理。尽管这样，也不可能立马给她买新的和服，便一直沉默着。

最后，也不知道奴依如何筹到了钱，终于置办了一套新的和服。那套和服有着春日般的颜色和花纹，十分适合奴依，优雅极了。

枫声来的第一天，奴依就一早出门了，直到很晚才回家。尽管之前的俳句会也经常耽误到很晚，但此刻从奴依的身上能闻到微微的酒味。她一定是在俳句欢迎会上喝了不少酒。

第二天，奴依白天要参加太宰府、观世音寺、都府楼址等地的行吟，晚上还有俳句会，可能晚些才能回家，所以出门之前细细叮嘱了圭助关于晚饭的事情。当天晚上将近十二点才回家。

翌日，圭助刚进校门，就偶然遇上了学校里平时也喜欢俳句的一位教员。他昨晚也去参加了俳句会。那位教员装作毫不在意地对圭助说道：

"昨天晚上真是不得了啊，枫声不知跑去哪儿了，最后连晚上的俳句会都取消了呢。"

话音刚落，就试图从圭助的表情里看出些什么来。

然后马上又接着说：

"对了，你妻子好像昨晚也是挺早就回去了吧？"

说完还不由自主地吞咽了一口唾沫。

圭助神色不改，若无其事地回答说：

"没有啊，昨晚回来得挺晚啊！"

看到圭助这样的反应，这位教员一副像是意料之外的样子,"嘿嘿嘿"地笑着,打量着圭助,一脸讥讽地离开了。

奴依和枫声之间不知不觉传出了风言风语。当时还有人说看到过两人出现在近郊温泉。不过这传言也只是因为奴依和枫声走得比较近而已,无凭无据。

枫声一回到东京,写给奴依的书信便比以往减少了不少。关于这件事,奴依向一位写俳句的朋友倾诉道:

"枫声这个人,从远处看好像挺厉害的,相处多了,就发现不过是浪得虚名而已。"

从她的话中能推断出,奴依似乎是对枫声失望了。这个枫声,说到底并没能成为倾听奴依心声的人。再后来,奴依就没再提起过他了。

四

大正八年,奴依一心扑在《秋樱》的杂咏上。日子过得倒也快活。写的东西与当时栴堂门下风头正劲的弟子平分秋色,被刊登在卷首。每月获得这等成绩的时候,她便心情愉快,意气风发。若哪个月的成绩不甚如意,她便心情沉郁,拼了命般发奋学习。

从那时起,栴堂便成为奴依心中的太阳。栴堂对俳句的客观写实十分苛求，对他崇拜、倾倒的奴依自然而然也开始醉心于花鸟吟咏了。比方说，为了以山茶花为题作俳句，她会背着盒饭徒步山野；要写布谷鸟的时候，她会不厌其烦地多次攀登英彦山。

在这段时期，扫地、做饭、照顾两个孩子的事便都落到了圭助的头上。圭助每天都得去市集买东西，学生们看到他这副模样，不禁开始嘲笑他。

大正末期到昭和初期这段时间，是奴依顺风顺水的日子。她的作品时常登上刊首，一时名声大噪，俳人界无人不知奴依的大名。

奴依的俳句以华丽、奔放著称。后世评论家赞叹道："拥奔放之诗魂，驱纵横之诗才，放其光焰。其诗，概而言之，乃兼具古代趣味、浪漫气质及万叶情趣于一身。"

但在同性读者间，奴依便不那么受欢迎了。对于奴依所追求的东西，用一位评论家的话来说就是："奴依求胜之念过盛，视濑川花、竹中道野、洼田理绘、山本百合等女流为敌。地位贵于自己、才藻丰于自己、权势甚于自己、学历高于自己的人，她统统厌恶。上面提到的人只要具备其中一项，奴依便与其针锋相对。"

这番评论道准了奴依的性格，因而奴依不受女俳人欢迎，想必也是这个道理罢。

随着奴依的名声传开，希望得到她指点的人不在少数。若是女性来求教，便不得长久。取悦富家女、客套奉承、娇惯她们这些事，对于奴依来说难以做到。

曾经有一段时间，当地家境殷实的太太们成立了集会组织，请奴依去教她们作俳句。一日，赶上了茶会，那些夫人叫奴依先回去，下次再来。奴依勃然作色道："虽然我只是一名普通中学教师的妻子，但俳句对于我来说，却是看得如生命般宝贵的东西。对于你们这些有闲太太，就恕不奉陪了！"说完拂袖离去。在那时，"有闲"什么的是个流行词。奴依一回到家便大哭起来，一股子无名之火全都撒在了刚下班回来的圭助身上。在她的心里，一名贫弱教师的妻子的身份给她带来的羞辱和自卑让她痛苦得翻不了身。

虽说女俳人对奴依少有同情者，但也有例外，奴依也有少数知己。植田几久便是其中一位。几久是植田巴城的妻子，因为喜欢奴依的俳句，所以常常与她通信，奴依得以进京与片濑的栴堂会面，也是由她引荐。

几久第一次写信给奴依问她要不要进京拜访栴堂的时候，奴依兴奋了几天几夜。栴堂对奴依来说如神明一般。这之前，在奴依和栴堂通信的过程中偶尔也能收到他一两封回信，奴依把这些信都珍藏起来。能和栴堂见面是奴依的夙愿。她没多想,当即同意了进京的事。

奴依要死要活地逼着圭助答应让自己去东京,然而家里却出不起路费。圭助无计可施,只好向老家的兄长要钱。父亲去世之后,兄长便作为家长接管了家业,虽然家道并不殷实,然而兄长还是按圭助所央求的,把钱寄了过来。奴依为此对丈夫千恩万谢。

进京后,奴依住在植田巴城夫妇家里,大概住了十天。这段时间里,圭助收到了奴依的一张明信片,大概是在奴依拜访了栂堂之后。虽然文字不多,却能读出她的喜悦,明信片上写了"一生都想要感谢您"这样的话。不单单是奴依,对于任何一位俳人来说,跟栂堂见面如同朝圣一般,是常人难以想象的。

奴依变成了栂堂的狂热信徒。回家后,逢人便要吹嘘一番,那时的她沉醉其中,忘记了一切忧愁、苦闷。

当时,奴依和栂堂见面是这样一番景象:奴依凝望着栂堂,对他说:"我愿意将我的灵魂、我的全部都献给先生您。"她甚至毫无羞赧地说道:"天下的女俳人虽多,真正理解我写的俳句的人却少而又少。但是,承认我这份天分、发现并放大我这份才能的人,唯有老师您。"当时栂堂的弟子有两三人碰巧在场,听了这番表白,皆惊讶地看着奴依。就是从这个时候起,奴依开始被栴堂周围的人厌弃、排挤。

若奴依的竞争对手在杂咏中排名高于她，她便烦闷不已。然后就开始怀疑是不是哪个作者暗地里用钱买通老师，做些见不得人的事。从那时起，奴依就反复唠叨说："什么也拼不赢钱啊。""穷人不论多么努力，只要人家一使钱，就完了。"这些话已经成为奴依的口头禅。

五

奴依读到的一本记述栴堂事迹的书中提到，栴堂曾经得过脑溢血，自那之后处处小心。知道这件事以后，她就担心焦虑，放不下心来。若是栴堂死了，自己的俳句生涯也就终结了。

大概是在昭和三年或者四年秋天，奴依时常拿着用布做的袋子外出。回来的时候，袋子里便装满大大小小的菊花。奴依将这些菊花铺在走廊上风干。再大的花一风干，便蔫缩成小小的一团。在香味还未散尽的时候，奴依将这些花塞进袋子，然后再去采来晾干装袋。每当圭助问她在做什么，她便答道：

"给老师做菊枕呢。"

"枕着这样的枕头睡觉，可以延年益寿，陶渊明的诗文里也曾这般写道。"

装满菊花的枕头长约一尺二寸，说是要置于普通的枕头上面才好。（最近有人告诉我陶渊明并没有写过关于菊枕的诗文，而是《澄怀录》一文中提到"秋采甘菊花，储于布袋，以作枕用，能清头目，去邪秽。"）

奴依花了好几天来做菊枕。喜悦之情难以自抑，甚至以菊花为题，做了几首俳句。

那时奴依所作关于菊花的三首俳句，至今仍是她的代表作。

之后，奴依对圭助说，想亲自带着这个枕头再去一次片濑，如果寄去，显得不够诚心。

自从决定要去送菊枕，无论谁说什么，她都听不进去了。圭助没办法，只能硬着头皮凑钱。那时，奴依的弟子给的谢礼还剩有一些，但圭助明白那些钱动不得，只得又去老家向自己的兄长借钱。兄长勉强同意了。奴依带着视若珍宝的菊枕又进了京。

在巴城家里又叨扰了十日，最后却失望而归。来龙去脉如下：

奴依拜访了片濑的梅堂草庵，见到了梅堂，并给他呈上了菊枕。但梅堂没有如期待的那般欣喜，只说了几句客套话。可能因为有弟子在场，考虑到自己的面子吧。然而这对奴依来说始料未及。自己费尽心思采集那么多的菊花，千辛万苦从九州赶来，却没有得到栴堂的一句称赞。再看周围的人，并没有谁在谈论这个枕头的事。那天，奴依失望地离开栴堂家。

第二天，在武藏野有吟行。奴依赶到的时候，五十余人都到场了，甚为壮观。

奴依想着：今天栴堂是不是会注意到我呢？便挪到了他的面前向他行礼问好。栴堂朝她点了点头，又和周围的人接着闲聊起来，似乎没有在意奴依。奴依觉得自己像是被抛弃了，精神有些恍然，竟未能作出好俳句，甚至朗诵的时候也不敢报上自己的名字。因为没能取得什么好成绩，心更乱了。

第三天，有俳句大会。那时谁也不曾注意到她。奴依暗自觉得：只要提起自己，作俳句的人应该都有所耳闻。但现实背离了她的想法。大家会不会想着这是哪里来的乡下人，对我显露鄙夷之色呢？这么一想，便觉得自己装束土气，难以见人。

栴堂周围站着的都是有头有脸、生活富裕的人。

"想要凭借《秋樱》崭露头角，钱、权缺一不可。"每当奴依想到这句虽不中听却常为人道的话，便联想到自己贫穷的乡村教师妻子的身份，更觉羞耻和怨怼。

那天的俳句大会上，她没有取得什么好成绩。当天晚上，奴依在床上翻来覆去睡不着，整夜烦闷。早晨，巴城夫妇见奴依眼睛通红，便问其缘由，她便一股脑儿将那些愤懑和恼怒全都吐露了出来。

巴城对奴依的自负心之强大为震惊。为了安慰她，便在外面给栂堂打了电话，叮嘱他下次奴依再去的时候好歹说些什么。栂堂无奈，只是在电话里苦笑。

第二天中午，奴依又去了片濑。栂堂看着奴依，虽说周围有人，却又想到巴城的嘱托，便对奴依说道：

"谢谢你前些日子送我菊枕，我睡得很香。"

一句客气话而已。

然而只这一句客气话，让奴依几天来的所有不满和愤怒在一瞬间消失得无影无踪，只剩下小儿女之态。她有些愤愤地说道：

"老师您一直关注着他人，却丝毫没有在意过我。所以我才在那吟行、俳句大会上乱了方寸，没发挥出自己真正的水平啊。"

听了这番话，周围的弟子们震惊不已。他们看到奴依那美丽的脸庞略带潮红，面露媚态，一副欲用美色去魅惑老师的样子，暗地里愤慨不已。当然，他们这么想时，心里或多或少也带有嫉妒之心。

奴依想趁势而上，便接二连三往片濑跑，在栴堂家又是在厨房帮忙，又是给客人端茶倒水。对奴依来说，只要能在栴堂身边便是一件高兴的事，她并没有像客人那样在栴堂家里一副悠闲的样子，而是展现了自己身为女人的一面。但在他人看来，却是另一番观感了。

栴堂对此束手无策，但还是对奴依说道："你这样，大家会多想的，还是回去吧。"

"老师，您仿若当空皓月，总是那么澄澈明亮。但一群望月之蛙却聒噪不已。"

"老师身边的人都不可信，是君侧之奸。"

奴依从那时起直到去世，一直这样念叨着。

由于栴堂身边的这些人，奴依最终失望而归。但是，她对于栴堂本人的尊敬、景仰之情非但没有减少，反而与日俱增。

六

昭和七年，圭助四十五岁，奴依四十三岁。

其间，圭助连一次工作调令都没有收到，在同一所学校执教二十余年。身为一名美术老师，既不可能升任校长，也不可能当上教导主任。但他对于当一名普通教师感到很满足。

对奴依来说，圭助就是一个没骨气的废物。虽然对他的轻蔑已经长达二十年了，但有时仍然会感到无比憎恶，也会因莫名琐事而针对他、责骂他。

奴依在外面尽量避免谈及圭助。每每被问到"您丈夫是做哪行的"时，她都惊慌失措，马上回答说：

"嗯，他是做某某行的……"

这样若无其事地岔开话题。即便对方执意追问，奴依也总是"嗯啊"地支支吾吾，不着要领。往往令对方赶忙岔开话题。

奴依经常出入当地的有钱人家。大家早就都是《秋樱》的同仁，经常聚在一起写俳句，所以都给奴依面子。因此，对奴依来说，与当地的医生、律师、企业家等名门望族相交并非难事。

奴依虽然年过四十，但是白皙的皮肤、精致的面容使她看上去只有三十四五岁。她身着深茶色竖条锦缎质地的黑纹和服，巧妙地掩盖了身材高大的缺陷，受到众多中年男子的追捧。但却有人评价说她衣着装扮太过艳丽，因此奴依一向在阔太太当中不受欢迎。

奴依通过自己主办的杂志《春扇》培养了十多名女弟子，但她们大多慑于她那强势的性格而不再追随。其中一个年轻姑娘在《秋樱》杂咏中崭露头角时，奴依便对她说：

"这并不是因为你的才华实力，而是因为你父亲是工商会里的头目，有的是钱。有钱就能办事儿。《秋樱》这样的刊物，也会考虑到权衡世俗性的利弊，所以你就别自我陶醉了。"

这番话惹怒了那个姑娘，自此以后双方绝交。奴依的这种嫉妒，大概与她身为教师之妻的自卑和焦躁有关。

虽然《春扇》出到第二期就夭折了，却保留了奴依的较多杰作。她的俳句蕴含着浓烈的浪漫气息，很能打动人心。就她个人而言，比起描写草木等客观事物，她更倾向于撰写寄托奔放诗情的主观俳句。虽然她偶尔也在不经意间表露心声："梅堂老师虽然多次提及写生俳句，但是我个人还是觉得主观俳句更有趣。"然而她却尽可能地去压制这种心理，用客观抒情来约束自我。因为对于奴依来说，梅堂是不容置疑的，他的教导都是经典的。

当时，梅堂门下也有不满"味同嚼蜡的写生俳句"而推崇主观俳句的弟子。奴依虽然对于他们的这种主张很是倾心，但仍对那些徒弟告诫道：

"俳句不应随心而作，而应虚心歌咏自然。"

她还责骂那些与栴堂背道而驰的人忘恩负义。

提到写生，不论去哪儿，奴依都兴致高昂。一旦下定决心，就没有什么能阻止她。圭助从学校下班回家时，家里往往门窗紧闭。开门一看，经常是桌上放着一张纸条，写有奴依的目的地，之后便一连几夜不回家。

奴依喜欢去英彦山。英彦山海拔一千两百米，是北九州最高的山，以前还是修行者的圣地。整座山上老杉树茂密丛生，就算是白天也很昏暗。奴依经常留宿山间，花两三天的时间漫步山中。

有时，二科会的相识画家来山上写生时也会遇上奴依。从路边岩石后面冒出来的奴依披头散发，面无血色，眼睛就像中了邪一般闪闪发光，手里挥舞着龙胆花，浑身充溢着妖气。画家看了，脸色大变，赶忙逃回旅馆。这是发生在昭和十年左右的事情。

从这时起，奴依开始烦躁，模样也变了。对此，有评论家说："昭和八、九年是奴依创作的巅峰期。昭和十年以后，她的才华日渐衰退，不仅作品数量急剧减少，内容也缺乏亮点。"

此后，尽管奴依多次向《秋樱》投稿，她的作品却始终再未被刊载。

她的面容日渐憔悴，内心也越发焦虑，最终病倒了。

"老师身边的人都很坏，他们出于嫉妒而排挤我，我要去见老师。"奴依这样说道。

尽管圭助尝试劝阻，但最终并未奏效。

到了京都，奴依先去了巴城夫妇家。巴城夫妇看到奴依的样子十分惊愕。鉴于她目前的状态，便想方设法劝她回九州去。

七

回去后，奴依几乎每天都给栩堂写信。

"老师，我渴望更加、更加亲近您。作为您的弟子，我想投入您的怀抱，贴近您的心，得到您的爱。"

"老师尽管亲切，却也冷淡。我感到孤寂，无法排遣。想到那些围绕在老师身边的人都能恣意享受您的疼爱，我的心就悲痛不已。然而老师啊……恳请您不要弃我于不顾啊。"

"老师，请您原谅我的任性。为什么不再刊载我的俳句了呢？有不好的地方，还请老师不吝赐教。"

栩堂却未曾回信。

奴依每天在送信的邮差经过的时候准时在门前等候。邮差每次都并不停留，扬长而去。若无其事地从眼前经过的邮差的身影，都会使奴依联想到栴堂的冷淡态度，从而觉得可恨。

奴依写的俳句依旧没能入选。为此，她日夜懊恼不已。在家里，她的喊叫声、哭泣声甚至把访客都吓跑了。

昭和十一年，栴堂要出国游历。栴堂乘坐的轮船为箱根丸号，途中要在门司停泊一次。奴依为了见到栴堂，捧着花束赶到门司的港口去了。当时，轮船还做不到靠岸停泊，只能停在海上。奴依就雇了一艘小船登上了箱根丸号。栴堂的房间在一等舱，已经挤满了很多人，靠近不了。奴依就托人传信儿给栴堂。但可能是栴堂太忙了脱不开身，有人替他出来接见了。那人随随便便地从奴依手里接过花束，说：

"谢谢你了，我会向老师转达的。"

说着就把花束顺手搁在了一边。也许他觉得当时船舱里人太多，带花束进去不方便，打算过后再拿进去吧，奴依却不这么认为。因没能见到栴堂而变得十分焦躁的奴依一下子怒不可遏。她一把抄起花束，拆开束带，把散开的鲜花撒满了甲板。那些花儿最终被二月的寒风吹散了。

奴依从船上下来登上门司码头的时候，因为情绪无法平复，并没有立刻离开。一回头却看到了一艘汽艇离开箱根丸往这边开过来。那是梅堂一行人和其他船客及送行人，打算一起到海峡对面的和布刈岬去行吟。奴依远远看到他们一行人登上栈桥，乘上了早已等在岸边的汽车，赶忙跑了过去。但是，当她赶到时，大家却早已上车。

"老师，老师，请让我也一起去吧。"

说着，奴依一只脚想去踩上车的踏脚板。但是"啪"的一声，车门从里边关上了。看到六十几岁的梅堂气定神闲地端坐在车子中央，侧脸一闪而过，奴依失声痛哭。

尽管如此，奴依并不死心，她想着在梅堂回国之前做点什么。梅堂在欧洲游历了数月，于六月回到横滨。

然而这期间发生的事情，却只是奴依被《秋樱》杂志从同人名单中除名。

据她的诗集年谱所示，那一年，她"断了写俳句的念头"。

自那之后，奴依频繁地给梅堂写信，前后加起来有两百多封，而且写到后来像失去了理智一般。她的信开始前言不搭后语，一封接一封地哭诉哀伤，宣泄愤懑，有时候会发电报将前一封信件取消，有时候还会决定再次投递。内容也都支离破碎：有时写着如意轮观音如何如何、观自在菩萨如何如何；有时写了涂掉，涂掉再写；有时写完了却把信纸揉成一团。渐渐地大家都知道她精神不太正常了。

昭和十九年，圭助送奴依进了精神病院。刚住院时，奴依嘴里还经常念叨着一定要写诗啊什么的，也常常嚷嚷着要出院，但之后，她就整天一个人自言自语了。

有一天，圭助去探病时，奴依非常开心地对他说："老公，我给你做了一个菊枕。"

说着就把一个布袋子递给了他。当时是夏天，听说送的是菊枕，圭助感到很奇怪，就打开袋子往里一看，里面装得满满的都是风干的牵牛花。这都是奴依央求护士采来的。

圭助泪流满面，觉得奴依精神失常了之后，终于回到自己身边了。

昭和二十一年，奴依在医院病逝。终年五十七岁。

事后查看医院的看护日记，上面写着她好几天都"自说自笑"。究竟是怎样的幻听使她开心到笑呢？

火之记忆

一

　　自打赖子开始与高村泰雄交往之后，一路都顺利得很。但到了两人快谈婚论嫁的时候，赖子的哥哥那边却出了一些麻烦。赖子的哥哥贞一和泰雄见过两三面，知道泰雄这个人。他对泰雄的人品并无芥蒂，只是当他看到泰雄的户籍抄本后有些微辞。

　　户籍本上写着母亲去世，且无兄弟姐妹。单从这两点来看，还算说得过去，但当贞一翻到泰雄父亲那一页时，却发现上面写着"失踪"且被除籍。这一点让他有些心生疑惑。

　　"这是怎么一回事？赖子，你问过泰雄吗？"

　　由于这种情况并不多见，想必贞一多少有些在意吧。赖子家里早年丧父，哥哥便接过父亲的担子，成了家中的顶梁柱。今年他正好三十五岁，在一家出版社工作，已经有了孩子。

　　"嗯，问过。说是他父亲做生意赔了钱，从家里出走后便一直没消息。"

泰雄的确是这么跟赖子说的。尽管在泰雄回答的时候，赖子便察觉到了他的话语里似乎藏有一些难以言说的苦涩，可当时她觉得不好继续追问，便没有深究。

"这事有些古怪，你再好好想一想他说过的话。"贞一盯着户籍本，面无表情地说道。赖子能够理解哥哥的心情，他应该是在考虑"失踪"这两个字背后是否另有隐情吧。原本，哥哥和母亲就一直很在意泰雄孑然一身这件事。毕竟，作为亲人，还是想将赖子嫁到可靠的人家去。但是由于赖子喜欢上了泰雄，所以关于这一点也就不了了之了。但是如果对方的家庭中还藏有更为惊人的内幕，贞一身为兄长，就不得不重新考虑一番了。

赖子在一家贸易公司工作。泰雄所在的公司和这家公司有生意上的往来。因此泰雄经常出入赖子的公司，一来二往，两个人的关系越来越近。泰雄梳着干练的发型，虽说衣着朴素，但眼睛仿若佛祖般流露出温柔如水的目光。每每与他对视，赖子便会露出羞涩的笑容。

两人下班之后，便打电话相约在银座，有时喝喝茶，有时看场电影。泰雄言辞不多，动作稍显笨拙，却给人一种诚实可靠的感觉。日常工作中，对他的这份品质，大家也有目共睹，所以赖子的同事都一致认为泰雄的人品不错。泰雄无父无母,也没有可依靠的人。按理说,他半工半读的经历早该让他通于人情世故,但有时他却还像个孩子似的,有些幼稚。

赖子下决心和泰雄结婚的时候,便打电话给哥哥贞一,想让他和泰雄见一次面。虽说之前贞一作为赖子的兄长曾经和泰雄见过两三面,对他的印象也还不错,但关于他孑然一身这件事,贞一却一直有些耿耿于怀。尽管如此,贞一还是同意了两人的婚事。因为结婚的事情,贞一从泰雄老家的办事处拿到了他的户籍抄本,这才知道他父亲"失踪"且被除籍。这类情况多发生在战时,太平年代并不多见。

"好吧,只能我去亲自确认一番了。"贞一说着,又去见了泰雄一面。回来后便对赖子说道:"嗯,和你说的一样,这事儿就这样吧。"赖子听了这话,知道哥哥认可了泰雄的说法。事实上,打那之后,二人的婚事就利利索索地操办起来了。对于赖雄父亲失踪的事情,哥哥应该没那么介怀了吧,赖子这么想着也就心安了。

然而,问题并没有彻底解决。

泰雄和赖子的婚礼结束之后,两人去了汤河原新婚旅行。在汤河原住了一晚后,泰雄突然改变了计划。原本二人准备周游伊豆,但泰雄突然说想去房州的某个小渔村看看。

"可是那种地方有什么好看的？"

赖子望着泰雄，有些错愕。

"那个，虽然什么都没有……但我一直挺想去那里看看的。"

泰雄搔搔脑袋，有些心虚地说道。

最终赖子同意了，两人便去了房州。诚然，那里只是一个普通的小渔村。当地只有一家旅馆，鱼腥味很重。但不得已，两人只得将就了一宿。为什么一定要到这里来呢？不明所以的赖子有些失落。

"那个，抱歉，抱歉，我就是突然想到这里来看看。要不晚上咱们去看看海好不好？"

泰雄拉着赖子，像是要安慰心情低落的她似的，带她去了海边。阴翳的天空，没有月光，黑漆漆的海水像黏液一般将微白的沙滩一片片分开。波涛往复，海风腥烈，没有一点渔火。泰雄无声地眺望着漆黑的大海。

赖子突然觉得泰雄似乎有话要说，她猜想会不会是类似表白之类的话。但泰雄只是紧紧地握住赖子的手，两人十指相扣，就这么沉默着。不久，泰雄开口道：

"回去吧！"

不知道是不是错觉，赖子总觉得泰雄似乎有些欲言又止，她暗暗松了口气。

当泰雄真正告诉赖子实情的时候，距离那次渔村之行已经过去了两年。泰雄思来想去，考虑了许久，最后决定如实相告。

二

父亲是在三十三岁那年失踪的。母亲则是在三十七岁那年去世的。父亲失踪时我只有四岁，母亲去世的那年我十一岁。自母亲去世，已经过去二十年了。我对他们出身何处并不清楚，只知道父亲出生于四国的某个山村，母亲出生于中国地方[①]的农家。两人离开故乡后再也没有回去过。一直到今天，我也没有去过他们的老家，当然老家的人也从没拜访过我们。简而言之，两人就像浮萍一般。

所以关于父母的事情，从别人那里也问不出个头绪。活到三十七岁的母亲生前从未跟我提起过她家乡的事情。

父亲和母亲是在大阪结婚的。但是，一个是

---

① 指位于日本本州岛西部的地域。

四国深山里的青年，另一个却是中国地方的农家女孩，究竟是怎样的缘分才会让他们选择在大阪共度余生呢？我猜想正是因为两人都选择背井离乡外出闯荡，才得以在这茫茫人海中相遇，不是吗？事实上，一直到母亲去世，两人在户籍上也不过是同居关系。那时父亲到底是怎么想的？小时候每当我提及父亲，母亲总会有意无意地回避。

我出生于本州最西边的B市。父母为什么要从大阪搬到B市来我也不甚清楚，因为在我四岁的时候父亲便失踪了，所以对他没有什么印象。连他的相片我也没见过。那个时候，我问过母亲为什么没有父亲的相片。母亲答道："你父亲这个人不太爱照相，所以没留下什么相片。"我又问母亲，父亲当时做的是什么工作。母亲告诉我说："他啊，做的是贩卖煤炭的买卖，成天跑生意，一直都很忙。"第一次世界大战后，日本经济十分不景气，父亲债台高筑，后来便逃去了朝鲜，下落不明。父亲失踪后的第十个年头，户籍处宣告"大正某年某月某日，某某失踪"，于是将他从户籍上除名。

事实上，父亲杳无音讯，是生是死也不知道。要是现在还活着，今年应该六十岁了。

"我去趟神户。"父亲说着,提上行李箱离开了。母亲以为是做生意出差,便没多想。但那一幕却定格为父亲最后的身影。父亲究竟是事先便打定主意要离家出走,还是在出差途中突然决定离开,这些都不甚清楚。父亲也没留下遗书。有人曾说在开往朝鲜的渡轮上见到过父亲。

自那之后,母亲便独自一人养育我,并未改嫁。我们住在一间小小的点心店里,距离旧城的商业区往返大概二里远。那时候还没有电车,路上行人来来往往。休息的时候,他们便过来买些点心,赚的钱勉强够我们娘俩生活。那里四周视野开阔,直到现在也没什么变化。

之前便说过,我的脑海里没留下什么关于父亲的记忆,三四岁时的记忆像玻璃碎片一样零零碎碎。在我儿时的记忆中,只有母亲,没有父亲。当然父亲离家出走之前确实曾在家里待过。我总能回想起很多幼年时的记忆,这一点让母亲感到十分惊奇。然而关于父亲待在家中的记忆,我却一点儿也想不起来。

比方说,我家屋后不远处便是大海,冬天海风呼啸,波浪滔天,我特别害怕,有时候甚至会吓得哭出来。那时候，母亲就把我抱在怀里，轻声安抚我。时至今日，尽管这些记忆都有些模糊了，但我记得那时候确实不曾有过父亲的身影。

晚上，隔着海，从家中就能看到对岸的灯光。母亲抱着我，指着远处的灯光哄着我。星星点点的灯光仿佛背着一座大山的影子，沙砾般闪烁着。那个时候，我也不记得父亲曾与我们站在一起。

家门口有一座长满草丛的小丘，挡住了来往的道路。夏天的时候，我和母亲躺在床上，看着飞入家中的萤火虫在蚊帐周围发出淡淡的绿光，一闪一灭。可那时也只有我们母子二人，我依旧没有任何关于父亲的印象。

总而言之，我完全不记得父亲曾在家中待过。

三

"父亲不在家里，会不会住在别的地方呢？"基于儿时的一些记忆，我一直这样认为。

母亲牵着我走在漆黑的小路上。当时，因为我经常喊累，母亲时不时在途中停下来稍作休息。

至今，我仍能记起当时那制作玻璃瓶的小作坊和那间挂着能照亮整条街道的灯笼的大师堂[1]。制作玻璃瓶的手艺人跨立在火炉前，嘴里叼着一根长长的棍子。棍子的一头粘着类似红笼草的玻璃，手艺人就通过这根棍子用力将玻璃吹出各种形状。大师堂里传来阵阵咏歌声，悠远哀恸，不绝于耳。

这些都是我儿时难以忘怀的记忆。

有时，我谈及这些，母亲总会略带惊讶地说道："你居然还记得呢。"

"当时我们是要去哪儿啊？"但是当我继续追问时，母亲却常常若无其事地回答我说："不是去买东西吗？"

撒谎。我心想。在那样的深夜，走在那样漆黑的小路上，会是去买东西吗？

我依稀记得那条小路似乎很长，还记得曾多次经过那里。

我们会不会是去见父亲？我总是这么觉得。父亲身居别处，我们母子二人前去探望。一定是这样的。我至今对此深信不疑。

那么，父亲为什么要住在别的地方？母亲带着

---

[1] 供奉弘法大师的佛堂。

我前去探望，又是何故？

母亲在世时，我始终没能问出口，因为这多少有窥探父母秘密的嫌疑。

但这又确实是个秘密，它就像禁忌一般残留在我的记忆里。

我的脑海里总是浮现出一个并非父亲的男子形象。尽管我对他的身形、长相并无过多印象，但是每当回想起那时关于母亲的记忆，我却总能从中记起有关他的事情。

至今我还记得这样一件事。母亲带着我走在那条夜路上，但是她的身边还有着另一个男人。因为他与我们并排而行，所以我清楚地记得他的身影。

我也没忘记母亲当时牵着我、对我说的话。她说："你是个好孩子，今晚的事情不可以跟别人讲。妈妈不让说，你就不会说吧？"

每每回想起来，我都会对母亲感到憎恶。一种令人作呕的猜疑充斥着我的大脑。随着年龄增长，我渐渐明白了当时那句话的意思。对警告三四岁小孩不要多嘴的母亲，我打心底里厌恶不已。

基于这样的记忆，我一点也不想向母亲询问。不，应该是问不出口。尽管我心存厌恶，但最后还是决定替母亲保守秘密。

即便如此,终于有一次,也仅此一次,我忍不住向母亲问起了此事。

"那会儿回家的路上,是不是还有个叔叔和我们走在一起?"

"没有。"母亲摇头答道。

"那有没有和我们来往密切的人?"

"哎呀,怎么了?怎么突然问起这件事情来了?"

我就此打住,缄默不语。

还有这样一件事。

漆黑的夜空里,赤红的火在燃烧着。那不是熊熊燃烧着的烈火,而是些缓缓摇曳的火苗,星星点点连成一片。是山上着火了吗?果然如此,火苗正沿着山脊蔓延开来。

年幼的我抓着母亲的手,屏气凝神地注视着这番景象。那晚犹如魔术般燃烧着的火苗在此后的岁月中也给我留下了深刻的印象,难以忘怀。

但是当时目睹这番场景的不止我和母亲,还有另一个男人在场。我记得他当时是和母亲并排站着的。就这样,我们仨人一起在黑夜里目睹了那次山火。

四

父亲身居别处，母亲前去探望父亲的同时，身后还有另一名男子跟随——即便是如此模糊的记忆，也令我痛苦不堪，更何况那些画面太过久远，甚至称不上是记忆。或许将其称为幻想更为合适吧，毕竟那些都是我三四岁时发生的事情了。

但是我又觉得那不仅仅是我的幻想。事实上，二十年后发生的一些事情恰恰印证了我的想法。

那是母亲去世十七周年的忌日。因为我既无兄弟，又无亲友，所以当时仅将母亲泛黄的遗照置于佛龛上，拜托寺庙的和尚吟诵经文，办了一场略显冷清的法事。不论母亲有着怎样不为人知的过往，她终归是我的母亲。

当时我还从行李堆里翻出了一个旧肥皂盒，母亲生前一直将它用作随身手匣。从匣子里取出母亲的相片后，我发现匣子底部还放着几张看似是母亲故友及其子女的照片，甚至还有一些毫无关联的旧照，大概有十来张的样子。尽管那些照片我儿时已见过多次，觉得很是无聊，但时隔多年，我还是禁不住把它们拿在手里一张张地细细端详起来。突然，一张有些发黄的明信片从照片中滑落出来。

这张旧明信片之前我也似曾见过。上面写有某人的死亡通知，都是些十分平常的语句。我每次看到这些明信片总会对母亲说道："这种东西干吗那么稀罕地一直保存着呢？"还取笑她后来什么东西都想要藏起来的小习惯。

发黄的明信片上，依稀能辨认出当年的字迹，上面写着"河田忠一先生虽经过长时间的悉心疗养，但最终因医治无效……"平时，明信片上的死亡通知大都是印刷字体，但是这里却用了潦草的手写体。明信片的收信人是身在B市的母亲，寄信人为九州N市的惠良寅雄，落款日期则是二十年前。因为我印象中曾经见过这张明信片，所以当时并未觉得有何不妥之处，就又把它放回了原处。

大概是越熟悉的事情就越容易被忽略，所以那时我依旧没有对那张明信片起疑。

但是奇怪的是，两三天后，我乘坐电车时，脑子里突然想起了那张明信片。真是毫无缘由。

死亡通知上的"河田忠一"到底是什么人？虽然我觉得对方可能仅仅是母亲的一位旧识，平日里也并未多想，如今却不禁在意起来。以"死亡通知"的形式来写的这张明信片，如今看来，可能也别有深意。

如此想来，死者的名字与寄信人既不同姓，又不像亲属，这一点着实奇怪。平时我们可以从譬如"父某某""兄某某"等字样来辨明死者与寄信人的关系，但是从这张明信片上的称呼"河田忠一先生"来看，无从判定。

总之，我决定还是先从这张明信片的寄信人九州N市的惠良寅雄着手，向他打听一些有关河田忠一的事情。当然，我也想过，也许就是这个人。不过，直到那个时候，我都没有将自己幼时记忆中的那个男人与河田忠一联系起来。

询问的信件最终带着浮签原封不动地退回我的手中。毕竟那张写有死亡通知的明信片已经寄出二十年之久，其间因为寄信人搬迁而找不到送信地址也情有可原。至此，我手中唯一的线索也断了。

但是，三个月后，我因故翻查电话本时，偶然想起之前的这件事，便试着查找了下"E"行[①]的名单，发现惠良这一姓氏极为罕见。就连东京市的电

---

① "惠良"的日语读音用罗马字符表示为Era，所以属E行。

话本都罕有记载，足见这个姓氏之稀少。我决定从这里着手，继续调查。

我给九州N市的市长写了一封信：

"我想请您帮忙查找贵市辖区内姓氏为惠良的人家。因为这个姓氏着实罕见，如果方便，还请您向当地的米粮配给站进行询问，并将登记册上所记录的住址告知于我。虽然我要找的是惠良寅雄，但是考虑到他可能早已去世，还请您将所有姓惠良的人家都筛选出来，然后给我回复。"

虽然我的要求有些过分，但热心的N市市长还是答应帮忙。可能是由于这个姓确实少见，市长还特意派遣手下的官员前往市内的十几所配给站进行调查。最后，他们回信告诉我，一共找到了三户姓氏为惠良的人家，并告诉了我各家的地址。虽然其中并没有惠良寅雄这个名字，但我还是对市长的帮忙感激不尽。

有了各家地址，事情就简单许多。我分别给那三家写了信，询问对方家里是否有名为惠良寅雄的人。等待回信的十天里，我度日如年。最终，其中一家回信称"惠良寅雄是我过世的父亲"。虽然这个消息多少有些让人沮丧，但我还是又提笔给那家

人写了封信,说自己其实是想打听寅雄先生是否与河田忠一先生相识。这次,对方很快给了我回信,写道:

"河田先生确实是家父的熟人,家母仍然健在,关于河田先生的事情,她也略知一二。"

听闻此讯,我内心激动不已。

五

于是我即刻从东京出发,奔赴九州,终于在二十五个小时之后到达N市车站。N市位于筑丰煤田中部地区,距离我出生的B市仅两小时车程。

我按照地址四处打听,终于在傍晚时分找到了那户人家。附近是一片煤矿,惠良的家就在煤矿家属区的大杂院里。

我拿出那张写有死亡通知的明信片,寅雄的夫人带上老花镜仔细看了看,说道:"对,这的确是我丈夫的字迹。当初河田在临终之际拜托我们在他死后将死讯寄送出去。这便是其中一张。"

惠良寅雄与河田忠一来往十分密切。惠良是当地人,河田却是中年以后才辗转至此,做些小贩生意。河田孤身一人，未曾娶妻。当时因为两家住得很近，所以渐渐熟络起来（河田当时就住在明信片上所写的地方）。大概就是这么一回事。

"河田是因为胃癌去世的。当时他预感自己时日无多，所以急忙把我丈夫叫过去，拜托他在自己死后通知这些人。对方可能也没法参加自己的葬礼，所以只需告知一声即可。河田交代完便开始写那些人的地址。他只写了两三个人的地址。这张明信片上的地址便是其中之一。后来我丈夫把明信片都寄出去了。"寅雄的夫人这么说道。当我提出想多了解一些关于河田忠一的事情时，她又补充道，"河田只活到了五十一岁。听说他之前在别处当了很久的警察，后来因犯下过错，被调派至此。来了不久，就辞掉了警察的工作，靠做些小贩生意谋生。"这就是她所知道的关于河田的一切。

慎重起见，我还是追问了一句："难道河田没有提过关于他想要通知的人的事情吗？"

"没有，他只是让我们帮忙通知而已。关于他和那些人的关系，并未透露。"寅雄的夫人这般答道。最终我没能知道更多。关于河田忠一和母亲之间的渊源依旧是未解之谜。我只好徒劳而返。

我从惠良家里走出来已是日暮时分，天色微暗，尽显苍茫之意。寅雄的夫人觉得有些过意不去，便一直目送我到半途。路旁的人家都生着炭火，小道上弥漫着青白色的薄烟，雾一般笼罩着我。煤矿地区独有的景象让我不由得生出淡淡的旅愁。

我在N市车站坐上了回程的火车。当时窗外已是漆黑一片，唯有煤矿镇上灯火摇曳。我倚着车窗，不知怎的忽然陷入了莫名沉重的情绪之中，恍惚地望向窗外。

那一刻，我看到了黑暗中远方的高处，赤红的火焰正燃烧着。火苗沿着山脊，星星点点地散落。

这正是深埋于我幼年记忆中梦幻般的景象。对，没错。就是这样的火！就是这样的火！母亲背对着我，那个男人站在一旁，我们仨人一同看过的火。

那是煤矸石山上废弃的煤炭自动燃烧而形成的火焰。原来是这样，我思忖着。幼年遥远的回忆竟然变成了眼前的现实，我仿佛快要窒息。

于是我终于明白，原来母亲真的来过这里，带我一起来过这里。虽然不知究竟是何缘故，但是母亲确实曾经来此见过河田忠一。记忆中一起看火的三人中的那个男人正是河田忠一。那宛若梦境般的幼年记忆居然不是幻想，而是事实。

母亲和河田忠一确实一直来往密切（这在我的脑海里留下了深刻的印象）。河田辗转来到这里之前一定在B市生活过。

"你是个好孩子，今晚的事情不可以跟别人讲。"我想起了夜路上母亲曾对我说过的那些话。我还记得与我们同行的男人的背影，正是河田忠一。

我明白了。明白了为何父亲总是不回家，行踪不明。也明白了为何河田会拜托惠良通知母亲自己的死讯，而母亲也一直保存着那张死亡通知。

火车向前飞驰，煤矸石山上的火也渐渐远去了，终于消失在车窗外的黑暗中。那火仿佛印证了我对母亲多年的猜疑。我顿时有些血气上涌，手死死地抓住火车的窗框大力摇晃着。

我突然为失踪多年的父亲感到可悲。一想到这些，我对母亲的憎恶就愈发强烈，难以自抑。

我感觉体内仿佛流淌着不洁之血，快疯了。

六

上述就是泰雄对赖子所说的一切。吐露一切之后，泰雄的脸色变得有些苍白。

"当你哥哥问起关于我父亲失踪的事情,我想过要全盘托出,但最终还是没能做到。所以当时并没有如实相告,只说父亲是因为生意失败而失踪的。本来这些事情都应该在结婚之前就告诉你,但是我做不到。因为我觉得太过耻辱,没有勇气开口。"

赖子心里默默嘟囔着:难怪新婚旅行的那晚你特意在房州海岸附近徘徊,一副想要说出实情的样子,但最终还是没能说出口。

而现在,当泰雄下决心说出一切之后,他悲伤的表情之中显露出一丝安宁。他是凭着对赖子的爱才说出一切的——这些都发生在表白之后,至少看上去如此。

赖子见到哥哥贞一时谈到了泰雄。对于哥哥,她一向是无话不说的。

哥哥贞一听的时候仿佛心不在焉。听完,也只是抽着烟,并没有发表任何意见。

但是很快赖子便明白了,其实哥哥贞一当时听得十分认真。这是因为贞一事后给赖子写了一封信。信不是很长,但全是分析。

曾几何时,你给我讲过关于泰雄的事情,让

我考虑了很多。但是事情并不像泰雄想象的那么简单。他还没能了解到事情的真相。

泰雄的父亲看似是因为生意不景气而失踪，实际却是接受不了妻子与河田的婚外情，才决心隐瞒自己的行踪。然而这个理由太过单薄。

在泰雄幼年的记忆里，父亲离开家之前一直身居别处，母亲在前去探望父亲的同时，身后还跟着另一名很像河田的男人。

河田之前的工作，即在B市时的工作究竟是什么？从与其来往密切的寅雄的夫人口中打听到的是，他之前大概做的是警察一类的工作。而泰雄恰恰忽略了这一点。

泰雄说河田一直出现在他对母亲的回忆里，但我们试着把这一点同河田的职业联系起来考虑。试想警察一直待在别人家里大概是何种情况？赖子你应该知道所谓的暗中监视吧，就是为了抓捕某个犯人，警察一直埋伏在犯人可能出现的地方。

我不拐弯抹角了，听了你说的那些，我立马想起了曾经读过的一本书。那是一本放在公司调查部的书，内容与警察有些关联，我花了四五天把它找了出来。其中一篇关于犯罪搜查技术的文章里刊载了一个例子，我至今记得很清楚。书里是这么写的：

"犯人逃逸在外，警方埋伏在其家中时需十分注意。犯人可能会暗中与家人或情妇保持联络。此时，警官切忌威胁其家人，亦不可引其厌恶。反倒要尽力帮助他们，理解他们，对其家人展现出同情的态度。但是，在这一点上也需掌握分寸，不可过度，因为家属中也会有人想要包庇犯人而去收买暗中监视的警官，或者用其他方法来笼络警官。

"以前，笔者在地方担任警察署长时经常派遣手下优秀的刑警四处巡查。那时，诈骗团伙的首脑常常活跃在京都、大阪一带，我们接到线报称犯人试图偷偷回家，想与我们监视下的家人取得联络。于是笔者派出一名警官在犯人家中耐心等待并暗中监视，但是警官因为同情犯人的妻女而忘记了自己的本分。尽管犯人就在眼前，警官却被他们的亲情打动，于是选择放他一马。犯人自此下落不明，至今杳无音讯。这种例子时有发生……"

泰雄所言与这个案例多么相似，简直如出一辙！赖子啊，泰雄的母亲为了让自己的丈夫逃走，才选择用自己的身体与河田长官做了交易。这是女人在走投无路的情况下才会选择的悲哀之策啊。

河田是因为任务失败才从 B 市调派到 N 市。对于优秀的警察来说，他们对此早有思想准备。但是泰雄的母亲良心不安，原本应该有大好前程的男人被自己害成这样。出于同情，泰雄的母亲才会去 N 市与河田相见，因此泰雄记忆里才会留有那晚三人一起看煤矸石山上梦幻般火焰的场景。

　　河田至死都惦念着泰雄的母亲，所以才会留下遗言，拜托惠良通知泰雄的母亲自己的死讯。接到那张写有死亡通知的明信片时，泰雄的母亲也一定感慨万分吧。所以她一直把那张明信片保存在匣底。女人的感情大抵就是这样吧。

哥哥的信到此结束了。

　　赖子把最后那句话重新回味了一遍："女人的感情大抵就是这样吧。"

　　然后她把哥哥的信折好，撕了个粉碎。无论泰雄的父母到底是谁，对我而言，这一切都不再重要。她这样想着。

断　碑

一

三张相片，两部考古学相关论文合集的著作。这便是木村卓治在这世上的所有遗物。

收录在他的著作《日本农耕文化研究》中的论文广受赞赏，被誉为当代日本考古学的转折点。明治以来，日本考古学的工作仅是简单地对文物遗迹进行鉴定、对文物形状和纹样进行分类、对文物所处时代进行考查，但并未对文物所处年代的人类生活进行研究。当时的考古学仅仅通过罗列文物来进行解释说明。而如今在青年考古学家看来，"在考古学领域，自然科学不过是手段而已，真正的目的还在于人文科学层面。也就是说，我们必须以切实的资料为基础，尽量复原过去真实的文化和社会样态。在这一过程中，人文科学理论必不可少。"

考古学是古代社会的层序学。早在二十多年前，木村卓治便说过想将考古学作为古代社会的层序学来进行文化史层面的探究。他曾这样写道：

"考古学家处理日常文物遗迹时比较拘泥于样式。其中,少数优秀学者虽然成功实现了对于文物本身的深度考察,然而,相比之下,精神层面的考察却显得浅薄了些。与文物本身相比,其背后蕴含的精神才是更值得深究的地方。"

因为他当时正沉醉于瓦雷里[①]的诗歌中,这一段表述也充满文学色彩。"白昼点亮思念,思念点亮黑夜。"他将这位法国诗人的诗句抄录在了记事簿中。

当然,当时并没有任何考古学者理睬木村卓治的这一言论。那时候的考古学尚未涉及文物背后关于社会生活和阶级制度的研究。学界回应木村的不过是冷漠和嘲笑罢了。

如今,木村卓治被视作考古学界的鬼才,学界普遍认为,要是他还在世,考古学研究或许还能前进一大步。

然而,如同木村卓治最终满身疮痍地死去一样,这些人也都因木村卓治而受到了很大的伤害。

从木村卓治的一张半身照来看,他头戴贝雷帽,身

---

① 保尔·瓦雷里(Paul Valery, 1871.10.30~1945.7.20),法国象征派大师,法兰西学院院士。他的诗耽于哲理,倾向于内心真实,追求形式的完美。作品有《旧诗稿》(1890~1900)、《年轻的命运女神》(1917)、《幻美集》(1922)等。

子稍稍有些倾斜。与考古学学者相比，他更像一位画家或诗人。他天庭饱满，颧骨微凸，下颚短小。从五官来看，他眉毛上挑，镜片后一双细长的眼睛目光冷漠，能说会道的薄唇微张，看起来一副精悍、性急的模样。

另一张相片是和朋友一起拍的，背景是镰仓的大佛。与朋友憨厚的相貌相比，卓治目光锐利。他抿着嘴角，斜拄着手杖，意气风发。

最后一张相片摄于巴黎某地铁入口的楼梯处。照片中的他笑得有些勉强。混迹于外国人群的卓治，形单影只，无依无靠。只有在这种举目无亲的地方才能于不经意间流露其本心吧。

这三张相片都能反映出木村卓治的为人。从卓治论文集卷末的简略年谱中可以得知，他于明治三十六年六月出生于奈良县磯城郡的某某村，那里距《万叶集》中提及的三轮山并不远。大正九年，他毕业于畝傍中学，在附近一所小学担任代课教师，月薪二十日元。随后，他又辗转了两所学校，并在大正十三年辞职，之后便去了东京。

从他于大正十一年在《考古学论丛》发表的第一篇调查报告来看，早在意气风发赴东京的两年前，他就已经能写出具有相当水平的文章了。

木村卓治中学时期开始学习考古学，不难想象应该是畝傍中学的标本室给了他这方面的影响。标本室里陈列着石器、土器、埴轮①、古瓦等物件，并附有分类详实的说明。这些物件都是由曾经任教于该校、毕业于东京高等师范学校的高崎健二老师收集整理的。当年高崎健二曾在畝傍中学任教，后来取得了文学博士学位，并担任东京帝室博物馆历史科科长一职。卓治在高崎健二的帮助下得以前往东京，其中也有这么一层因缘。

二

木村卓治担任代课教师期间，指导他进行考古学研究的是京都大学的副教授杉山道雄。从卓治工作的地方到京都，乘坐火车只需要大约两个小时，于是卓治经常前去拜访杉山。

那个时候，杉山道雄经常会在考古学杂志上发表文章。因为其他文章的撰写人大多是学术大家，所以杉山

---

① 埴轮，土俑，明器。排列在古坟外部的不施釉素陶制品，大致可分为圆筒埴轮和象形埴轮，后者又可细分为屋形埴轮、器具埴轮、人物埴轮和动物埴轮。一说为表示神圣区域而设置，也有人认为为防止坟丘土坍塌。

的文章仿佛风格激进的新进学者一般，给人以耳目一新的感觉。当时著名的考古学者也同时精通历史和古代美术，从这一点也可以看出明治以来日本考古学深厚的历史底蕴。

东京的佐藤卯一郎与杉山道雄齐名，他也时常发表文章。佐藤是东京帝室博物馆的青年监察官。在卓治眼里，杉山和佐藤仿佛学界新星。

杉山道雄比卓治年长十几岁，只有初中学历。他身体虚弱，在河内四处闲逛时，对文物研究产生了兴趣，后来便致力于学习考古学。之后他得到了东京大学教授山田良作的赏识，并成了他的弟子。这一经历也让卓治产生了共鸣，他被杉山令人耳目一新的学说和与自己相似的境遇所吸引，于是决定前去拜访杉山。

卓治每次去杉山那里都会带上自己发掘、实测的器物和相关遗迹的调查报告，并向他虚心求教。

杉山道雄最初的确对卓治抱有好感。对于他的热情、好学，杉山也都看在眼里。卓治的观点鲜明，构思巧妙。杉山本着收了一位弟子的心思，给予他亲切的指导。

"坚持下去的话，你必成大器啊！"杉山看着卓治，时常忍不住想说出这般激励他的话语。

卓治每次到访与杉山打招呼时，从不使用敬语。杉山觉得他有些自大，但总体来看，卓治基本上还是表现出一副以弟子自居的样子的。

然而，当杉山听说卓治私底下对自己更加不敬，直呼自己为"杉山君"的时候，他的脸上露出了不悦。

杉山对卓治的到访愈发地不耐烦，渐渐地开始疏远卓治。

终于，杉山再也无法忍受卓治自大的态度。无论是去学校拜访还是到家里拜访，卓治都全然不顾及对方是否方便，一坐下便没有离开的意思。一开始杉山还以为他热心好学，后来便觉得他实在有些厚颜无耻。虽然学问上有些可取之处，却总摆出一副傲慢自大的样子。实际上，到杉山家拜访的其他学生也对卓治心怀不满。

此后，每当卓治前去杉山家拜访时，杉山便时常以不在家为由，对其避而不见。

卓治敏锐地察觉到了杉山态度的变化。

在卓治看来，拜访杉山是最令他高兴的事情。对他来说，小学代课教师的工作索然无味，虽然看上去轻松，实际上却有很多杂事需要处理，所以很少能够抽出时间去做发掘、调查遗迹这样的事情。无法做自己想做的事情让他的教师生活过得并不愉快。他出身于中农家庭，家有两町田地。父母和兄弟都是平民百姓，没什么学问，无法和他们交流。因此，深夜学习到两三点，以及每个月请假一两次前去拜访杉山，聆听教诲的时光，便是他人生中唯一充实有意义的事情，他乐此不疲。

有些遗迹中的古坟虽然被人打开过，但是没能找到什么好东西。卓治拿给杉山看的文物，有的是在夜深人静时自己拿着手电筒偷偷去这些横穴式古坟挖出来的物件。虽然是盗墓行为，但也是迫于无奈，因为卓治对考古学实在是太过入迷了。

卓治在杉山那里一待便不愿意走，可能是因为那里学术气息浓厚，让他一时忘记了离开。卓治一张嘴说出的便是有些自大的话，一旦谈论起杂志上连载的论文或是摊开自己调查所得的实测图进行说明时，便完全沉浸在自己的世界当中。

当其他出入杉山家的学生与卓治同席而坐时，他们在学问上的浅薄便显得尤为突出。这些人竟然满不在乎地谈及一些与考古学毫不相关的闲话，简直不可思议。卓治的话题则仅仅围绕考古学展开。当其他学生兴致勃勃地开始闲聊的时候，他总是不合时宜地高声插入考古学的话题，被周遭学生讨厌也是众所周知的事情。

因为卓治只有初中学历，这可能是他出于自卑意识的反击吧。对那些学历高于自己的同辈和后辈，他一直都冷眼相待。向杉山告状说卓治暗地里直呼杉山姓名的，正是这些憎恶卓治的学生。

三

正是从那时起，卓治开始给东京的高崎健二写信。

高崎健二是博物馆的历史课长，两三年前获得了博士学位。

尽管他毕业于东京高等教育师范学校历史系，但真正开始学习考古学则是在畝傍中学担任教师的时候。那时，他常在大和①一带进行考查研究。高崎的研究方向主要是与古坟相关。

卓治在信中写道，希望能得到他的热心指导，还在信中附上了一直以来自己所写的调查笔记。

高崎对卓治曾任教于畝傍中学的经历感到十分亲切，看完他附上的调查笔记更是赞叹不已。当时，高崎正担任杂志《考古学论丛》的编辑，他亲切地给卓治回了信："你要是能写出好的调查报告，我可以帮你在杂志上发表。"

---

① 日本大和地区是古坟的集中地，位于奈良县的东南处。

这令卓治异常兴奋。当时他正与杉山闹得不愉快，高崎的来信对卓治来说算得上是意外之喜。更重要的是得到了能在杂志上发表文章的机会，这一点是他没有预料到的。这股喜悦让卓治激动不已，夜不能寐。

卓治连着两晚没睡，熬夜赶出了稿件。尽管寄给了高崎，但由于心里没什么把握，所以他又在信里写道："才疏学浅，难登大雅之堂。若未能发表，也无大碍。"之后的一段时间，卓治因稿件中的字句错误和一些小毛病而悔恨不已，做什么都心不在焉。

卓治寄给高崎的文章刊登在《考古学论丛》第十三卷第三号上。《大和地区家型埴轮出土的两遗迹》这篇文章首次被印刷成了铅字。高崎寄信给卓治，信中提醒他若干事项，并鼓励他再接再厉。

高崎的来信给了卓治极大的鼓励，他在考古学研究方面更有动力了。

卓治的调查内容与古坟相关，这不足为奇，毕竟当时他正在大和地区教书。

高崎健二和杉山道雄都是很偶然地踏上了研究古坟的道路。他对比了二人在杂志上刊登的文章，发现他们有些意见相左之处。杉山年纪较轻，他将高崎当作学术上的前辈，以礼相待。而高崎也对杉山关照有加，每当杉山从京都来到东京，他都会让对方留宿家中。但是两人在学问上意见相左，也是无可奈何的事情。

卓治了解到这些之后，觉得自己的论文还是引用高崎的学说较为妥当。他接下来于《考古学论丛》中发表的《大和高市郡畝傍银杏塚调查报告》《大和磯城郡田井村的古坟出土品研究》《大和北葛城郡中尾村古坟》等论文中都采用了这一方法。他想要获得高崎健二的支持，而不是窝在乡村小学当一名代课教师。所以，他极力讨好高崎。

高崎将卓治引用自己学说的论文登载在杂志上，这意味着他对卓治的做法很是满意。如此一来，这位考古学大家便掉入了一位山村青年设下的陷阱之中，卓治巧妙地利用了持不同观点的学者心中的缝隙和弱点。

但是卓治对杉山还是有所不舍。比起高崎的古板守旧，杉山的学说显得更有新意，自己也更为欣赏杉山的学说。他会对杉山心存留恋也是出于学问上的良心吧。他想依靠高崎获得更多利益不过是利己心作祟罢了。

早春的某一天，卓治去了一所位于郡山的小学听课。这是身为教师要做的枯燥无趣的工作之一。参观的时候，他在学校的标本室里发现了一件长约二尺七寸、形似炮弹、和埴轮一样都是红色的素陶。这件素陶出土于当地，标签上写着这件文物是埴轮的一种。

卓治饶有兴趣地站在展台前。他一眼便看出这并不是埴轮，而是与北九州出土的瓮棺有着相同用途的物件。一想到学界对此还一无所知，他的内心不禁有些躁动。

他准备改天再来实际测量一下，结果却因为工作繁忙耽误了。大约过了十天，他又忽然想起了这件事，便决定付诸行动。

那个瓮棺出土于明治十九年，是一位农夫开垦荒地时偶然发现的。幸运的是，这位农夫虽已是耄耋之年，却依然健在。

卓治前往老人的住处。老人回忆说，当时他发现土里埋藏着三个物件。听完老人的回忆，卓治拜托老人带他前往当时发现瓮棺的地方。从电车尼辻站往西走约两町开外有一片杂木林，枯黄的草丛中长着一簇鲜红的紫金牛，那便是当时发现瓮棺的地方。

老人的脸上刻着岁月的印记，他笑着回忆起当年发现瓮棺的种种情景，如同昨日一般，历历在目。当时卓治便意识到这可能是一个重大发现，他激动不已，眼中的泪水打着转，急忙拿出记事本在上面绘上简易地图，还做了些笔记。寒风呼啸，不远处，安康天皇陵旁的林木沙沙作响。

四

高崎健二高度肯定了《论出土变形陶棺的大和国生驹郡山田村横代遗迹》一文，并且评价道："这篇文章一定会在本月的《考古学论丛》中大放异彩。"

卓治写这篇文章时虽然颇有自信，却没料到会获得如此高的评价。他兴奋地手舞足蹈。

后来高崎告诉卓治，这篇文章发表在杂志上之后，反响相当不错。

卓治写感谢信时对高崎暗示了自己的心愿："我很想去东京做研究，希望您能助我一臂之力。"他在信中满怀热情地写道。

高崎回信道："我自有打算，请你静候消息。"

高崎健二之所以这样说，是想让卓治到自己工作的博物馆里任职。在他担任科长的历史科有一个考古部，考古部的主任是佐藤卯一郎。虽然名为主任，手下却没有助手，时常忙不过来。佐藤曾经向高崎申请过想雇个助手，高崎也向事务所递交了这一申请，想必应该能够得到批准。

距离给卓治回信已经一个月，一天，高崎对佐藤卯一郎说："你之前申请想增加一名助手的事情，应该没问题，近日就能帮你办妥。如果你没意见，就由一位叫木村卓治的人担任你的助手，你意下如何？"佐藤同样毕业于东京高等师范学校，是高崎的师弟。最近他也看到了卓治在杂志上发表的文章，并未深想，当场便答道："我没什么意见，就是木村吧。"

高崎立即给卓治写了封信询问他的意见："东京帝室博物馆考古部现需要一名助手，不知你意下如何？"

卓治收到信，先给高崎发了一封电报。

"信已收到，甚是欣喜，一切有劳。"

接着，他又怀着感谢的心情给高崎写了好几封信。

卓治仿佛追赶着信件的脚步一般，带着行李匆忙奔赴东京。

得知他如此急忙地赶来东京，高崎十分吃惊，同时也有些不知所措，因为给卓治安排工作的事情发生了一些变故。

卓治收到高崎健二的来信，便立即向学校递了辞呈。他一刻也等不及，迫切地想早日从代课教师的无聊生活中解脱出来。

眼前似乎一片光明，生活变得明朗起来。卓治整个人都有些飘飘然了。

夜里，他又将以前出版的《考古学论丛》找了出来仔细阅读，心里那股兴奋劲一直无法消退，怎么也睡不着。他想告诉家里人，自己天亮之后就要去京都转车奔赴东京，但又觉得他们可能无法理解自己的喜悦和激动。

杉山道雄在大学里接待了卓治。见面后，杉山感叹道："真是好久不见！"如今他蓄起了小胡子。听完卓治所言，杉山细长的眼睛里透露出一丝惊讶。

"那可太好了，你与高崎老师已经这般熟悉了，还与佐藤相识。今后，我说不定还得找你帮忙呢。"接着，他又对卓治说道："你还未曾见过熊田老师吧。既然你今后要去东京发展，还是见一面为好。"他的话语里听不出一丝芥蒂。

熊田良作办公室的书桌上摆着成堆的外文书，他从书堆里抬起头看着卓治。熊田身形偏瘦，看起来像个中年绅士。

听完杉山的介绍，他指了指旁边为客人准备的椅子，说道："请坐。"他声音温和地说道："我在杂志上读过你的文章。听说你要去东京的高崎那里，真不错呢。"

见一旁的杉山一副恭敬谨慎的样子，卓治仿佛被煽动了，突然开始向熊田教授发问，提了一些学术上的问题。不仅如此，他还大言不惭地陈述了自己关于考古学的看法。他是看到杉山一副欲要鞠躬道歉的模样，不由得怒火中烧。这是他作为年轻人的一种自我展示。熊田教授一直微笑着听他说完。

虽然杉山把卓治送到了门口，却对他满心厌恶。"你真让人头疼啊！跟老师初次见面，竟说出这般失礼的话。"他皱着眉头不满地说道。

卓治却丝毫没有要道歉的意思，在门口与他道别。临别之际，杉山又责备他："你得好好学学人情世故。"

卓治走出大学校门，穿过电车道，漫步在春天温暖的阳光下。

五

大正十三年春天，卓治意气风发地来到了东京。

他前往位于上野的博物馆拜访高崎健二。在接待室里等待的时候，高崎走了进来。只见他身形消瘦，一脸神经兮兮。

高崎一看到卓治便惊讶地说道："这就来了啊？"这句话让卓治感到十分困惑。他有些茫然，便问高崎为何如此惊讶。高崎则面露难色，答道："工作的事情还没完全定下来，你来得太早了。"

"但这不是很快就能决定下来的事情吗？"他反问

道。高崎含糊地说道："嗯，应该不会有什么大问题。"

接着，卓治表示自己想同佐藤卯一郎见一面，希望高崎能帮忙引荐一下。话刚说完，高崎便走出了房间。不一会儿，一位三十二三岁的圆脸男子走了进来。他就是佐藤监察官。

卓治从椅子上起身，恭敬地说道："今后就要跟在您身边学习了，还请您多多关照。"听到这里，佐藤的脸上流露出一丝羞愧，问道："你没从高崎老师那里听到些什么吗？"于是佐藤将自己的听闻如实告诉了卓治。卓治听完，敷衍地点了点头。

卓治从高崎博士和佐藤二人的脸色中预感到自己工作的事情可能略有变故。走出博物馆，他来到不忍池，那里挤满了赏樱的人，十分拥挤混杂。他既不愤懑，也不抑郁，心情沉重地穿梭在人群之中。那天晚上，他在一家靠近车站的简陋旅馆里住了一宿。

果然不出他所料，第二天他到博物馆的时候，高崎健二已经在那里等着他了。"中间出了些状况，所以博物馆暂时无法录用你了。但是我拜托了东京高等师范学校的南老师，他决定让你担任那边历史研究室的助手。你就先在那边干着吧。"高崎并未过多解释。

就这样，卓治没能进入博物馆工作，只好在东京高等师范学校就职了。他的工作是担任历史研究室里小陈列室的负责人。由于他只有中学学历，所以月薪只有二十一日元。

他没能到博物馆工作，是因为遭到了其中一位科员的反对。卓治只有中学学历，而另一位候选人则毕业于大学历史系。科员向佐藤询问道："您看到底录用哪一位更为合适呢？"佐藤答道："高崎科长说……"听完这话，科员小声嘟囔道："高崎想借此培植自己的势力，真是让人头疼。"佐藤将这番话如实传达给了高崎。高崎听完，面露难色，说道："没办法，那就只好委屈卓治了。"卓治到博物馆工作的事情便彻底没戏了。

加之卓治提前赶到东京，令高崎有些措手不及。他实在没办法，只好拜托自己的前辈，东京高等师范学校的校长南惠吉，让他帮忙给卓治安排一份工作。

这些事情都是卓治后来从别人口中得知的。

自此，卓治便对高崎健二心有不满，觉得他不过是个没什么见识的学者。一想到他身为科长却屈服于一介科员的压力，弃自己于不顾，卓治便觉得他真是一个自私自利之徒，心中的埋怨于是转变成了憎恨。

其实卓治一直十分向往博物馆的工作。放眼当时的官学，东京大学实力略有欠缺，博物馆派和京都大学派则是学界的两大主流。正是出于对官学的向往，卓治才一直渴望进入博物馆工作。

大部分民间学者都对官学冷眼相待，嫉妒不已。这种嫉妒也正是源自对官学的憧憬。一旦对所憧憬的事感到绝望，憎恶也就随即产生了。正是因为这样，卓治后来才与官学针锋相对。

卓治能在东京高等师范学校就职，都是因为校长南惠吉特意为他设立了助手这一职位。

南校长十分理解卓治的感受。他在明治十九年写了《日本史学概要》一书。在此书中，他首次使用了"古物学"这一译名，堪称考古学界的先锋。高崎和佐藤都是他的后辈。要是没有南校长的关心和照顾，或许卓治在东京一天也无法待下去，更别提继续研究考古学了。

尽管卓治有了工作，但月薪只有二十一日元，日子过得还是十分窘迫。他在高崎家附近租了一户人家的二楼，每天自己做饭。

虽然两家住得很近，但除了打招呼去过两三次以外，卓治几乎再没去高崎的家里拜访过。他打从心底里看不起高崎。

但是高崎健二不这样认为。他觉得自己多少是有恩于卓治的。然而卓治虽然住在附近，却很少来拜访自己。对此，高崎心里也十分不快。

六

就藏有考古学相关文物这一点而言，再没有比博物馆更为丰富的地方了。卓治经常拜访佐藤卯一郎，并在佐藤的允许下，对这些文物进行相关实测和学习。他甚至能自由进出仓库，从鉴镜的一端对背面纹样进行拓印。

对此，有些人颇有微词，其中以年轻馆员居多。他们认为卓治的言行过于自由随便。一方面是出于对卓治研究热情的嫉妒，另一方面则觉得他作为一个外人过于放肆了。为此，他们感到十分愤怒。

但是，感到愤怒的不止年轻馆员们，连高崎健二和佐藤卯一郎也对此心存不满。

一天，卓治像往常一样将制作拓本的工具藏入口袋走进博物馆时，佐藤走了过来，面露难色地对他说道："因为大家对你的意见很大，所以你以后还是不要再进出仓库了。"听完，卓治淡淡地说了句："这样啊。"便转身从前门离开了。他心想，我绝不会再来这里了，反正我已经把那些有价值的物件的资料弄到手了。

渐渐地，卓治结识了一些在东京从事考古学研究的学者，T是其中之一。T对梵钟颇有研究，曾发表过一部手工印制版的《日本钟年谱》。南校长很想得到这本年谱，便派卓治前去讨要一本。一来二往，二人渐渐熟络起来。

之后，T还会带着友人去卓治家做客。那些友人之后又会带着新的朋友过来，就这样，他们逐渐形成了一个四五人规模的小团体。

聚会往往很有趣。他们会从附近买来价格低廉的亲子盖饭，边吃边探讨对近期考古学方面新刊物的看法。不知不觉，卓治逐渐成了小团体的核心人物。对于每月刊登在考古学相关杂志上的调查报告和论述，他们时常讨论、批判。

高崎健二虽然经常发表文章，但是他所写的东西都很粗劣。对于上一个时代的先驱学者来说，这也是无可避免的事。例如，他的古坟调查报告中的实测方法多为杜撰。如果与京都杉山道雄的相关理论对比，这一缺陷就更加明显了。如果想要挑错，简直是数不胜数。卓治一直这么认为。

聚会时，卓治当众指出了这一问题，称他虽然对京都的杉山理论也不甚满意，但比起高崎博士，杉山还是有可圈可点之处的。

对此，有人认为卓治的说法太过自负，而他的这番言论也走漏风声，传到了高崎健二的耳中。

高崎听闻，怒不可遏，大骂卓治忘恩负义，是个专挑别人毛病的傲慢家伙。

卓治听说这一消息，当晚便动身前往高崎博士家。他心想到时看情况吧，要自己向对方道个歉也并非不可。万一最终双方闹得不欢而散，那也无可奈何。卓治站在门口，女佣从屋里走出来，一看是他，连招呼都没打便转身回屋了。因为卓治之前曾到高崎家拜访过两三次，所以女佣对卓治的容貌还是有些印象的。女佣再次从里屋出来时，对卓治说道："老师不在家，你请回吧。"但是卓治心里清楚，高崎就在家中，并未外出。

从那天起，卓治又多次前往高崎家拜访。因为卓治之前很少到自己家来，所以高崎不禁怀疑他这样做有着什么目的，便每次都以外出为由拒绝与他见面。

夜里，卓治走在漆黑的回家路上，心想：事到如今，自己算是失去了一位前辈，不，或许是树立了一个敌人。但是，他没有感到一丝不安，反而燃起了斗志。

自从来到东京，卓治先后给《考古学论丛》写了三篇调查报告。他的热情大多集中在对上代坟墓的研究上。南校长读完那三篇调查报告，赞不绝口，甚至连京都的熊田教授都写信来称赞说那可以成为"火葬坟研究的一家之言"。

毫无疑问，卓治给熊田教授留下的第一印象并不是很好。他感到自己是被自我意识驱使，因而说话方式稍显自负。杉山对此颇感不悦，甚至曾在家门口与卓治提起过这个问题。但即便如此，熊田仍写信来称赞卓治，足见其修养之高。

卓治失去高崎健二的支持之后，便无法在《考古学论丛》上继续发表文章了。他迫切需要一份能发表文章的出版物。

七

正是在那段时间里，卓治认识了久保静惠。当时，静惠被友人带来参加小组聚会，两人就这样相识了。

久保静惠是一个身材高壮的女子，称自己目前在虎门的东京高等女子学校任教。总之，她实在毫无女性魅力可言。

一周后的星期天，大家相约一起去参观位于上总的国分寺遗址。当天，卓治赶到两国站时，身穿大红披肩的静惠早已在候车室里等着了。一看到卓治，她便有些羞涩地低了低头。卓治觉得这时的静惠与上次见面时截然不同，有一种让他眼前一亮的感觉。

二月份的天气依旧寒冷，空中的云朵仿佛也结了冰。国分寺遗址的荒草丛里散落着几块冰冷的基石。卓治一行四五人在祭坛前抻开卷尺，测量尺寸，并对基石的形状和大小进行简绘。静惠将双手插在兜里，面带微笑地看着这一切。她的头发被风吹得有些散乱，脸颊也被冻得通红。

在回去的汽车上，静惠偶然地坐到了卓治旁边。她的身体由于紧张而变得僵硬起来。

"你很喜欢参加这样的活动吗？"卓治问道。

"嗯，因为伯父很喜欢，所以我自然而然地受到了影响。"静惠细声答道。

"不知道您的伯父是哪位呢？"卓治继续追问。

"小山贞辅。"静惠道出了一位语言学家的名字。

卓治曾听说过这个人。小山成立了一个名为"武藏史谈会"的学会，云集了众多历史学者、民俗学者、考古学者、人类学者等。卓治一直想与其中一位名为鸟居龙藏的学者见上一面。

"您的伯父真是了不起呢，下次能介绍给我认识一下吗？"卓治说道。他之所以这样说，也是想借此与静惠继续保持联系。静惠害羞地看着脚下，笑着点了点头。

自此之后，卓治与静惠便逐渐亲近了起来。每逢周日，静惠都会去卓治那里看他。当时卓治正处于寂寞难耐的时期。一天，静惠起身准备回去时，卓治突然萌生了一种不想让她离去的念头，因为每次只剩他独自一人的时候，都感觉像是身处地底般孤单无助。卓治从背后环抱住了静惠的肩膀。

静惠出生于九州福冈的乡下，在一户普通的农家长大。从当地的女子学校毕业后，她坚持要去东京继续学习。正是由于静惠一心要去东京发展，才会不顾家人反对，进入高等师范学校修读短期课程。

她对卓治坦言，自己毕业后曾回到家乡，在当地的一所女子学校工作过一段时间，但是由于不甘于乡下的普通生活，便再次回到了东京。如今已经脱离了伯父的照顾，在东京女子学校工作。

静惠倒在卓治怀里，嘤嘤啜泣着。她慢慢转过身来，面对卓治重新坐好，红着眼眶看着对方说道："我也爱你，你能同我结婚吗？"听完，卓治握住她的手，再次把她拉入怀中。这就是他的答案。

静惠告诉卓治，两人要想正式结婚，首先应该先知会伯父一声。因此，当月的一天晚上，卓治便跟静惠一起，到小山贞辅家登门拜访。世田谷区中心地带的道路两旁树木繁茂，两人一起沿着这条小路向小山家走去。

小山贞辅坐在茶几的对面，郑重其事地听着卓治讲述他们的结婚计划。卓治刚说完，小山对他说道："静惠毕竟不是我的女儿，所以即使你让我同意你们的婚姻，也有违常理。如果你不事先问过她父母的意见，我无法给你任何答复。"这时，静惠走到小山妻子旁边坐下，用方言对她说道："伯母，其实我们已经登记过了。"说完，她便害羞地将脸埋到膝盖上。

但是双方父母以不清楚对方家世背景为由，极力反对这桩婚事。于是二人便请鸟居龙藏夫妇做媒，直到举办正式仪式为止，历经了不少波折，也花费了不少时日。

昭和二年秋天，卓治和静惠组建了家庭。

八

不再向《考古学论丛》投稿的卓治将聚会的一行人召集起来，成立了"中央考古学会"。

他们计划出版一本全新的杂志，并通过会费分摊的方法成功出版了第一期《考古学界》。虽说是会费分摊，但经费大多来自身为富商的T，卓治则负责杂志的编辑。

真正与静惠一起生活之后，卓治才发现她的收入远高于自己。在虎门女子学校工作的静惠每月能拿到七十日元的薪金，再加上她还担任两个学生的家庭教师，每月的收入差不多有一百日元之多。因此，卓治便将他所在学校每月发放的二十一日元薪水全部用在了机关杂志的出版上。

无论是新学会的成立还是机关杂志的出版，对那些凭借《考古学论丛》成名的学者来说，都是一种挑衅。卓治的内心已经燃起了熊熊斗志。

此时，恰逢××县拜托南博士对县内的古坟进行挖掘研究。因为该县是南校长的家乡，所以县内的所有遗迹都是由南校长来负责调查的。

南博士叫来卓治，问他要不要试着研究其中一个遗迹。听到对方这样说，卓治当即应了下来，摩拳擦掌，准备大干一场。

随即，卓治便立即动身赶赴××县。他首先对研究对象进行了实地勘察，发现虽然那是一座前方后圆坟①，但是在丘陵之上却有一间小型祠堂。出于迷信心理，卓治还在祠堂里诚心祈祷了一番。

---

① 古坟形式的一种，将圆形的主坟与方形的突出部分相连接，使之成为类似钥匙孔的形状。

因为有当地县政府的支持，所以卓治的研究工作进展得十分顺利。其间他还请到了土木科的技术人员前来帮忙，使得测量工作更加严密有序。在此前的种种研究中，从未有人使用过类似经纬仪等仪器来进行测量研究。一想到自己开创了一种全新的测量方式，卓治的内心便不可抑制地兴奋起来。

卓治亲临现场，指挥着那些由县政府派来的工人施工，让他们对遗址小心深入地进行挖掘。随着调查的推进，各类陪葬品相继出土。卓治经常为了绘制实测图而忙到天亮。一连几天，他总是不眠不休。但是，如果仅仅是绘制遗址的测量图、记录遗物的实测结果，那么便与之前的调查报告并无不同。此时，卓治的眼前经常浮现出高崎健二和杉山道雄的身影。

最终，卓治写出了题为《足立山古坟之研究》的调查报告。他一改之前的研究调查中不绘制测量图的弊端，认真绘制了正式、精准的实测图。接着，他还强调了先前研究中对古坟布局条件认识不足的问题。然后，他不仅对出土遗物进行了说明，还加以归类，并试图复原当时的文化、社会生活。最后，他还表达了自己要与此前研究反其道而行的意愿。

这是对如今的高崎研究法和稍显进步的杉山研究法

的反叛。卓治将这份报告刊登在《考古学界》上并加以解说，向高崎博士和杉山道雄发起了挑战。

然而，这篇报告并未在学界引起过多的反响。但是卓治却认为没有反响或许反而更好，自己的研究可能遭到了无声的打压。

但事实并非如此。在次月出版的《考古学论丛》的一个角落里刊载了一条匿名批评。文章中称"考古学若是对遗址遗物研究之外的事情妄加揣测，便沦为歪门邪道"，还说"木村卓治的报告简直就是文学创作"。卓治读完不禁大笑起来，立即在自己的杂志《考古学界》上发表文章反驳，称"正因为如此，考古学者才会被历史学者耍得团团转"。

刊载这篇文章的《考古学界》出版后不久，高崎博士便派人前去卓治家，向他转达"今后断绝往来"的口信。卓治听完，再次大笑起来。

不多久，京都的杉山道雄也给卓治寄来了书信。信中，杉山指责卓治事事与高崎针锋相对，称这是忘恩负义的行为。当然，其中也夹杂着杉山对于卓治反对自己研究方法的不悦。

杉山不是直接表达自己的不快，反而假借他人之事对自己说三道四，卓治认为这是他故作清高的报复行为，因此大为恼火。他当下便给杉山写了一封回信作为绝交信。写完，他一边想象着白面书生模样的杉山道雄阅读这封信件时的场景，一边决绝地将信投入了信箱。路上，卓治还买了些酒水，决定回家痛饮一番。

仅仅过了十天左右，博物馆的佐藤卯一郎便把卓治叫了过去。因为佐藤性情温和，所以卓治很愿意与他来往，经常去对方家里拜访。

虽然佐藤像往常一样请卓治坐下，但这回他的神情却十分凝重。

"听说你给杉山写了一封绝交信，是吗？"佐藤板着脸问道。

"是的，确有此事。"卓治答道。

"你为何要这样做？"佐藤继续追问。

"我只是遵从自己的内心而已。"卓治冷冷地答道。

听完，佐藤将双手环抱在胸前，面露难色地对卓治说道："你先是被高崎老师拒之门外，这次又给杉山前辈寄去了绝交信。其中孰是孰非，我不予评价。但是高崎先生既是我工作上的上司，又是我学问上的前辈，杉山更是我敬重的友人。你既然已经同这二人断了往来，那么再来我这里就没什么意思了。所以请你以后不要再来找我了。"

卓治听到佐藤这样说，立刻答道："我明白了。今后我将以打倒高崎、杉山、佐藤为目标，抗争到底。"

九

昭和三年年底，南惠吉突发脑溢血去世。

卓治原本就是在南校长的照顾下才得到现在这份工作的，如今南校长离世，他自然也得向学校递交辞呈。

这年，大儿子剑出生。孩子的名字是卓治取自文物中的铜剑之意。

静惠给身在家乡的父母写信道：

"丈夫失业了。现在，我们一家三口都依靠我的收入勉强度日。我想让他专心于学术。"

虽然静惠每月有一百日元的收入，但是要为杂志预留出十五日元的经费，所以一家人的生活费用便缩减到了八十五日元。加之她白天要出去工作，所以雇了一名女佣来帮忙照看孩子。即便如此，家里的日子也还能勉强维持。

静惠教学有方，每天慕名前来听她讲课的人络绎不绝。虎门女子学校毗邻学习院，吸引了不少富家子弟，所以静惠也到学习院的学生家中担任家教。正因为如此，她每月才会获得丰厚的收入。

卓治对于自己要靠静惠养活一事耿耿于怀。一种深深的自卑感萦绕在他的心头，仿佛一张巨大的薄膜将他的内心紧紧包裹起来。他心里焦躁不安，时常会因为一点日常琐事拿静惠出气。

静惠继续给老家写信道：

"丈夫的心变得如针一般尖锐。因为他除了学问之外，别无长处，所以并不打算寻找任何能谋生的工作，而我也不愿意让他因为这些事情分心。最近，我们夫妻之间的争吵也越来越频繁。"

他们之间的争吵往往由一些鸡毛蒜皮的小事引发。不久，卓治便开始殴打静惠。虽然静惠很能理解丈夫内心的焦躁，但她奋力反击对方的暴力行为。因为静惠身材高大，所以还是有些力气的。他们之间琐碎的口头争吵也逐渐演变为激烈的肢体冲突。最终，二人都遍体鳞伤，静惠被打得脸颊肿胀，卓治也被揍得鼻血横流。

女佣见到家里这般凄惨的景象，大惊失色，赶忙叫来住在附近的伯父。小山的妻子过来询问究竟时，他们夫妻二人却都装作若无其事，笑脸逢迎。

长此以往，再也没人愿意掺和他们夫妻俩的事了。

卓治也因为学术上的不得志而变得愈发焦躁，开始涉足其他学者的研究领域。

他以佐藤卯一郎主攻的鉴镜为切入点，也开始从事古镜的研究。学者之间向来都有一条约定俗成的规矩，即不应涉及他人的研究领域，但是卓治对此视若无睹。

之后，卓治发表了一篇名为《多钮细文镜研究》的文章。文中的"多钮细文镜"等众多名词都是他的原创，而此前学界一直沿用的是"细线锯齿文镜"这一称呼。这也是卓治对考古界反叛的表现之一。

据卓治推测，古坟出土的鉴镜为周朝或前汉时期的文物。他将细文镜的蒲铎型边缘与前汉式镜的边缘进行比较，从材质和纹样断定它并不是汉代的文物。

此外，他还发表了如下言论：

"考古学者过于依赖博物馆里的文物了，这往往会导致我们忽略遗迹本身。"

这也是他对身为博物馆派的高崎和佐藤不满的发泄。

卓治在《考古学界》的月评中毫不留情地指出《考古学论丛》所载文章的不足之处，并狠狠嘲讽了一番。

佐藤卯一郎发表《日本考古学要说》一文后，卓治批评道："真是滑天下之大稽，日本的考古发现中竟然会出土大量朝鲜文物。在现代政治意义上，朝鲜确实曾受到过日本的统治，但是按文中的说法，仿佛早在原始社会，朝鲜便已经是日本的一部分了。佐藤的这种分类方法与当今的主流观点并不一致。"

甚至对于鸟居龙藏所写的《诹访史》《下伊那的先史及原始时代》等文章，卓治也嘲笑道："平原的编年史因地而宜，而山区原样照搬，简直荒谬至极。"

卓治仿佛此时就站在他们的面前，对他们挑衅地说："喂，我在攻击你们呢，出来应战啊，出来啊。"

卓治通过对埴轮制造遗址的考察，首次得出了当时社会已经出现了阶级制度的结论。

得知杉山道雄正在研究铜铧、铜剑和铜铎时，卓治便写出《铜铎的型式分类》一文，首次推翻了高崎、杉山以往的分类理论。之后，他还接连发表了多篇有关铜铎、铜铧和铜剑的文章。

就这样，卓治毫不放松、紧紧咬住高崎健二和杉山道雄的研究不放，不停地提出更为新颖、锐利的观点。

最终，杉山道雄逐渐对日本青铜器研究闭口不言，不再发表任何相关论文，转向研究大陆的文物遗迹。

有人说，这是杉山畏惧卓治的咄咄紧逼而主动选择了逃避。

高崎健二因病去世，佐藤卯一郎也外出游学了。

看到这样的结果，木村卓治大笑不止。

十

那时，夜里，静惠与卓治一道休息时，感觉到他的身体有些发烫。

"哎呀，你发烧了啊。"静惠惊慌地说道。

"胡说。我怎么会发烧？是你的身体太凉了。"卓治高声呵斥道。

从那时起，每到傍晚时分，卓治便开始发低烧。也是从那时起，他的眼前仿佛笼罩了一层幽幽的寂寞，使他无法看清前路。而他却不愿就医。那种黑暗的绝望使卓治越发恐惧。

"我去上班了。"早上，静惠出门时对卓治告别道。

"啊，路上小心。"卓治坐在桌前回应道。

静惠上班后，孤独和焦躁便开始疯狂地侵蚀卓治的身体。他深知此时的自己一定脸色发青，脸颊凹陷。卓治终日坐立难安，甚至伴有阵阵耳鸣。

渐渐地，卓治再也无法忍受这样的生活，他开始时不时地到朋友家做客聊天。

在朋友家，他会痛骂一些考古学者，假装自己很了不起的样子。这种兴奋暂时麻痹了他内心的焦虑。

但是，从朋友家出来之后，精神麻醉剂便失去了药效，一切又都恢复了原样。想到刚刚那个大放厥词的自己，他感到一种深深的绝望。

卓治开始整夜整夜地失眠。静惠把孩子抱在怀里，发出阵阵轻微的鼾声。黑夜里，卓治听不到一丝声响，这给他的耳朵带来了沉重的压迫感。他担心自己会不会在这样的夜里精神崩溃。

为了逃离这种恐惧，卓治干脆起床整理那些投稿给《考古学界》的文章。

卓治粗略一看，投来的尽是些普通的报告或考察。他不由得感叹道："如果是我的话，绝不会这样运用这些材料。"他一边叹惜这些素材的无效，一边嘲笑这些文章作者的无才。

浏览投稿的过程中，卓治的脑海中突然涌现出一个大胆的想法。他觉得眼前的这些选题其实都很有意义，稍作修改便能成为一篇篇优秀的文章。因此，他没有采用这些投稿，反倒擅自将原有主题据为己用，并在此基础上进行再加工。

卓治认为，比起写出一篇毫无意义的学术报告，还不如由自己将这些难得的材料重新整合、写作，这也是在为考古学的发展进步作贡献。这时的卓治，一改往日内心的焦躁，整个人都精神了起来。但是，投稿作家们却因为自己的研究成果被卓治窃取而深感恐惧,不再向《考古学界》投稿了。

卓治对这些学者恶言相向。他的这一行为让那些受害的学者觉得不可理喻。

功利心狠狠地煎熬着卓治,驱使他疯狂发表论文。

在《日本青铜器时代考》一文中,卓治认为日本也曾有过青铜器时代。日本石器时代结束后,便迅速迈入铁器时代,而青铜器的使用又几乎与之同时,所以学界并未采用青铜器时代的说法,而是习惯将其称为金石并用时代。但是卓治的这一主张与学界大相径庭,文中,他还从对欧洲历史进行时代划分的汤普森的立场出发,主张考古学者应从其他角度确立自己的观点。

在《飞机里藏着的考古学》一文中,英国的克劳福德主张从空中探测历史遗址。卓治受到他的理论启发,想通过文章题目的标新立异来博眼球。

有人开始站出来说卓治的所作所为都是在虚张声势。大家痛骂卓治妄自尊大、自命不凡的言行。更有人说,如果同卓治来往,自己的研究成果就会被他剽窃。

这是那年秋天的事。

"我想去法国。"

一天,卓治突然这样说道。当时静惠以为这只是他的一句玩笑话，并未多想。

"熊田、杉山、佐藤他们都曾出国留学，而我只有中学学历，总是被人看不起。我并不是想要什么高学历，只是打算去趟法国，给自己镀层金而已。N现在人在法国，写信叫我也过去。他跟我说，如果省吃俭用，还是能在法国待下去的，并且给我列出了费用明细。我不想被他比下去，所以我也想去法国。去了法国之后，我要给那些看不起我的家伙一点颜色看看。"

卓治把N的来信扔到静惠面前。N是一名考古学者，与卓治年龄相仿，因为年轻时曾在荞麦店打过工，半工半读，所以能把在巴黎的生活开销一一列出明细。

静惠愣了几秒。这突如其来的惊吓让她的大脑一片空白。她抬起头，看着丈夫的脸。

卓治躺在床上，两手枕在脑后，望着天花板，泪水顺着眼角流到耳畔。对于向来生性好强的他而言，这种情形极为少见。

十一

昭和六年四月，卓治经由西伯利亚奔赴法国。为了节省旅费，他选择了陆路。

这次的旅费是静惠从福冈娘家苦苦哀求才筹到的。她的娘家并不富裕，为了拿出这笔钱，不得已卖掉了家里的一部分田地。

卓治在奈良的老家却分文未出。尽管他的老家条件还算可以，但父母对儿子的学问从不关心，也毫无兴趣。在他们眼里，卓治去法国留学只不过是不务正业罢了。

然而，从结果来看，他们的看法不无道理。卓治的法国之行只不过是虚度了一年光阴。除了肺病病情加重之外，他一无所获地回到了日本。

卓治寄宿于巴黎的日本学生会馆。这是著有《日本石器时代提要》的N帮忙推荐的。N这样向国内友人描述卓治在巴黎的生活：

"六月末，我去了医生那里。木村卓治与我同行。医生给我叩诊、听诊后，没有发现任何异常，只不过血压有些低，所以我计划去做一次X射线检查。稍后，医生给木村测量血压时，惊讶地发现他的血压竟然比我更低。于是我建议木村下周与我一同去做X射线检查，他一脸不情愿地应了下来。到了检查的那天早晨，木村却拒绝与我同去。他坚称不看大夫也没事。

"我出发去了瑞典洛桑的疗养院，原本计划参加十月份在巴黎举行的万国人类学会议。然而，在洛桑时，我发现自己的身体状态已经无法支撑到参加会议了，便从刚住了两个月的住所前往日内瓦湖，辗转来到了在法属领地托农莱班租住的别墅。十一月，托农莱班下了雪，我穿过瑞典回到巴黎。此时，木村订好房间等着我回来。我们俩边在蒙苏里公园散步，边商量着回国之后如何进行考古学研究。

"入秋后，木村的脸色愈发难看了。他说自己时常还会发低烧，整日昏睡在床。他估计是看到我的病情，想到了什么，开口说打算早些回国。"

卓治原本计划在法国待满两年，所需费用全靠静惠。

每月所需的费用包括：六百法郎的住宿费，四十法郎的电气煤气费，一百五十法郎的书费，一百五十法郎的杂费。按汇率算下来，六百二十八法郎约合八十日元。所以静惠无论如何每月至少得汇一百三十日元给卓治。

静惠接了五份家庭教师的兼职。她每天匆匆忙忙地离开学校，一家家地跑完，回到家已是深夜时分。这样下来，静惠每月的收入能达到二百日元。从中扣除寄给卓治的钱，就只剩下七十日元了。再扣掉支付给照顾孩子的保姆的工资，以及预留给《考古学界》的经费，她的生活费便只余下五十日元。

在之前的信里，卓治还雄心勃勃地写道："我想在巴黎写《西伯利亚出土的青铜圆镜》，计划以此考察塞西亚[①]与中国的艺术交流。"然而半年不到，他的来信内容发生了巨大变化。"巴黎仿佛全年都处于梅雨期，每天时而下雨，时而天晴，这让我的身体感到十分不舒服。天色一暗，我就会烧到三十八度。我快坚持不下去了。"静惠读到这里，眼前一黑，浑身瘫软。

来信的内容越来越糟糕了。

"尽管N刚从疗养院回来，但是我现在的身体比他还虚弱。医生建议我去做个X射线检查，被我拒绝了。虽然我知道自己的身体出了问题，但并不想弄得人尽皆知。"

"这两三天，我一直窝在家里，整天从窗户眺望着巴黎圣母院的怪兽雕像。有时我也想着，要不等回日本之后，我再回乡下去当老师吧，顺便还能在闲暇时访遍大和地区的古寺。"

"我感觉呼吸有些困难，后背也阵阵发痛。"

静惠读着读着，感觉自己快要窒息了。深夜，她回到家，拆开了这封从巴黎寄来的信。尽管一整天滴水未进，但她依然毫无食欲。她甚至连握住那封信的力气都没有，倒在熟睡的儿子身旁，默默地流下了眼泪。

[①] 指西伯利亚西部的塞西亚。塞西亚是伊朗地区游牧民族塞西亚人的居住地，位于今乌克兰地区。

静惠又收到了卓治的来信,他终于下定决心要回国了。他在信里坦言,尽管现在回国有些可惜,但自己打算在回去之后的五年内调养好身体,到时还想再来法国。

"今天我的身体状态很好,特别开心。于是去了久违的卢浮宫。天气晴朗,阳光明媚。这一趟下来,我的身体没有想象中的劳累,完全沉浸在活着的喜悦之中。"

他竟如此欣喜,想必病情又加重了。静惠这么想着,心情更加沉重。

卓治来信道,已经预定了一月二十五日从马赛起航回国的靖国丸号的船票。

二十八日从船上传来电报,"我很好,船现在正朝香港驶去"。三月七日,"九日早晨九点到达神户"。九日,"明日下午四点到达东京站"。电报连续传来。

静惠带着儿子剑来到了东京站,等待着丈夫的归来。她的身体微微有些颤抖。

她发现一年未见的丈夫脸颊凹陷,血色全无。静惠屏住呼吸,问道:"你的身体还好吗?"

"嗯。"卓治眼皮沉重,掩饰般微笑着,将儿子一把抱起。

十二

知情人士纷纷嘲笑木村卓治在法国虚度了一年光阴。

有人说，从一开始就料到会是这种结果。还有人评价道，他的法国之行纯属好胜心作祟，为了不输给杉山、佐藤和N，才不顾一切地奔赴法国。首先，他根本不懂法语，在决定要去法国之后，才匆忙地在御茶水女子大学的语言学校进修了三个月的法语，学到的却只是皮毛。还有人讽刺道，他在巴黎时，除了生病卧床之外，更多的是因为语言不通，才几乎没怎么外出。很多人奚落他只是虚张声势，讥讽他的巴黎之行一事无成。

这些坏话、嘲笑都传到了卓治耳中。他愈发烦躁。

谁也不愿与他来往，同仁都对他心怀憎恶。

唯有在《考古学界》共事的三四个年轻人仍追随他，他也尽心尽力地培养他们。

旁人嘲笑道，正是因为同仁都对他不理不睬，所以他拉拢了几个年轻人，自封为师（然而如今，这些年轻人都已经成了一线的教授、学者。）

回到日本以后，卓治转向研究弥生式陶器。

某日，他读到一名叫H的年轻学生写的《带有稻壳痕迹的陶器》一文，内心大为触动。从大和某地出土的弥生式陶器的底部带有稻壳的印痕。那篇文章主要是论证那稻壳是否为水稻。卓治立即写信表扬了 H 一番。

将弥生式陶器与水稻联系到了一起，水稻意味着农业。这样一联想，自然可以得出早在弥生时代就已经存在原始农业的结论。当时的学者们都专注于弥生式陶器的形式分类、工艺特点等，根本没有人想过将其与背后的农业社会联系到一起。

好！就是这个了！卓治下定了决心。

他欣喜地吹着口哨，欢呼雀跃，不能自已。

他率先想到了这一具有独创性的主题。

当时的考古学者们流行从事与青铜器、绳文陶器相关的研究，而弥生式陶器的研究已被人抛诸脑后。这也更加凸显了卓治的原创力。

从昭和八年开始，他发表的研究题目基本都是与弥生式相关的。

《日本农业起源》《弥生式文化与原始农业》《低地性遗迹与农业》《三河出土的带有稻痕的弥生式陶器》《关于弥生式陶器的两点》《大和弥生式陶器》《稻与石刀》《农业起源社会》《煮沸形态与贮藏形态》……

其中，有的论文证明了原始社会就已经出现贫富与阶级差距，有的论文则论述了文化的迁移形态。

卓治像是在与谁竞争,拼命奔跑着。他大概是预感到了步步逼近的死亡。

发烧时,他将湿毛巾敷在额头,笔耕不辍。

"……由此可以得出结论,弥生式文化是一种源于原始农业社会的文化。这对于今后弥生式体系的陶器、石器和其他任何遗物以及关于出土遗迹的研究都有重要的启发。目前,日本的考古学都处于脱离生活、流于形式的研究阶段。长期以往,研究将陷入僵局……"

"静惠!静惠!"卓治大声呼喊着,将自己刚才所写的内容抬高嗓门念给她听。他迫切地想听到静惠的评价,着急地问道:"怎么样?怎么样?"他眼眸湿润,闪着泪光。

然而,此时的静惠开始每天低烧。

"我的耳朵听不清。你的声音太小了。"她用手抚着耳朵。

病菌已经侵袭到她的耳部。

卓治将病菌传染给了静惠。

十三

昭和十年二月,他们从一直居住的小石川河岸旁搬到了镰仓。由于镰仓气候更加温和，空气也十分清新，卓治便四处打听，寻找新的住处。最终，他们选择住在越过极乐寺的大路、离由比滨还有一町①的地方，那里宛若山谷般宁静美丽。新房子坐北朝南，是一间有着稻草屋顶的普通民居。

穿过稻村崎的狭路尽头盛开着血红的寒山茶花。红花、白沙与蔚蓝色大海交相辉映，这色调让卓治联想到了法国南部海岸。

有时，卓治沐浴着阳光，坐在檐廊下发呆。温暖的阳光照得人浑身懒洋洋的。

夫妇二人同时发烧时便一起卧床休养。正在念一年级的剑凑到他们的枕边，按照学校老师教的那样，说着"我去上学了""我回来了"。这让他们备感心酸。

发烧越来越频繁，工作无法往前推进，卓治内心十分焦急。他仿佛被焦躁驱赶着，想趁自己还未倒下之前尽快完成工作。

某书店计划出版历史讲座系列的书籍，委托他撰写一本《日本古代生活》。他每天只能写出一两页。

退烧时，卓治便沿着小路向稻村崎外走去。蓝色的

---

① 日本度量衡的长度单位之一，1町约合109米。也可表示面积，1町约为0.99公顷。

海、白色的沙映入眼帘。江之岛附近时常弥漫着海雾。

有时，有客人从东京前来拜访卓治，大多是《考古学界》的年轻同仁。

他们的到来使卓治十分高兴，话也多了起来。就算发着低烧，他也坚持从稻村崎散步到七里滨。

"现在的考古学者都是在盲目模仿自然科学家，净忙着捣鼓文物，只知其浅，不明其深。大家只知道关注遗物，却忽视了将其创造出来的人类生活。考古学必须比自然科学更多地承担起发掘文化史的责任。"

有时，卓治不知不觉便走到了腰越①，回过神来，自己也吓了一跳，只好原路返回。

静惠已经从床上起来，泡好茶等着他们了。年轻的客人们时而提问，时而相互讨论。

"啊，真好。好想再活得久一点呢。"卓治眯着阴郁的双眼，这样说道。

送走热闹的客人，家里重归沉寂。静惠再次躺回床上，闭上双眼。由于发烧，她的眼眶有些发热，虽然她用手盖住了眼睛，泪水还是止不住地流出来。

卓治朝桌子那边走去。

---

① 镰仓市南西部。

"卓治。"静惠呼唤道。

"我有点发烧,想先睡一会儿。日志已经攒了三天没写了。"她虚弱地说道。

"啊,没事。如果你不方便,暂时停载也没关系。"卓治在桌前答道。

静惠负责每月《考古学界》后记里"编辑日志"的连载。尽管是记录一些杂讯,例如谁来拜访了、收到了谁的来信等,但其中也夹杂着一些简短的文章。

例如:

"早起。透过书斋的玻璃窗俯望,不觉间枫叶已染霜,分外红艳。昨夜风急雨骤,残叶满庭。近邻篱倒墙斜,狼藉一片。"

"闲居家中,为儿缝被。秋阳普照,备感惬意。昨日之事浮上心头。"

"棣棠花开,只怨那轻薄的一重花瓣难载华美的期盼。《考古学界》四月刊寄送完毕。"

这些文字颇受好评,收获"文字清隽秀美"的称赞。

自从静惠病倒,她的字里行间开始透露淡淡忧愁。

"行至桌前,身披日光,怠倦数日后欲提笔寄言。病中思绪混沌,念及此,内心不禁一阵凄凉。"

"丈夫病卧床榻。日暮时分,细雨微至,唯有润物之声轻响。"

"低烧卧床时，家中万籁俱寂，屋外却是红日高照，天朗气清。"

"咳嗽不止，胸中沉闷，不欲开言。勉强将欠下的三篇日志补完。"

自从卓治说了"暂时停载也没关系"，静惠便暂停了连载。自那以后，她便不再提笔。

在最后的"日志"里，她这样写道：

"耳朵听不见。剑来到枕边讲话，举左手附在耳边倾听，竟不能闻。心中惊疑，哀叹竟耳背如此！然发现如此听不清竟是因为左手缠裹绷带，终展愁眉。"

"低烧。绿意渐浓，悬钩子花雪白地盛开着，美得夺目。我与剑一同游览了晚春时节的稻村崎。大海远处雾霭弥漫，近处浪花迭起，沙滩上放风筝的人们正欢快地嬉戏打闹着。"

十四

静惠的病情恶化后，卓治的父母借口两人继续住在一起会加重儿子的病情，便将她接到了奈良的乡下。奈良县内结核病患者十分稀少，农村当地人对于结核病人都十分忌讳、嫌弃。尽管静惠被卓治的父母接走了,却不被允许与他们同住。他们在距离老家一里路的三轮镇上租了间屋子,让静惠单独居住。

卓治的父母十分厌恶静惠,从结婚伊始就不中意这个儿媳。他们还说,木村家从没人得过肺病,暗指一定是静惠将病菌传染给卓治的。

静惠独居的房子屋檐很低,采光不好,十分昏暗。卓治的家人雇了附近的一位老婆婆照顾静惠,自己却很少过来探望。

剑也被卓治的父母接去抚养。不管剑如何想念母亲,他们也不同意让剑到静惠那里去。

与其说静惠是被接到乡下去养病,倒不如说是将她与丈夫、儿子完全隔离。

当时,卓治孤身一人从镰仓移居至京都。

邀请他来京都的是当时京都大学的校长熊田良作。这位敦厚善良的考古学界前辈实在不忍目睹卓治如今的窘境,加之原先他十分认可对方的才华,最终作出了这一决定。

他给卓治一个名目,允许他自由出入考古学研究室。

卓治十分欣喜。他在百万遍的寿仙院里租了一间屋子,自己做饭,同时撰写弥生式陶器研究的稿子。

他每周都会偷偷地从京都搭乘火车前往静惠所居的三轮镇。由于害怕父母知道后会责骂自己，卓治总是买好静惠爱吃的食物，晚上悄悄前去看望她。

静惠瘦骨嶙峋，凹陷的脸颊上浮现出喜悦之意，期待着卓治的到来。事到如今，她已无力起身迎接卓治，只能跪坐于坐垫之上，静候丈夫的到来。

夜里，二人躺在一床被子里，紧紧相拥而眠。生命之灯即将燃烧殆尽，现在哪儿还顾得上养生呢？夫妇两人都在尽情燃烧着所剩无几的生命。

"静惠，对不起，我对不起你。你的身体变成这样，都怪我。"卓治抚摸着妻子那干瘦的躯体说道。由于发烧，静惠的身体宛如火一般滚烫。

静惠仰起头笑着说道："没事的，真的。即使是病痛，也是我们一起承担的。你要再活得久一点，把学问做完。我先走一步，给你备好莲花台座，等着你。"

由于过度消瘦，静惠的鼻梁显得十分突兀，已呈现出濒死之相。

卓治步行了整整一里路回到老家，拜托父母："静惠时日无多，所以我想陪在她身边。"

父母脸色突变，斥责道："混账！你的身体最重要。她的病久治不愈，一时半会儿还死不了。以后别再到她那里去了。"

卓治回到京都之后，始终无法静下心来。由于担心静惠随时可能离世，他总是坐立难安。三日不到，便又赶回了三轮镇。

"卓治，我好害怕啊。"尽管被卓治抱着，静惠依然不断地挣扎着说道。

"要不要把在九州的岳父叫过来？"卓治问道。

"不用了。我不想让父亲看到我这般颓败的身体。你陪在我身边就足够了。不过，你最近好像长胖了些。"静惠看着卓治说道。

"嗯，好像是。"卓治回答道。其实并不是发胖，而是他的身体已经开始浮肿了。

"真好，那我就放心了。"静惠高兴地笑着。

昭和十年一月十一日，静惠病逝。负责照顾她的老婆婆发现静惠的状况有异后，便立即告知了卓治的父母。尽管他们也发电报通知了在京都的卓治，但他仍然没能赶上见静惠最后一面。

晚秋时节，原野上夕阳赤红，棺材从搭着鲸幕的卓治老家缓缓抬出。剑看到这般热闹的场面，欢快地笑着。同班的一年级学生们在女老师的带领下，列站在路旁，行礼目送棺材离开。微冷的风吹着，带来丝丝凉意。

从三轮山向东望去，有一处火葬场。白色的棺材被送入炉中。卓治擦燃旁人递来的火柴，投入其中。干枯的松叶绕着棺材，熊熊燃烧起来。

卓治蹲着，泪水夺眶而出。

十五

尽管熊田校长同意卓治自由出入研究室，然而一切却没有如愿进行。一是因为大家嫌弃卓治的病体，另一个原因则是厌恶他那一如既往的傲慢。

杉山道雄已经评上了教授。

杉山从心底里害怕卓治。每当他要提笔写什么论文时，总像披着铠甲一样。他并不是针对其他学者，仅仅是为了防备卓治一人而已。

时至今日，卓治的存在依然经常给杉山道雄带来压迫感。

对于杉山而言，卓治出入研究室就像是敌人踏入了自己的领地，让他感到十分不快。而这种情绪也明显地表现在他的态度上。

即使杉山与卓治偶然在陈列室碰面，他们也都避开彼此的视线，装作素不相识的样子。卓治把其他的年轻讲师、研究员都不放在眼里。

因此就算卓治来到考古学研究室，也没人走上前与他搭话。他们甚至对于卓治那衰老的病体赤裸裸地投以嫌恶的目光。

一晚，卓治的房间里来了位客人，是在大学曾与他见过面的年轻助手。他留下了这样一封信：

"考虑到研究室的和谐，尽管万分遗憾，也只能拜托您今后尽量避免出入研究室了。"落款处是熊田良作的名字。

"哼。"卓治把信揉成一团。来京都才不到几个月就要被赶回去了。他仿佛听到了大家异口同声地呵斥他"滚回去"的声音。

卓治开始收拾行李。他把书全部装箱，寄回奈良。尽管他也不清楚自己是否还有机会重新拿出书来再读一遍。接下来，他将迄今为止所发表的文章和参考论文的剪报都装在一个包袱里。此外还有一套购于巴黎的意大利制造的马略卡陶瓷咖啡杯。他的随身行李仅此而已。

尽管寿仙院的僧人劝阻道："木村，以你现在的身体状况，还能去东京吗？"但他断然拒绝了对方的好意，当晚便雇车去了京都站。

卓治一早便到了东京，他在火车上十分不舒服，整夜未眠。他十分不安，担心不知何时血液就会从胸腔喷涌而出。

他辗转来到了世田谷的静惠伯父小山家里。小山的妻女看到卓治，一副欲言又止的样子。

卓治的耳旁一片死寂。他感觉自己的听力每况愈下，已经不如正常人那般灵敏。

"卓治来了啊。"对方一味地客套着。

原本卓治是打算暂住在小山家，然而小山家里有年幼的孩子，他担心会将病菌传染给孩子，便没有久留。

辗转了两三晚之后，每家都因为担心染上疾病而未留他久住。

《考古学界》的年轻同仁M赶了过来。M将卓治的情况告知了同事S与F。他们合计一番，决定为卓治租下曾经住过的位于镰仓极乐寺的房子，让他搬过去。

"谢谢，谢谢！"卓治感激涕零。

他俯卧在床上写下了《弥生式石器与弥生式陶器》的原稿。他也没想到自己居然还有继续写下去的精力。每写一页，他便要休息一小时左右。

"太好了！终于大功告成！"他像孩子般欣喜。

在众人的劝说下，卓治终于去看了医生。医生简单诊断后对他说道："接下来的一周是危险期。如果能顺利熬过去，就没什么大问题了。"卓治用力点了点头。

医生却暗中告诉众人，卓治只剩下一周了。

S给各方发去电报。然而没有任何人来探望卓治。

"我还想继续研究陶器的可搬性与固定性，从中大概可以推导出文化的迁移性与固定性。"卓治这么说，这成了旁人能听清的、他说的最后一句话。

昭和十一年一月二十二日，卓治逝世，距静惠离世仅过去了两个月。享年三十四岁。

他的遗物只有一套布满灰尘的马略卡陶瓷咖啡杯与四册菊版[1]剪报。

---

[1] 菊型开本。书籍的开本类型之一，大约纵218毫米，横152毫米。略大于A5开本。

笛　壺

一

    据旅游指南所载，武藏野的荞麦面由当地的荞麦粉与泉水制成，自古便是当地有名的特产。但是我眼前这家荞麦面店装修寒酸，看起来与那些农家乌冬面馆并无二致。我也是在去寺院的途中偶然看到一块写有"住宿"的牌子后才来到这里的。店内灯光昏暗。我连吃了两碗荞麦面之后问道："怎么样，能让我住一晚吗？"那位五十岁左右的矮个子老板娘重新看了看老弱寒酸的我一眼，无精打采地答道："好吧，可以。"房间有四张半席子大小，虽然位于二楼，却正如我想象的那般，地板已经有点退色，发红，踩上去还有些潮湿，天花板也又黑又低。因为年代久远，房间整体看上去已经有些倾斜，门窗隔扇也不合尺寸了，就算想打开，也总是频频卡住。

    窗外天色已晚，但透过浓密的杉树林，我仍看到了一角毫无星光的夜空。虽然已是落樱时节，但天气仍有些微凉，感觉温度似乎要比东京低上两度左右。空气中弥漫着树林的气息。

我本来并不打算在这里留宿，而是准备于傍晚时分乘电车回去，在武藏境站下车后步行回家。毫无由来的郁闷积聚在我的心间，而这又好像是我有意为之。虽然已年近七旬，但我觉得自己还是有些脚力的。

我赶到寺院的时候已近日暮，佛堂里有些昏暗，带路的僧人点着蜡烛给我展示了作为重要文化财产的释迦佛像。蜡烛的光亮有限，只能照亮周围三尺内的事物，火苗一颤一颤的，像是在亲切地抚摸着黑暗中白凤时期的佛像。看到这般景象，我竟不可思议地静下心来，不再百无聊赖，一整日的浮躁情绪也平复了。佛像的嘴角挂着一抹微笑，与我年轻时前去调查的法隆寺古佛的笑容如出一辙。可能正是这个熟悉的微笑让我感到安宁吧。走出寺院，我看着四周苍茫幽暗、亭亭而立的杉树林，决定今晚在此过夜。

我久久地坐在房间的地板上，望着外面的一片黑暗。偶尔，我感到似乎有风掠过高高的树梢，但我面前那些冰冷的空气却如同凝固了一般。深夜，林间仍有猫头鹰在啼叫。之前我一直冷冷地觉得，待到自己死前，眼前一定就是这样一幅萧寂的景色。在我儿时，因为家里生了女孩，父亲便离家出走，独自飘零在外，寄宿在小旅店。我也曾在父亲处住过两三天，当时那种寂寥的感觉在我幼小的心灵烙下了深深的印记，难以忘怀。从年轻时起，我一直都有一种预感，总觉得自己将来会在那样的地方咽下最后一口气。

虽然我今晚外宿，只留贞代一人在家，但她并不是那种会担心我的女人。即使我内心憎恨，但除了乖乖回到贞代身边，别无他法。与贞代同居后，今晚是我第一次擅自在外留宿，但她可能会觉得我下了十足的决心，也就没有担心的必要。天亮之后，我还是会回去敲门。她一定会笑我明明一把年纪了，却还像小孩子一般意气用事，最后不了了之吧。无论怎样都好，总之今晚先离开那个女人，在这里睡吧。什么也不想，就在武藏野的杉树林深处这家旅店里睡一晚吧。我之所以动了这样的心思，是因为今天我身上有了一点钱。有一家面向少年读者的杂志社，我去央求了很多天，才让我写了一篇稿子，今天支付了稿费。回想起资历尚浅的总编辑那既轻蔑又不耐烦的眼神，我却感觉不到任何耻辱与愤怒。现在，在我随身携带的那只干净的包袱皮里，装的是一部厚达数千页的书。虽然只是十年前出版的书籍，但是由于沾染了我手上的油污和汗渍，看起来倒像是三十多年前的旧书，着实破旧不堪。虽然书脊上的金字"文学博士畑冈谦造著　关于延喜式中古代生活技艺的研究"已经退色，印刷着"于昭和×年获帝国学士院恩赐奖"的环衬页也被我手上的污垢弄脏、发黑，但对我来说，它像我的孩子一般，一刻也不能撒手。不，它远胜我的孩子。孩子长大后会离我而去，但这本书永远不会背叛我。

我之所以始终随身带着这本书，除了因为它寄托了我对这个世间的一种依恋，也因为我还能从中获得些许的稿费。现在的年轻编辑们明显知识储备不足，他们既没听过我畑冈谦造的大名，也不知道延喜式研究的重要性，更过分的是，甚至不清楚延喜式的概念。就算我指出"恩赐奖"的字样，也只能引起他们很少的注意。接下来，我便会向他们推销我这部浅显易懂的解说历史的作品。这本书倾注了我毕生的心血，如今却如同商人手中的样品，得展示过后才能获得订单。每当我在编辑面前展示自己的作品，心里都会感到一阵虚脱。

这也是贞代想出来的办法。这个终结了我学者生涯的女人让我通过展示我毕生的成果来贴补家用。那年的我六十九岁。

二

我并不喜欢贞代，反而憎恨她。她的五官皆大于常人，有着宽大的额头、卷曲的头发、硕大的眼睛、尖细的鼻子和单薄的嘴唇，这些都让我感到讨厌与憎恶，但是我却无法离开这个女人。对世间的一切都感到空虚的我，只有在沉迷于贞代身体的时候才会感到充实。我那年近七十、又老又瘦的身体，一边深深地憎恶着这个女人，一边又沉浸在那种充实感中难以自拔。世间的一切即使为我们肉眼所见，用手触摸的话也是如空气般虚无，只有这涂满白色脂粉、如象牙般光洁的肉体摸上去才最有实感。我那瘦弱的身体尽管违背了自己的意志，却依旧沉醉其中。对此，贞代在鄙视之余却也是心知肚明的。这个女人也不是特别喜欢我。与比自己大上一倍之多的老头之间怎么会有爱情呢？但是，事到如今，她也无法绝情地割舍一切、抽身而去了。一是因为她知道我憎恶她而故意报复我，二是因为就算她离我而去，之前的男人也不会再回到她身边了，三是因为她离开我后独自生活并非易事。

我置妻子和儿女于不顾，舍弃代代木的家业和一万五千册藏书，净身出户。妻子是在那个家中（那个靠我微薄的收入勉强维持、多年努力营建的家中）由孩子们养老送终的吧。孩子们早已长大成人，他们与我已经形同陌路。虽然失去了家庭和藏书，但我一点也不后悔。在尝试着失去了一切之后，我越发觉得自己的宿命本该如此。

学问、前辈、朋友，这些我都失之一旦，连恩师也一怒之下将我逐出师门。世人都嘲笑我为贞代付出的代价是如此之大。但是，在试着失去了这些之后，我才知道，一旦某天事情发展到了这般田地，这些身外物竟是如此不堪一击。至少眼下，贞代的身体还是实实在在的。

我第一次感受到这个世界的虚伪，是拜恩师渊岛由太郎所赐。正是这位一心将我推荐出去、使我在世间小有成就的恩师渊岛，让我感到了最初的失望和空虚。

当时我只有二十五六岁，是福冈县农村的一名普通教师。那是一个三面环山、一面平原广阔的质朴乡村。我在那里教历史，闲暇之余也会调查一些当地的史迹。有时，渊岛老师受文部省所托，到这里来进行史迹调查。当时老师是东京帝国大学的教授，还身兼东大史料编纂所所长一职，同时是文部省的特派员。可是县政府里却没有人能给这位中央来的大学者当向导。县督学听闻我平日里也在调查当地史迹，便命令我担任向导一职。有机会同这位神明般的著名学者接触，我兴奋不已，高兴得简直要跳起来。渊岛老师当时的调查对象是筑紫国分寺遗址、筑紫戒坛院遗址和观世音寺遗址。因为这些地方平日里我早已用心地调查过了，所以在给老师担任向导前的那几天里，我经常兴奋得夜不能寐。

可是，当我们前往博多车站去迎接老师的时候，老师的态度却不那么友善。即便是在教务部长为我做了介绍之后，老师也只是说了句"啊"表示知晓，脸上一副"这毛头小子是谁"的轻蔑表情。对此，当时我心想，咱们日后走着瞧吧。

以后的几天里我给老师带路，不管去哪儿，我都会拿出自己的调查资料来为他进行说明讲解。基石位置的实测图和复原图、与典籍记载的不同点和实证、出土物的位置、古瓦的拓本、死者名册和寺佛研究，等等，我都事无巨细，一一谈及。一开始，老师对我的话总是置若罔闻，后来渐渐地被我的讲解吸引，眼神中满是惊叹。之后，老师便逐渐开始问我一些问题，比如来自哪所学校，是自己一个人学习这些知识吗，等等。相处仅仅一周以后，老师和我一起步行的时候就对我说道："我觉得你是个可塑之才，如果你愿意，要不要来东京学习？我愿意为你安排一下。"

听闻此讯，我高兴得难以自抑。我可不想在这个小乡村里当一辈子老师，最终像杂草般埋没世间。因此，我答应了老师的提议，并请老师多多帮忙。之后仅仅过了半年，老师便提拔我担任东大史料编纂所的职员，并且命我立刻赶赴东京就职。

进入本乡的赤门①之后，顺着左手边长长的电车道向前望去，就能看到银杏树装点下的史料编纂所了。虽然从外面望去里面一片漆黑，但是一想到这黑暗中藏有数以万计的古书，我那激动的泪水便夺眶而出。

此后的八年里，我便在老师的门下从事"国史资料集成"的编纂工作。其间虽然也学习了一些与工作相关的知识，但我还是立志成为一名学者。为了找到一个合适的研究主题，我开始变得有些焦虑。我既不想研究大家都趋之若鹜的东西，也不想研究毫无新意的内容，更不想研究太过细枝末节的课题。与渊岛老师商量过后，他对我说道："这事也急不来啊，接下来我帮你想想看吧。"可是，这之后便再无后话。事后想来，怕是老师也没能想出一个令我满意的题目来吧。

---

① 指留在日本东京大学的旧加贺前田家宅邸的门。

三

　　三十二岁那年的秋天，我迎娶了志摩子为妻。婚后第二年，大儿子博和出生。五年后，二儿子博嗣也出生了。人生中对我毫无意义的这三个伴侣就在那短短五六年的时间里相继出现在了我的身边。

　　志摩子是与老师相识的医生之女，我与她的婚姻也是老师做的媒。志摩子勤俭持家、相貌平平，对此，我并没有任何理由来反对这桩婚姻。因为我立志潜心学问，所以也并不想娶一个让我分心的女人。从这一点来看，我与志摩子的婚姻算不上失败。她既是一个平凡的女人，又是一个普通的妻子。面对她时，我既没有萌发爱情，也没有心生嫌恶，只是对她恰好符合我理想中的妻子形象这一点感到满意。

　　本以为老师之所以给我做媒，大概是他确实欣赏我吧，但实际上却并非如此。通过老师说媒而促成的婚姻数不胜数。他似乎很喜欢做这样的事情，甚至还会给那些关系并不亲近的人做媒。除此之外，他还会热心地照顾母校的后辈和同为历史领域的学子。一开始，我认为老师是个热心的人。

　　但是后来当我发现老师头上的光环越来越多时便开

始产生一种微妙的感觉。当时，老师成了帝国学士院的会员。与此同时，他还拥有维新史料编纂会委员、国宝保存会委员、神社祭祀调查委员、教育审议会委员、史迹名胜天然纪念物保存委员会会员等多个头衔。虽然老师的头衔宛如装饰品般逐年递增，但我注意到他在学问上并无过多建树。即便是他的著作《日本文化史考》或《中世封建社会的生活与文化》，也不是能令众多学者满意的学问研究。

就像他热衷于为后辈们说媒一样，老师也能完美地处理学界的各种事务，这确实是他的本事。发生争执时，老师便会前去调停，就算出现肢体冲突，他也能妥善处理。在混杂着嫉妒与中伤的日本学界，老师的这些手腕是必要的，也是有利的。不知不觉间，老师成了有头有脸的大人物，他的声名远在那些虽然优秀却不明事理的学者之上。与此同时，老师也开始精心培养自己的学术势力。

自从发现老师不过是徒有其表的政治家之后，我便觉得眼前仿佛立起了一面巨大的玻璃，透过其中，我只见到了一片虚无缥缈之态。也因为老师，我开始对这个社会感到失望。

自那以后，我便有些焦急了。我绝不能成为第二个渊岛由太郎。就算被埋没，我也想做一项宏大的、有抱负的、值得倾注一生的研究。但是，由于一直没有找到合适的主题而引发的焦虑让我头晕脑胀、眼耳充血。

这整整困扰了我一年。我至今仍然清楚地记得那时的光景。那天大约是快傍晚了，我与同僚并肩走出史料编纂所，一边闲聊一边下坡，往汤岛方向走去。天空中飘浮着鱼鳞状的卷积云，落日的余光将云朵的边缘晕染得有些发红。

"要是能做延喜式的研究就好了。"走在一旁的同僚不经意地说道。这只不过是我们闲聊时他随口说出的一句话而已。我想，大概是黄昏时的云霞太过绚丽，让他想到了平安时代华美的服装，进而联想到了延喜式的研究吧。但是，大家心里都清楚，真正进行延喜式的研究并不是一件容易的事情。

延喜式的研究——同僚突然说出的这句话，宛若锋利的刀刃，在我的心中闪过一道冷光。我十分清楚，延喜式的研究十分困难，很多人甚至不敢轻易尝试。但是同僚那时说出的话却让我忽然清醒了。正因为谁都不敢着手去做，所以我才会被它深深吸引。那天晚上，我钻进被窝以后，兴奋得夜不能寐。尽管不清楚前方究竟是山川还是大海，但是我感到朦胧中依稀可以看见自己前进的方向。如果真的有神灵存在，那大概就是神灵借同僚之口给我启示的吧。

《延喜式》成形于十世纪中期，全书共五十卷。尽管是官选的法令条文，但是因其中涉及了神道、伦理、风俗、法制、经济、博物、地理、言语、文学、工艺、医药、产业、饮食、器具、服饰等诸多领域，所以也是了解古代生活的重要资料。数据之多、考证之难，使得众多学者对其望而却步。因为如果意志不够坚定，是无法完成延喜式的研究的。

我反复考虑了很久。我明白自己根本不可能把《延喜式》的所有内容都作为研究对象，所以，我不得不缩小研究范围。但是，究竟该把研究领域锁定在哪一部分呢？首先，我排除了特殊技术领域。因为诸如典药寮、缝殿寮、织部司等内容，很多药学或染色学领域的学者都已经研究过了。最终我决定把第十卷——《天神与地神》作为研究的重点，计划通过考证神社名簿来研究古代氏族的分布、产业、交通和生活器物。

于是，我和渊岛老师商量了这个研究题目。虽说是商量，但是我研究《延喜式》的心意已决。老师听完我的话，抬了抬眼，看着我说道："难度很大啊，你能做到吗？"他的眼神像面对着一片汪洋大海，有些茫然。

"没问题。"我答道。尽管嘴里这样说着,但我的眼里一定也是一片茫然,闪烁着不安的光芒,仿佛自己即将踏入一个陌生且不知边际的世界。

四

从那以后,二十多年里,我一直潜心研究《延喜式》,却进展缓慢。我也曾多次想过放弃。有时不顺心感到狂躁时,我就会把手边的东西乱丢一气;有时我会在寒冷的冬夜,躺在野地里,直到清晨来临;有时研究遇到了瓶颈,两三年都没有突破。但是,尽管有着各种各样的苦恼,在这二十多年的漫长岁月里,《延喜式》的研究还是取得了些许进展。

这也得益于渊岛老师的帮忙。他推荐我到他的旧藩主 S 侯爵家中,担任家史编纂所的主任。比起东大史料编纂所的工作,这份新工作不仅让我有了更多的自由时间,而且收入也多了两倍。侯爵一家从未过多干涉我的工作。开始工作之后,我发现 S 侯爵对于何时完成家史编纂并无要求。对于旧时的大藩主、豪族来说,家史的编纂只不过是用来装点门面的。因此,我明白过早地完成工作反而会惹得侯爵不高兴,因为编纂家史花费的时间越长，越让人觉得其家史壮丽辉煌。领会到这一窍门之后，我便一门心思地扑到自己的研究上去了。

不知是不是想让我早日成名的缘故，渊岛老师推荐我来S侯爵这边工作之前，一直怂恿我向史学杂志投稿。于是我决定听从渊岛老师的建议，公开自己迄今为止的研究成果。结果，不知不觉中，我成了研究古代文化的学者。也正是在那时，渊岛老师资助我以青年学者的身份参与了重建法隆寺的讨论。

随着名气变大，我的收入也逐渐增多。在渊岛老师的关照下，我开始在大学里担任讲师一职，给学生们上课。这些收入我悉数交给了妻子。因为我不喝酒，也没什么嗜好，所以不需要太多钱，身上只留些零用钱就够了。但是，我交代过妻子，在购买资料和参考书籍方面，不管多贵，都不要吝惜。

我将家事也全都交给妻子料理。此后的十多年里，我们在代代木建了新房子，孩子们也都从大学毕业了，这些都归功于持家有道的妻子。所以当我和贞代的事情被众人知道后，大家对于身为贤妻的她，言语间多有同情。我不知道平日里与丈夫心意不通的妻子能否算得上是贤妻，但是我明白她确实具备主妇该有的聪明才智。结婚以后，我和妻子从未一同出门远行，甚至连箱根都没去过；我俩也从没一起出门逛过街。对此，她既未感到不平，也没主动要求过。不管我何时出门何时回家，她都漠不关心，也不曾过问我的行踪。此外，她对我的研究也毫无兴趣，从未向我询问过任何关于研究的事情，也从没阅读过杂志上我写的文章。我与妻子之间就是这样相敬如"冰"。

但是，这反倒正合我意。在家里，我是我，家人是家人，这样彼此生疏的关系正合我意。也正因如此，孩子们同我都不太亲近。

随着研究的向前推进，我去地方出差的次数也逐渐增多，主要是为了调查各地的式内神社[①]。每当调查完毕踏上回东京的火车之前，我总是犹豫着是否该给家人带些特产回去。可是，无论买不买，家人都同样冷漠。

我在研究顺利进展到百分之六十时认识了贞代。那时，尽管之后的研究仍有许多困难，但总算是稍有头绪，研究也初具规模了。我与贞代相识于一次演讲会上。当时我去一所女子学校做演讲，而贞代恰好是那所学校的语文老师。会上，贞代率先提问，她那稍显盛气凌人的态度使得在场沉默不语的老师们都对她投去轻蔑

---

① 在日本《延喜式神名簿》上有记载的神社称为式内神社。在日本《延喜式神名簿》上没记载的神社称为式外神社。

的目光，却给我留下了深刻的印象。此后，她还曾给我写过几次信。信中提到，她想参加高等师范学校历史老师的审定考试，有些问题想向我请教，不知是否方便之类的。我读完后考虑了一下，回信道："只要不是太过频繁，都没有关系。"

一天傍晚，我照常从S侯爵位于高轮的宅邸中出来时，发现门前站着一名身材高挑的女子，她正微笑地看着我，对我鞠躬。她那头鬈发和那双大大的眼睛让我立马想起了她就是前几天的那位女老师。我本以为她是要去我家里拜访，所以略微有些吃惊。但她解释道："冒昧去您家里拜访有些不妥，所以想来这边见您；因为这里是侯爵宅邸，我有些胆怯，不敢进去，所以干脆在门口等着您下班回家。"听完，我说道："到我家里去也没有关系。"贞代回答道："不，如果有女士贸然上门拜访，恐怕您夫人会不高兴的。"她那言之凿凿的样子让我觉得似乎这种事经常发生在她身上。

感觉边走边谈似乎有些不便，于是我邀请她去了路边的一家饮品店。尽管到那里去的大多是学生，但由于我并不知道其他的去处，所以只好选在这里。她问的都是些普通的历史问题，问的时候也十分客气，完全没有那天盛气凌人的样子。所以我有些疑惑，难道那天她是受到现场气氛的影响才会那样吗？我感觉她只是被当时那种场面刺激到了而已。聊天时，她的脸对我来说毫无吸引力。明明是二十三岁的年轻女孩，却无端让人觉得略显老态。我想这大概与她的职业有些关系吧。在我看来，她那比常人略大的眼睛、高高的鹰钩鼻、薄薄的嘴唇都十分丑陋。

但是，五六天后，当我又在侯爵宅邸门前看到她伫立在薄暮中时，心想，这真是个执拗的女人啊。

后来我明白了她为何如此执拗。我们见过几次之后，贞代才对我说出实情。"我父亲去世了，母亲和哥哥一起生活在乡下。由于和嫂子性格不合，我就独自来到东京打拼。如果能通过高等师范学校的审定考试，找到一个好学校就职的话，我就可以把母亲接过来一起生活，以免她再被嫂子欺负。正因为如此，我才这么拼命地学习。"

此后每次贞代来侯爵宅邸门前等我时，出于同情，我都会陪她一会儿。尽管我也曾说过，去我家里也没什么不方便的，但是她依旧从未去过我家。于是我总是领着仿佛在门口埋伏的贞代去饮品店，偶尔也会一起去餐馆。但是，一天傍晚，指导的时间有些长，结束得比以往都晚，出来后，天完全黑了。贞代望向漆黑的马路对面，嘟囔道："啊，又来了呀。"我下意识地朝那个方向看了看。那边人来人往的，不知她指的是谁。我追问她："你刚才说什么？"她只是略显忧郁地微笑着。

五

那年，我四十六岁，贞代二十三岁。因为我俩岁数相差很大，所以我并不觉得自己会对贞代动心。我也深信自己从未对她那年轻的脸庞动过心。但是，我究竟又是为何被她吸引了呢？至今我也不明所以，更无法对别人一一道来。但是，我们之间还发生了这样一件事情。那天，我领着贞代去博物馆看祝部陶器的展览。当时，研究正进行到考证《延喜式》中关于给神的供品这一阶段，所以我每天都要去看这些考古学相关的遗物展览。因为那天是周日，学校放假，加之贞代也说无论如何想来见识一下，于是我便把她也带过来了。观察各种各样的陶器时，贞代突然指着一个东西问道："那是什么？是壶吗？"那是一个小小的、壶状的陶器，上面有一个圆孔。我解释道："那不是用来装水的壶。你看，陶器侧面的正中央有一个孔，对吧？如果是壶，往里注水，水不就流出来了吗？所以那肯定不是壶。""那究竟是什么呢？"她追问道。"应该是神前的祭器，尽管至今还不清楚其用途，但是因为吹那个圆孔可以发出声音，所以有人觉得是一种乐器，把它称作笛壶。"我答道。

"笛壶？名字听起来倒是还不错。"贞代说道。她细细观察了一番，又问道："是把竹管之类的插进孔里，再对着竹管吹吗？"我解释道："不是，直接用嘴对着那个孔吹就行了。"我忽然发觉自己从未考虑过原来还可以将竹管插入孔里。这么想着，我眼前便浮现出了壶上插了竹管之后的样子，确实有些像水壶。那一瞬间，我的直觉告诉自己，这绝不可能是乐器。

在《延喜式》关于神祇的研究中，经常出现献给神的供品——"匜"。这是一个目前为止鲜有人知的废弃字。贞代的话使我开始怀疑，"笛壶"是将竹管插入孔中进行吹奏吗？不，应该不是，而是像《延喜式》中提到过的"酒垂、匜、等吕须伎"那样，将酒从孔中倒入之后，通过竹管饮用。我惊叹于女性敏锐的直觉。不，之所以这么想，大概也是出于一个学者解开谜题后的喜悦吧。况且贞代只不过是说出了内心的想法而已，但我却迷信地认为那是神的暗示，因而心怀感激。

或许我之所以被贞代吸引，更多的是因为她的情人泷口孝太郎吧，即使贞代几乎从没对我提起过他。尽管我也曾大致问过贞代目前的生活如何，却并不清楚具体情况。我从来无意打听。但后来贞代还是向我提起了泷口的事情，这也都是他本人无端的嫉妒导致的。

我和贞代在饮品店聊天时，他总在外面等着。

他从未在我眼前露过面，只是在暗地里默默监视着我和贞代。

"是泷口让我去请教您的，可是一旦跟您相谈过久，他就会生气，有时还会打我。"贞代向我坦白道。

"他是不是跟你说，如果你考试合格，就让你进一个更好的学校教书？"我问道。

贞代点了点头，又跟我讲了一些关于泷口的事情。他大概四十多岁，已有家室，是她任职学校的副校长。仅听说过这些，我便能够大致想象出那个男人和贞代之间的纠葛了。

"那你是不是打算以后不来找我了？"

"不，这倒不至于。能和老师您聊天，我很开心。泷口性格有些怪异，您别理他。大概是因为我曾说过喜欢您，所以他内心有些嫉妒吧。"

听到她说喜欢我时，我的心里猛地有些触动。

"那泷口打算今后和你在一起吗？""不，他不是那么有担当的人，不过是嘴上哄哄我罢了，他可舍不得和他的妻儿分开。更何况，他一直担心和我之间的事情被学校里的人知道。"贞代说道。我没想到女人向别人抱怨情人时竟是这般口吻。

我们保持这种交往状态后的第三个月，贞代第一次邀请我去了她家。她在麻布六本木的杂货店里租了一间六张席大小的房间。虽说寒酸了点，但从红色的梳妆镜和橱柜上放的一些人偶来看，倒还像是个年轻女子的房间。四脚圆桌上摆着一些家常菜，电灯微弱的光线照在赤红的生鱼片上，这便是贞代精心为我准备的饭菜。我酒量不好，可贞代还是拿出了酒铫子，对我说："难得来一次，多少喝一些吧。"今天她的妆容比平日里要浓艳一些，回家后换上的那件华美的和服也将白色烹饪衣的衣襟巧妙隔开。此时，贞代这种不同往日的风情让我看得有些入迷。

大约过了两个小时，我正想着是不是该回去了，却听到紧闭的门窗外传来阵阵轻微的脚步声。那声音听起来像是有人在门外徘徊似的，久久不肯离去。

"大概是泷口吧。"

我抬头说道。贞代点了点头。我着实有些恼火，说道："在外面偷偷摸摸监视算什么道理？把他给我叫进来！"贞代红着脸，有些手足无措。我又说了一遍，她才起身向门口走去。我隐约听见门外传来窸窸窣窣的谈话声,不一会儿又传来两三记耳光的闷响。

六

一个冬天的晚上,我正在书房里查些东西。桌上时钟的指针大概指向了十点处,黑暗透过窗帘缝隙处的玻璃渗了进来。我猛地回想起那晚贞代的房间。一想到另一个男人和贞代坐在一起,我便无法冷静,书上的文字仿佛也变得空洞起来。我跟妻子借口说有事要出去一趟,便从家里离开了。

赶到贞代家的时候大概已经十一点了。走进漆黑的杂货屋内,我发现门虽然关着,但门缝处还透出一丝光亮,便猜想贞代大概还没睡。我敲了敲门,屋内传来贞代的声音:"哪位?"打开门后,贞代看到是我,松了口气:"是老师啊!"我朝房间里张望了一番,只见地板上铺着一床红色薄毛呢的棉被,并没有其他人。"我正好有些事要到这边来一趟,便顺道过来看看你,打扰了。"我说道。"老师您喝杯茶再走吧。"贞代抓住我的手挽留道。贞代的个子很高,给人一种压迫感。而我早已迷恋上这种感觉,不可自拔。

贞代把铺好的被子叠起来放到屋子的角落里，起身就要给我泡茶。"不，还是喝酒吧，要是有酒，就拿出来。"我脱口而出。当时不知为何，明明不胜酒力的我却有一种无论如何都要喝一杯的冲动。"真是难得呢，老师。"贞代笑着说道，从碗橱里拿出一个约莫一升大小的酒瓶。瓶里的酒不多，大概只剩下三分之一不到。我一下子就明白了这酒是为谁准备的，于是心底没来由得生出一股倔劲来：今天这酒非喝不可！

我一边和贞代聊着天，一边注意着门外有无脚步声。"今晚好像没有客人要来啊。"我略带讽刺地说道。"您在说些什么呢？"贞代避开了我的目光，薄唇轻启，浅笑道："没有人要来啊。"她说着又往酒铫子里斟了些酒。四脚圆桌上摆着鱼佃煮和烤海苔。我心里有些纠结，不知是该早些回去还是索性再留一会儿。这么想着，终因不胜酒力，我开始有些头晕，想要躺下。贞代见状，便把坐垫叠了叠，给我当作枕头垫着。

不知过去了多久，我感觉自己像是睡了很长时间，但实际上只过了一会儿而已。突然，耳边传来一阵巨大的声响，我一下子清醒过来。那声音听起来像是贞代在拦着某个人似的。不一会儿，一个穿着西服的中年男人大步走了进来，盘腿坐在四脚圆桌前，故意似的对贞代说:"快把饭菜给我端来。"这人便是泷口孝太郎了。他体形偏瘦,眼睛细长,虽然长着一张刻板认真的脸,此刻却满脸通红,喘着粗气,一副激动的模样。我刚刚错过了起身的机会,只得继续装睡,偷偷打量着他。贞代尽管有些心慌,但还是拿出了碗筷给他盛饭。泷口却变本加厉,开始敲打起桌上摆着的碗碟。他一声不吭,只是故意做出很夸张的动作。这明显是冲着我来的。

我有些怒不可遏。这愤怒并不是针对泷口此刻对我充满敌意的行为,而是一想到他们在一起的场景便怒火中烧。我一下子跳了起来,向面色苍白的贞代质问道:"这个人就是你的丈夫吗?既然是家主,至少也得跟身为客人的我打声招呼吧!"贞代略微欠身向我摆了摆手,我愈发恼怒。

"你!你就是贞代的丈夫吗?"我向泷口诘问道。泷口对我怒目而视,我却从他的眼神中读出一丝胆怯。他无非是担心事情暴露,丑闻缠身,甚至连副校长的职位也保不住。他站在那里一言不发,心中所想却都写在脸上。看着他瘦弱的背影,我愈发对他憎恶起来。

"胆小鬼!"说着,我将双拳砸向了餐桌。由于我没有控制好力道,只听一声巨响,碗碟都被震飞了,红漆的餐桌也断裂开来,露出里面白色的木头纹理。泷口见状，赶忙落荒而逃。

那一晚，我最终没能回家。我俩围着炭火盆，时而起身，时而坐下。门外，踱步声响了一整夜。冬天彻骨的寒冷和无法归家的嫉妒之情折磨了泷口孝太郎一整夜。现在回想起来，胆小怕事的他可能真的爱着贞代吧。

七

我将三千张原稿誊写清楚后，分成了六份。分别在封面写上"平安初期的器物与生活技术的研究——以延喜式为中心"并标好顺序的时候，我觉得自己的欢喜和生命都要燃烧殆尽了。与同僚散步的时候，他无意间发出的一句感叹——"要是能做延喜式的研究就好了"——让我花费了二十余年。但我终究还是等到了这一刻，只是万万没有想到，当我梦中期盼的这一刻真正到来的时候，等待着我的只有干枯的虚脱感罢了。畑冈谦造将他的灵魂献给了论文，徒留在世间的不过是他的一副残骸而已。

果然如我所料，这篇论文获得了学士院恩赐奖。要是能得到既与政界上层人士有交际又是学界泰斗的渊岛老师的赞赏就更好了。紧接着，我凭此获得了学位。世人都羡慕我的幸运，我的前途将会是一片光明。

贞代一直想与我同居，尽管我对她的执拗束手无策，但我还是以"拿到学位之后再一起生活"为借口暂时稳住了她。"获得学位"这个借口其实包含了我内心的焦虑。我一直希望自己能在年过古稀的渊岛老师身体还算硬朗的时候完成论文，却预感这一天可能永远不会到来。正因为有这样的预感，所以我才能与她保持最后一点距离。得知这篇论文得到学士院恩赐奖内定的时候，我突然感觉这个扭曲的世界十分可笑。从那个时候开始，我便成了贞代的俘虏，失去了拒绝她的能力。

我坐在皇宫赐宴的酒席前，欣赏着西欧宫廷风的绚烂壁画，心里莫名变得有些悲伤。亲王们端坐中央，两边白发苍苍的学士院会员循规蹈矩地用着餐。我坐在末席，看着这些行将就木的老人一副郑重其事的模样，又感到一丝绝望，像是要把即将完工的华美画面用墨汁全部涂黑似的。那是一种想要将迄今为止我付出的所有努力全部抹杀的快感，是自杀者纵身一跃坠崖般的舒畅。

终于，当我从代代木的家中离开的时候，我向妻子坦白了一切，她平静地看着我，等我说完，脸色苍白，面露憎恶，却依然镇定自若。她立刻给相识的律师打电话，让他帮忙起草一份不动产所有权文件。我离开家的时候，大儿子博和平静地目送我，二儿子博嗣在房里拉着小提琴。

我走进六本木的杂货屋内，打开了虚掩的门。

"我来了。"我喊道。一个鬈发、高挑的女人站起身来，抿着薄唇朝我微微笑着。那一刻，我觉得这个女人并不是我的伴侣。是的，她不是。这个女人为什么能够成为我余生的伴侣呢？在那一瞬间，我预见了她内心邪恶、固执的自我以及皮囊下流淌的冷淡。

我第一次为自己的孤独流下了眼泪。

半夜醒来，小解后再躺下，我却怎么都暖和不起来，脚尖冰冷。自我醒来，杉树林的猫头鹰便开始叫个不停。这声音突然让我想起《延喜式》里记载的"㼿"，那是一种上方边缘略微凸起的壶状陶器。我从未吹过那个壶，但我猜想吹起来也许就是刚刚那种声音吧。

是贞代告诉我可以将竹管插进孔里的。在她的暗示下，我才知道了"㼿"到底是什么东西。她的一句无心之语让我默默怀着感激之情谨记，是不是那时我沉浸于学问当中，因而对这个女人抱有迷信般的幻想呢？但是，人不都是会对这个世界上各式各样的现象编织出属于自己的迷信并甘愿为之犯错呢？

　　我不知何时走到了博物馆，拜托馆内的工作人员让我试着吹响笛壶，它究竟会发出怎样的声音？在这个苍白空虚的世界里，能让我略微有充实感的，也只有此刻了吧。

红　签

一

一九四四年（昭和十九年）秋天，朝鲜京城[1]新编了两支师团军队，其主要任务是防备美军登陆，守卫朝鲜西海岸。

两支师团的管辖区域分属南北朝鲜。原本部队应该被命名为第×千×百×十部队，但基于守备朝鲜的目的，便将"守备"二字拆分开来以作两个军队的称号，即守朝兵团和备朝兵团。因此，负责管辖南朝鲜的师团士兵便在脏兮兮的军装胸口贴上一块白色布条，并用潦草的字迹写上"备朝兵团"，以示区分。

备朝兵团的兵团长是一位满头白发的六十岁老人。他是一位退役中将，早年曾担任某地大使馆的派驻武官一职。虽然他身材魁梧，但行动灵活，一言以概之，颇具日本老将之威严。

---

[1] 今首尔。

幕僚之中，参谋长楠田是一名大佐，脸颊红扑扑的，好似少年。虽然早已年过四十，但乍看之下，像只有三十四五岁的样子。他身经百战，曾参加过华北、华中、华南等大小中国战事。

高级军医末森身材微胖，是一名少佐。三十八岁的他曾是一名私营医师，仪表堂堂。他是个命硬的男人，在南方任职期间勉强捡回了一条命，而后调任至朝鲜。

备朝兵团将司令部设置在全罗北道的高敞地区。那是一个地方小镇，大约住着四千人，其中约有六百名是日本人。

兵团的防御范围北起群山，南至木浦、马山、济州岛等地区。附近是典型的里亚斯型海岸[①]，既有海，又有湾，还有岛，是一个景色绝佳、令人流连忘返的地方。但是士兵们却无暇欣赏此处的美景，而是忙着挖掘洞窟、修建阵地。

军队的食品配给不足，因此他们只能将采来的野草放入锅中，熬成一锅黑糊糊的味增汤，当成副食充饥。

军队借用了高敞地区的农业学校作为司令部。用现

---

① 又称锯齿式海岸、三角湾海岸。被溪谷切割开的土地因陆地沉降或海面上升而进水所形成曲折的海岸线。

在的话来说,就是接收。学校里的师生都是朝鲜人。因为军队将教室和带有火炕的宿舍全部占领,学生们只得在阴暗狭小的仓库里上课。他们瞪大了眼睛,在仓库里盯着日本军人的一举一动。

在这个小镇上有一家由日本人经营的旅馆,旅馆内还设有食堂。老兵团长、楠田参谋长、末森高级军医以及另一名高级副官分别住在这家旅馆的不同房间里。

其他尉官级别的士兵则是"营内居住",即住在学校的宿舍里。因此,那些挤在旅馆房间里的所谓"营外居住"的士兵很是羡慕这些年轻军官的待遇。

无论是比岛,还是南方基地,抑或是内地地区,都深陷战争旋涡之中。但是,南朝鲜这里风平浪静。虽然美国的飞机编队会偶尔从头顶飞过,但即使他们发现了地面驻扎的日本士兵,也会像对待友军一般视而不见。

经常有朝鲜人用日语向附近的两班喊道:"邻组的班长请注意,邻组的班长请注意,敌机来袭!"听起来像是在进行防空演习一样,甚是好笑。

二

在这座置身朝鲜战局之外的和平小镇上,楠田参谋长和末森高级军医却出人意料地为了一个女人争风吃醋。

女人名叫塚西惠美子,年轻貌美,是一位出征军人的妻子。她的丈夫原是道厅的官员,担任当地的派出所所长一职。战争后期,在朝鲜被上级毫无顾忌地编入部队。

最先认识塚西太太的是末森军医。事情的经过是这样的:

一天晚上,末森睡得正香,突然被家里的女佣叫了起来。

"怎么了?"

末森瞪着一双充血的眼睛,不耐烦地问道。

"有病人被送了过来,请您过去诊断医治。他们正在楼下等着您呢。"

女佣跪在枕边答道。

"难道没有别的医生了?"

"倒是还有一名日本医生,但据说他今晚去了光州,不在家。现在只有一位朝鲜祈祷师[①],所以……"

"说是什么病症了?"

"似乎是胃痉挛。病人是一位女士。"

一听说是胃痉挛,军医立即来了干劲。他本打算如

---

① 指在原始宗教中主要负责主持基本社会单元事宜和与神灵进行沟通对话的人员,也被称为"巫师"。

果是什么复杂病情,便当场推掉。

换好军装后,末森又确认了下是否已经将复方羟二氢可待因酮①放到了军医袋里,便往楼下走去。

旅馆门前站着一个五十多岁的男子和一个十六七岁的少女。男子见到末森后,频频低头致敬。稍后一询问,才知道男人在附近经营着一家杂货铺,少女是病人的女佣,是一名朝鲜人。

"真是谢谢您了,还劳烦军医您亲自出诊。实在是因为病人太痛苦了,所以只得给您添麻烦。"

一路上,杂货铺老板一直唠叨个没完,抱怨说在朝日本人里只有一名医生,给当地人造成了极大的不便,似乎是在向末森解释自己向军医求救的缘由。

病人家里装修得十分考究。走进屋里,只见病人裹着一床泛着光泽的绢制被子,蜷缩着身体。

"很疼吗?"

末森坐下问道,发现那是一名二十四五岁的女子。

"嗯。"

女子微微点了点头。当末森从军医袋中拿出安瓿②

---

① 一种镇痛止咳药。
② 可镕封的硬质玻璃容器,用以盛装注射用药或注射药水。

时，女子小声地向对方道了声谢，从她的声音里能听出，此刻她正忍受着极大的痛苦。

末森将女子的袖子挽至肩膀，扎了一针。她的手臂宛如凝脂，光洁白皙。针尖歪了一下，药液滴到了她的皮肤上流了下来。

末森缓缓地推动着注射器。女子背过脸去，显露出美丽鼻翼的轮廓。他看到女子的鼻翼因为痛苦而轻轻颤动，心想，这真是一个美丽的女子。

"好了，结束了。"

末森边说，边用酒精棉球温柔地擦拭女子的手臂。在军队里，他断不会如此彬彬有礼。灯泡上套着一块防空罩。灯下圆形的光圈里，女子那因疼痛而稍显扭曲的面庞让末森看得入了迷，甚至暂时忘却了自己医生的身份。这就是塚西夫人与末森第一次见面的场景。

两天后，塚西夫人为了向末森表达谢意，亲自前往旅馆登门拜访。然而一直到傍晚时分，末森才回到旅馆。

当时他看到塚西夫人，还以为自己认错了人，因为眼前的这个女子甚至比前天晚上还要漂亮。医生们总是觉得病人们熟睡的样子不同于平时，可能也是由于这个原因，末森才会觉得自己认错了人。总之，当时塚西夫人简直美得不可方物，她的美蕴含着一丝纤弱与高贵，面容精致，五官犹如西欧人一般立体，让看惯了扁平面庞的末森眼前一亮。她眼睛黑亮，鼻梁高挺，长着一张樱桃小嘴，皮肤洁白无瑕，这些都让末森不禁回想起那天晚上给她打针时与她肌肤相触的感觉。总之，她的美使人不敢有任何非分之想，是一种不同寻常的美。

在南方，末森高级军医一直视女人为玩物，但是见过那天的塚西夫人之后，他只觉得这是一位只可远观、不可亵渎的女子。

三

楠田参谋长初见塚西夫人时，有着与末森军医相同的感受。

那天之后又过了五六天，塚西夫人再次登门拜谢末森军医，还拿来了满满一箱打糕作为谢礼。回去的时候，她恰好碰到了楠田。

当时，楠田参谋长从司令部骑马刚刚返回"长州屋"旅店。他从马背上下来，转身将手里的缰绳递给值班的士兵时，一抬眼便看到了惠美子那美丽的面庞。塚西夫人稍稍俯身，微笑着对楠田示意。楠田见状，少年般红润的脸颊不禁变得更红了。

当时，末森恰好站在二楼的栏杆处，环抱着双手，目睹了楼下发生的一切。当时他正目送塚西夫人离去。事后，楠田打听到那个女子是来拜访末森的。他觉得末森现在看自己的样子有点居高临下，想到这一点，心里不禁有些愤然。

那天晚上，服侍末森的女佣对他说："楠田参谋长刚刚一直在追问来拜访您的那位女士是谁。"

这个女佣正是那天晚上叫醒末森的那位。

"是吗？"末森抬头说道，"然后呢？你怎么说？"

"我告诉他，那位女士是您之前治疗过的一个病人。"

末森用筷子挑着鱼刺，心想：看来楠田参谋长也对塚西夫人颇有兴趣啊。

末森对楠田如青年一般沉迷女色、容易嫉妒他人的性格了解得一清二楚。

"哼。"

他皱了皱鼻子，冷笑了一声，心想楠田怎么跟我比。

吃过饭，末森打开了塚西夫人送来的礼盒，只见里面摆着十块黑色的打糕。当时，打糕是一种十分贵重的食物。这附近是南朝鲜的谷仓地带[①]，这些年糕想必是从

---

① 指今朝鲜的黄海南道、黄海北道、平安南道等地。

朝鲜人手中偷偷买来的。

末森咬了一口,没有馅,吃起来只觉得咸咸的,便将嘴里的打糕又吐了出来。

"是啊,乡下是没有砂糖的。"

末森小声嘟囔道。

自己正给患了性病的炊事班军曹偷偷进行注射治疗,倒是可以多少要点砂糖过来。

转天,末森从司令部出来时,将背后写好要求的名片交给值班的士兵,让他送去炊事班。

之后,军曹按要求送来了满满两盒砂糖。那是些有点泛黄的粗糖,琥珀般的糖粒闪着光,看起来十分香甜。这两盒糖加起来足足有四斤之多。

傍晚,末森骑马前往塚西夫人家。他想假装成散步时顺路过去的样子。虽然之前末森只是晚上去过塚西夫人家,但他仍记得路。

穿过一片朝鲜民居,一间日式风格的建筑映入眼帘。晚秋时节,篱笆墙里的秋樱都谢了。墙上挂着标识。

年轻的朝鲜女佣看到末森从马背上下来,赶忙转身回里屋向夫人禀告。

塚西夫人听闻,十分吃惊,立刻出门迎接。

"哎呀,欢迎欢迎。"

"不是，那个……"末森害羞地答道，"我正好在附近骑马，所以顺路过来看看。"

夫人毫不吝惜地露出自己那美丽的笑容，将末森引至里屋。

末森赶忙从肩上取下沉重的军医袋，豪爽地从中拿出砂糖。

"这是我的一点心意，还请您收下。想必您也已经有些日子没吃过甜食了吧？"

"哎呀，这是什么啊？"

夫人双手捧着末森递过来的东西，睁大眼睛好奇地端详着。

末森面带笑容，静静等待着塚西夫人看到砂糖后展露欢颜。

四

楠田参谋长听说末森军医经常到塚西夫人家去。自从部队驻扎在这个小镇以来，他便积极拉拢能够进出司令部的当地警察局长为自己的手下。一天，楠田特意前往警局，装模作样地说："军警密不可分，军队是警察的坚实后盾。"实际上，他此次前来，是想拜托警官们调查末森军医最近的行踪，为此他需要一个名目。

一番调查之后，警察们向楠田汇报，称末森基本上每周都会去塚西夫人家两次，但是二人之间貌似并没有什么特别的关系。

然而，楠田依旧放心不下。末森医生屡次拜访这个与自己有着一面之缘的女子，这使楠田感到焦虑不安。说得老套一点就是，他对塚西夫人一见钟情了。

不管怎样，楠田都不愿意让别人得到这份幸福。

不能再坐视不管了，楠田心想。他已经知道末森将砂糖等甜食送给塚西夫人了。

这燃起了他内心的斗争欲望，自此，他一直告诫自己：对，不能让末森再任意妄为了！

一天，午饭聚餐（通常是司令部内部团长以下军官们的聚餐）时，楠田参谋长突然想出了一个主意。人在吃饭的时候，经常会联想到很多事情。

兵团长一边用牙签剔牙，一边跟大家说着话。只要他没有起身，大家谁都不能动。楠田心里焦躁不已。他转头向末森军医看去，只见对方正一边喝着猪肉酱汤，一边附和着团长。真是一副令人憎恶的嘴脸，楠田心想。

聚餐终于结束了，楠田回到了参谋长办公室。这间办公室是将农业学校的一间教室一分为二改建而成的。

楠田刚刚坐下，便给警察局长打了通电话，让他立刻来见自己。

不到三十分钟，其貌不扬、略显老态的警察局长便赶到了楠田的办公室。

"局长先生，这里大概有多少日本妇女啊？"

参谋长问道。

"不到三百人。"

总督府警局的局长答道。

"那么有没有国防妇女会这个组织呢？"

"没有，因为邻组的防空活动十分频繁，所以没必要成立这种组织。"

"这可不行。"

参谋长兴奋地喊道。

"在这个关头，在这个美军不知何时就会登陆的紧要关头，有必要强化我们的一切组织。一旦出了事，保不准朝鲜人会站在哪一边。赶紧给我成立一个仅由日本妇女组成的民间特别防卫班。"

"好的，我知道了。"

局长敬了个礼，便赶忙回去了。

四五天后，楠田又特意打电话过去催促局长。

"组建妇女防卫班的事情进展得怎么样了？"

"啊，正在有序进行。"

"辛苦你了。决定好由谁担任会长了吗？"

"还没有，军队这边有什么中意的人选吗？"

听到对方说起"军队"一词，楠田不禁有点汗颜，但他并没有退缩。

"就让塚西惠美子夫人担任吧。她既是道厅官员的太太，又是随军家属，是一位十分优秀的女士。"

对此，局长毫无异议。

就这样，在不到一个月的时间里，高敞地区妇女防卫班及其会长就这样诞生了。楠田参谋长一副一切了然于胸的样子，向兵团长汇报了这一情况。白发苍苍的兵团长听后，只是点头"嗯"了几句，并没有表现出特别的热情。

"等到大会成立的那天，咱们这边是否需要派一位合适的人过去致辞呢？"

"有你去就行了。"

兵团长一边读着从司令部那里传来的绝密文件，一边漫不经心地说道。

"好的，没问题。"

参谋长为自己的计谋得逞而暗自欣喜。

过了几天，在小学校园里举办了高敞地区妇女防卫班成立大会。校园四周挤满了围观的群众，像开运动会般热闹。然而，围观的人群中，有将近一半是朝鲜人，他们的眼中满是嘲笑之意。

楠田参谋长坐在白色帐篷中的来宾席上，一眼便望见了塚西夫人的身影。只见她身着裤裙，体态优雅。他感到十分满足。他一直按捺着内心的激动，等待时机的到来——终于轮到自己向坐在会长席的塚西夫人致辞了。

自那以后，又过了几天。

楠田参谋长按照警察局长给自己画的地图，骑马来到了塚西夫人的家中。一路上，杨树亭亭而立，秋日晴空美如诗画。参谋长以高敞地区妇女防卫班成立为由，特意登门向身为会长的塚西夫人致谢。

自此以后，楠田也像末森军医那样，逐渐与塚西夫人熟络起来。夸张点儿，用西欧的话来说，就是他可以自由出入塚西夫人的客厅了。

五

塚西夫人的客厅是和式风格，约有八张席大，十分雅致。由于家里没有孩子，无论是榻榻米还是壁龛立柱，抑或是书架，都给人一种干净、整洁之感。

地板上摆放着工笔画、栖凤轴以及随意而又不失雅致的秋菊花艺；一旁书架上的琉璃箱里放置着精巧的人偶和外匣雕有花鸟图案的书箱。每一件物品都让参谋长和军医感受到浓浓的日式优雅。更甚者，壁龛上那把盖着赤鹿花纹绢布的筝为整个客厅增添了几分高贵感。

对于每天往返于"长洲屋"破旧客房与旧校舍改建的司令部的二人而言，塚西夫人的客厅简直宛如梦中的殿堂。

然而，楠田和末森从未同时出现在这间客厅里，更不可能相约一同前来。如果军医一来，看到参谋长的马栓在塚西夫人的家门口，便会悻然而归。反之，如果参谋长看到军医的马在门口，也会默然而返。

当然，这绝不是二人在相互谦让。他们只不过是对彼此怀有敌意，避免碰面而已。

塚西夫人招待二人，好像并无任何偏袒。她一视同仁，对待他们亲切而平等。就连招待军医时的妆容浓淡和矜持微笑的次数也都与招待参谋长时一模一样。

对于参谋长与军医关系不和、自己夹在二人中间的事情，塚西夫人也似乎有所察觉。聪慧如她，绝不会对参谋长说：

"您下次可以约上末森军医一起过来。"

也从来不会对军医说：

"下次您过来时，可以叫上楠田参谋长啊！"

然而，末森偶然得知了楠田参谋长为接近塚西夫人而编造的借口，大吃一惊。这让他不由得对楠田参谋长刮目相看，意识到对方绝不是一个可以小觑的男人。于是，他变得焦躁起来，琢磨着自己必须用尽一切办法，在塚西夫人心中占据上风。

"您最近消瘦了不少，是身体不舒服吗？"

某日，末森前去拜访塚西夫人时，关心地问道。

"啊，是吗？"

塚西夫人略侧过头，用柔软的手指轻抚着脸颊。

"您这么一说，我最近确实总感觉身体有些倦怠呢。"

"我看您可能有些营养不良。这附近的供给十分匮乏，建议您隔段时间打个营养针之类的。"军医诊断道。

他并没有给塚西夫人任何拒绝的机会。

从第二天开始，每隔一天，就有卫生兵奉军医之命到塚西夫人家里来，为她注射钙和葡萄糖。末森抑制住了想要亲自来给夫人注射营养针的念头。

不久之后，楠田参谋长得知了塚西夫人正在注射营养针。至于其中缘由，是因为某次他正巧碰上了来给夫人打针的卫生兵。尽管看到参谋长的马拴在夫人的家门口，但不明缘由的卫生兵并没有像末森那样调头回去。

楠田愈发焦虑。他感觉军医总是占尽先机。

过了几天，楠田拜访塚西夫人时，问道："夫人，您觉得注射的营养针有效果吗？"他想着，自己必须竭尽全力扳回一局才行。

"哎，您怎么突然提起这个？我觉得尽管变化不是很明显，但可能是我的错觉，感觉还是有点作用的。"夫人顾及楠田的面子，客气地回答道。

"那东西能起作用才怪！现阶段，军队里根本没什么有效的好药。我觉得您还是多吃一些新鲜的鱼吧，肯定比注射营养针的效果更好。对了，这件事就让军队的人来办，让他们给您送些鱼过来。"趁着夫人尚未想到任何推拒的言辞之前，楠田严肃地说道。

位于高敞地区的司令部与修建阵地的各前线部队之间，每天不仅有名为"传信使"的联络兵，还有运输物资的往返卡车。

"这些东西都是要送给兵团长的。"参谋长经常以此为借口，命令联络兵们从渔民那里买来各种新鲜的鱼。

然而，尽管二人一直如此竞争，但他们对于塚西夫人并没有产生任何邪念。不，应该说，二人的竞争反而将塚西夫人推到了更高的位置。夫人愈发貌美，显得高贵起来。单纯、好妒的楠田参谋长暂且不论，就连末森军医这样在南方战地善讨女人欢心的老手，也在这种环境的促使下，变得争强好胜起来。

六

二人每月交替拜访塚西夫人共三次。大概是为了避免夫人心生厌烦，所以他们抑制住了内心的冲动。

加之，参谋长经常巡回视察前线的各个部队，高级军医也要去部队进行卫生巡诊，所以，哪怕两人每月只能拜访塚西夫人一次，也并未感觉到任何的不公。

某天，夫人对末森军医问道：

"您在来部队之前，是在医院里工作吗？"

"不，我自己开了间私人诊所。"

末森回答道。

"您原来是在哪儿开诊所？"

"在东京的下北泽。"

"哎呀！"

塚西夫人轻呼了一声。

"这个地方我知道！我原来在小田急的梅丘待过一段时日。那时，我还经常去下北泽那边呢。"

"哎？那还真是巧呢。您是哪年在那边待过的呢？"

"大约昭和十二年吧。"

"那时我还没来部队。从车站下车走五分钟就到了。"

"是在南口吗？"

"不，是北口。穿过店铺林立的商业街，出来便是一条通公交的大道，就在那条大道旁。"

"啊，那附近是不是有家电影院？"

"对对，就在从电影院往代代木方向，走过大约四五间民宅后就到了。"

之后，二人从那附近有些什么商店、店里卖些什么东西一直聊到新宿、涩谷、银座等，好好交流了一番。

"真是令人怀念啊！"夫人略带伤感地感叹道。

"没想到居然能在这儿和您聊起当年在东京的往事。"

"您来朝鲜多少年了？"末森问道。

"六年了。刚结完婚就过来了。"

"那您丈夫现在去哪儿了？"

"他去拉包尔[①]了。但从半年前开始，我就再也没能收到他的来信了。"

末森听完，心想：夫人的丈夫生还的可能性很小。

---

① 位于巴布亚新几内亚新不列颠岛东北端的海港城市，二战期间为日本海军航空基地。

如果去了拉包尔，十有八九是遇难了。

末森凝视着塚西夫人的脸庞，也许是因为内心确信对方已经是寡妇，一瞬间，他的想法开始有些动摇了，顿时心生歹意，且一发不可收拾起来。短短的一瞬间，塚西夫人可能是寡妇的幻想像鸟儿的虚影般掠过他的心头，让他的内心开始堕落。末森为自己刚才闪现过的卑劣想法感到羞耻，摇了摇头，让自己清醒过来。此时，塚西夫人转向了另一个不错的话题。

"您好像对美术很感兴趣。我看您的治疗室、候诊室里都挂着油画。我也很喜欢画画。您喜欢洛朗森①吗？"

"哎，您说的是哪位画家？"

"哎呀，您可真是的。我说的是玛丽·洛朗森。尽管有人评价她的绘画技巧稍显稚嫩，但我一直很喜欢她对素雅的粉、灰等浅色调的运用，给人一种梦幻的感觉。"

谈及这个话题尽管让军医有些不知所措，但也不至于反感。虽然自己刚刚有些恍神，但他依然为塚西夫人渊博的知识而倾倒。

与此同时，楠田参谋长也有毫不逊色的表现。

楠田与塚西夫人谈论的则是英文诗的朗诵。他本想

---

① 法国著名女画家、雕刻家。生于1883年10月31日，卒于1956年6月8日，代表作有《香奈儿小姐画像》《吻》等。

炫耀自己爱好读书，但是偶然发现书架上那外匣雕有花鸟图案的书箱中放着不少英文书。

"夫人，您毕业于哪所学校呢？"

楠田问道。夫人回答说是东京一所知名的英语教育专业学校。

"这是敌性文化教养呢。"夫人抢先一步微笑地说道，"其实我已经很久没打开过这个书箱了。因为我很喜欢读诗，所以里面放的都是些诗集。"

参谋长像被女老师吸引的学生那般，请求夫人读诗给自己听。一番推托之后，最终夫人还是用她那优美动听的声音为他朗诵了诗歌。

尽管楠田对内容一知半解，但仍然凝神细听。塚西夫人那略带鼻音、宛如歌声般悦耳的英文发音勾起了楠田内心某种羞耻的念头。尽管这念头与诗的内容毫无关系，但确实就在一瞬间从他的心头掠过了。

"刚才我念的是威廉·布莱克的诗。"

夫人说道，流露出高雅的气质。

"这首诗有一篇很出色的译文。我念给您听：

向阳花啊，你等累了吧。
你计数这太阳的步伐，

你渴望甜蜜的、黄金的住处。

如少年般红了脸颊的楠田参谋长，在理解诗中的情感后，体会到了夫人的良好教养。

楠田不是那种能把感情深埋心底的人。所以，几天后，他就对兵团长谈起了塚西夫人的事情。

夫人的英国文学素养尽管是敌性文化教养，但楠田想当然地把曾在国外大使馆担任过派驻武官的兵团长当作知己，在他面前将夫人大大地夸赞了一番。这种想法却在后来导致了出乎意料的结果。

总之，楠田参谋长和末森军医在相互争吵的同时，还攀比着对塚西夫人的推崇之情。由这份心意支撑的爱情虽然与年龄不符，却是他们可怜的自我安慰。

七

一九四五年八月十五日正午，广播的杂音太强，根本听不清天皇的声音。面向扩音器行拔刀礼的兵团长有些疑惑，自己到底该如何训示集合于广场上的士兵？

"十分遗憾，由于杂音过多，我们无法聆听到天皇陛下的训诫。就目前的战况而言，局面十分紧张，所以当务之急是要激励将士们的士气。总之，天皇陛下的命令，稍后我会以文件形式传达给大家。"

训示完毕，兵团长便回到了自己的房间。五分钟不到，机密处的军官脸色大变，闯了进来。他的手上握着从京城司令官那里发来的电报。

兵团长哭了，军官们也在流泪。众人纷纷围住兵团长，抱头痛哭。在一片恸哭与歔欷中，有真心实意，也有虚情假意。当然，楠田参谋长和末森高级军医也不可避免地陷入了此次旋涡之中。

在南朝鲜偏远的农村里，当天晚上就爆发了因日本战败而导致的混乱。警察驻扎处纷纷遭朝鲜人袭击，来不及逃跑的巡查兵都被杀了。

于是，警局决定寻求军队的庇护。

早先一直提倡"军队永远是警察的坚强后盾"的楠田参谋长也已集合士兵乘坐卡车前去救援。

在朝日本人经常对他抱怨："朝鲜人最近看起来不太安分，已经开始朝我们的窗户和防雨门投石块了。"兴奋的朝鲜人最近一直在朝鲜高敞街道上举行游行。

楠田最先担忧的是塚西夫人的安危。万一出了什么事，那就不得了了。

当晚，他就立即派了一名下级士官和六名士兵将塚西夫人的家保护起来。这种危机关头正是展现楠田忠义的大好时机。

过了一夜。朝鲜人的民宅里纷纷扬起了国旗。这是日本人从没见过的、朝鲜人自己的新国旗。看到这一幕，日本人有些瞠目结舌，不明白他们到底是从何时起开始准备这些的。

将近正午时，之前被驱赶到仓库的朝鲜学生们扛着崭新的巨幅国旗冲在头阵，伴随着铜管乐队的奏乐，开始了浩浩荡荡的游行。他们的脸庞上洋溢着欢喜与活力。

从司令部的窗户向里望去，无论是军官还是士兵都是一副束手无策的模样。

然而，与他们当初的担忧恰好相反，南朝鲜一带的民众却十分平静，只有青年们采取了一系列的行动。他们以组建警备队为由，让日军将武器弹药交出来。他们甚至预想到日本人很快将从此处撤离，便迫不及待地拥到日本人居住的房子里，开始了"同居"的生活。

受雇于塚西夫人的朝鲜少女一家也抢占了夫人家一半的房间。

楠田、末森各自在百忙之中抽空看望夫人时都提过："您一定很不安吧。如果有什么需要帮忙的，请直说，千万别客气。"

然而夫人只是平和地微笑道:"其实没什么需要帮忙的,这时候大家都不容易。"

实际上,无论是参谋长还是军医都已无能为力了。他们挂在腰侧的佩刀早已被剥夺。手无寸铁的他们在街道上骑马行进时,一旦遇上持枪的(枪支原本属于日本军队)朝鲜青年游行示威,就会在顷刻间威严尽失。

他们也不清楚明天将会如何。一旦沦落入美军手中,不知道是会被监禁还是被枪决。

兵团长好像已经作好了赴死的准备。

美国的军舰已经在仁川入港了,美军马上就会挺进京城。而备朝司令部也因为一封从京城司令部发来的通知而变得异常紧张。通知上说,由于要查看南朝鲜地区日军的武装解除和武器接收进度,一部分美军将会被派遣至高敞附近。

于是,各队都接到了如下指示:

"兵器方面,务必清点好佩剑的数量,保证与人数相符,全都登记入册后准备交付美军。卫生材料方面,一卷绷带都不许遗漏,全部上交。"

这次的预备清查比以往任何一次兵器检查、卫生巡视都要严格得多。一旦出现漏记的情况,哪怕是一把佩剑、一卷绷带,都会被当成私藏的重罪来处理。所以兵团长、楠田参谋长、军医等人都高度重视，不遗余力。

"为了接收武器，故派遣美军要员及军官十人，士兵三十人至贵地。"

军司令部接到这封通知时，楠田参谋长的脑海里闪过了如同神明指示般的念头。

八

昭和十四年，也就是中日事变[①]正值高潮之际，楠田远赴中国，经历了华北、华中、华南战场。所以他十分清楚，也充分见识过"胜者的欲望"究竟为何物。

美军从京城到达此处之前，楠田一直在苦苦思索，究竟该如何招待这四十位战胜者。其实他心里很清楚款待美军的方法，只要把原先日军在中国的所作所为如法炮制就行了。换言之，就是让日本士兵在战地附近搜寻"慰安妇"献给美军，从而让那些美国军官能够宽待日本战犯。他们早已在中国战场干过同样的勾当了。

楠田对兵团长说道：

"给那些过来解除武装和受领武器的四十名美国士兵

---

① 即抗日战争。

献上十至二十名慰安妇，以防其他妇女遭受意外伤害。"

他向上级汇报了自己的意见。

那时他并不清楚美国士兵的真面目，不知道如豺狼虎豹般的他们将会实施怎样一番暴行。

兵团长问道：

"慰安妇这一提议倒是可行，但是如何确定人选？"

高敞地区并没有符合这一条件的日本女人。朝鲜人更是一夜之间成了"战胜国"居民。

没办法，只能从住在高敞的日本女人里挑选了。

楠田把警察局长叫了过来。局长自宣布投降那天起便一蹶不振，犹如迟暮的老人。

"这片区域一共有多少位十六岁以上、四十岁以下的日本妇女？"

楠田问道。

"应该有三百位左右吧。"

局长回应道。

"要想保护这三百位妇女不受残暴行为的伤害，防止敌我双方都不愿发生的事情出现，必须牺牲其中的二十位才行啊。"

楠田说道。局长听了他的说明，悲痛不已。

然而如何确定人选并不是一件容易的事情，一时间也做不出什么决定。

"招募志愿者如何？"

楠田将这一想法在脑子里过了一遍。

"不管怎么说，都是向敌兵献出自己身体，会有人主动站出来吗？"这般想道，他便打消了这个念头。

无计可施的时候，任何决定都会落入"抽签"这一窠臼。事实上，尽管没有比这更不公平的事，但是无论在任何人眼中，抽签确实是最为公平的选项。

"除此之外也没有别的方法了。"

局长说道。本来楠田也没对他抱有期待。

即便如此，两人在各种争论之后，还是规定了参与抽签的范围。

——未婚女子除外。

——二十岁以下的除外。

——患病、妊娠、残疾者除外。

"这样算来，还剩下多少人呢？"

"嗯，大概还剩三分之二，约两百人吧。"

要从两百人里抽出二十个人啊。为了取悦美国士兵，让自己免受战犯之苦，再加上保障自身安全的考虑，虽然这是日本高级军官狡诈的算计，却被冠以"防止其他妇女遭受意外伤害"这一堂而皇之的名义，要抽选出二十名妇女献出她们的身体。

"这是没办法的事。但是要考虑这件事将会带来的冲击。真相万万不可泄露。所以,我们只对外宣称:这样做是为了挑选出招待美国士兵的人选。"

楠田向兵团长告诫道。

也就是说,事已至此,他们只对中签妇女解释缘由。

第二天,局长在电话中匆忙地向楠田汇报调查出来的人数。

"没想到人数这么少,只有一百二十人。"

之后,楠田事无巨细地向兵团长报告,其中除去了未婚者、年少者和妊娠者。

"一百二十人吗?"

兵团长眼睑微闭着嘟哝道。突然,他睁开眼睛问道:"那个妇女防卫会长当然也包括在其中吧?"

参谋长如同遭遇敌袭,震惊不已。

塚西夫人!楠田从未想过她会在这一数字当中。也就是说,他从一开始便没想过夫人会与这一牺牲有所关联。事前,楠田并未向警察局长交代过这件事,一时间狼狈不已,只得辩解道:

"既然那位夫人是防卫会长,就理应从抽签的人选中剔除。"

"为什么？"兵团长不假思索，嘴角浮现一丝讽刺的微笑，"这并不公平，也不符合你的原则。我从你那里得知，这位夫人精通英语。若论接待美国士兵，没有比她更合适的了。"

不知什么时候，楠田曾向兵团长赞赏过她，如今却成了他无法挣脱的桎梏。

九

残酷的抽签开始了。

司令部召集了这一百二十位妇女，战败后威严尽失的兵团长给予了她们前所未有的礼遇。

"即便战争结束，美国士兵也应该是我们的朋友。他们远道而来，我想让他们感受到日本女性独有的温柔。与其让大家主动站出来，我们最终决定以抽签的方式来决定人选。"

这段寒暄提到了之后将要进行的抽签一事，像是特意组织好的。

和纸裁成长条做成签，用红墨水染红一端表示中签。

长条纸签放入盛筷子的竹筒中。

不明真相的女人们脸上并未浮现出悲伤的表情。即便她们并不情愿抽签，心里却不可思议地有了一丝期待。尤其这次抽签是决定自己能否招待美国士兵这一未知的冒险，所以她们心里多少有些好奇。女人们连想都没想过其中竟然还有这般险恶的企图。

女人们在司令部的院子里站成一排，一个接一个地从竹筒里抽出签来。她们都是些已婚的二十、三十甚至年近四十的妇女，或美或丑，或胖或瘦。

其中也有笑着说"哎呀，我抽中了呢"的不幸女人。

只有不动神色地离开、在远处观望着的兵团长和几位军官干部知道抽签的真实目的。当然，楠田参谋长和末森军医也知道内情。

他们俩早已被队伍中塚西夫人的身影深深吸引。他们都无法忍受让塚西夫人排在队伍当中。是谁造成了这一结果？是谁让他们心中的神圣受到了亵渎？明明任谁都可以去抚慰那些美国士兵，却偏偏点名了塚西夫人。日本军官是想通过这一手段从美国士兵那里博得好感，真是好算计啊。

夫人被推到双手捧着竹筒的士兵面前。一百二十根签已经少了一半有余。夫人毫不犹豫，从中抽出一根。

楠田和末森深深咽了口吐沫。

果不其然，抽出了一根红签。

"妇女防卫班会长抽中了。"

兵团长向脸色微变的楠田投以微笑。

美国士兵在抽签后的第三天抵达高敞地区。

他们住进了"长州屋"旅馆,师团长以下的士兵移住到带火炕的农学校宿舍。

对于日军熬红双眼才制成的兵器表格以及实物的交接,美国士兵连看都没看,三下五除二便全都处理好了。他们看到海岸阵地上陈列的旧式炮弹,轻蔑一笑,便走了过去。

美国士兵在旅馆门口安排了两名哨兵,一位站在门口,另一位负责巡视。两名哨兵动作粗鲁地扛着自动步枪,不停地嚼着口香糖。负责巡视的士兵跳上围墙,坐在围墙上晃动双脚,一副百无聊赖的样子。

穿着白色衣服的朝鲜人都赶着过来凑热闹。高敞凡是显眼的道路上都拉着"欢迎美军"的横幅。

但过了许多天,也未见美国士官提出"需要慰安妇"的要求。他们似乎十分温和,即便见到了日本妇女,也没有表现出太大的兴趣。尽管她们也将旅馆里的女人戏称为"大小姐",但并没有什么出格的行为。

他们也没有对日军将领作出任何报复性行动,只不过是在履行联络军官的职责而已。一切都令人失望。

兵团长叫住了准备离开的楠田参谋长。

"看来是你想多了，妇女接待一事取消吧。"

但是，万一走露了风声，或是女人凭着特有的感觉有所察觉，总有一天，抽签的真正目的会大白于天下。

十

从内陆归国的火车满载着货物和军民，驶向釜山。九月末，已经有了秋天的感觉。

抽中红签的二十位妇女坐在火车上，被其他乘客用奇怪的目光审视着。其中五位的丈夫还在战场上，六位的丈夫牺牲在战场上，剩下的九位正与丈夫坐在一起。丈夫们对妻子都很粗鲁，翻着白眼，沉默不语。

为什么？到底怎么了？她们明明什么都没做过，只不过不明缘由地抽中了红签而已，难道因此她们的身上便沾上了不洁的污点吗？

但是（明明她们并没有成为美国人的慰安妇）这份事实无法使她们（娼妇的形象）这样恶意的揣测消除。对她们来说，这成了一种看不见的烙印。

明明这二十位妇女应该受到大家的感谢才对。如果她们确实被强迫那样做了，那么她们不正是在用自己的身体来换取数百位妇女同胞的安全吗？

幸好这种事并未发生，她们理应得到大家的祝福。

但是实际上并非如此。大家都用怀有深意的目光不断打量着这二十位妇女，沉迷在邪恶的揣测中，这是对她们的亵渎。满是行李和旅客的车厢里混杂、拥挤，仿佛飘浮着淫靡污秽的气息。

二十位妇女遭受着四周的冷眼，仿佛自己真的做了不贞的事情。她们有的胆怯，有的则抬起眼睛反抗。

塚西夫人则一副不管不顾的样子，将自己的身体藏在行李的阴影处。

她如同贵妇般拥有姣好的容貌和窈窕的身体。看到她被车厢里的乘客若有若无的视线折磨着，这对于其他女人来说真是不可言喻的快感。这样一来，内心脆弱的夫人终会被击垮，耻辱和绝望会让她窒息。

火车行驶了一天一夜，距釜山已经很近了，却在一个小站上突然停了下来。据传是釜山车站的美军的命令，目前并不清楚原因。天色渐暗，要等明天或后天，火车才会开动。末森军医偷偷地从乘坐的车厢里出来，为了找寻塚西夫人，他没有一丝羞怯，一边从一间间车厢的窗户往里看，一边高喊着夫人的名字。

"塚西夫人是不是在这节车厢？"

车厢里军民混杂，很快，军方的人便给予了回应。

"她好像不在这节车厢。"

军医振奋精神，继续往后搜寻。火车一共有二十三节车厢，长得不可思议。

末森终于在第十九节车厢找到了塚西夫人。

"她在。"军方的人答道。

末森穿过混杂的人群向夫人走去。夫人抬头看见末森，仿若在地狱中遇到佛祖一般露出了舒心的微笑。

"您想必累了吧？"

军医关切地问道。

"嗯，多少有些累了。"

夫人轻轻地回应道。实际上却是很累了，无论是身体上，还是心灵上，都疲乏不堪。

"我帮你注射点营养剂吧。您到我这节车厢来吧。"

承受着四周露骨的目光，夫人起了身。车厢内连下脚的地方都没有，她跟在军医后面，一点一点，踮着脚尖慢慢地走出了过道。四周天色渐晚，车站昏黄的灯光几乎照不亮前路。

末森小声地对夫人说道：

"快过来。"

说完,他很快穿过狭窄的走廊,自己先跳到对面的铁轨上,将夫人抱了下来。

末森正一步步执行着自己的计划。围起轨道的篱笆早已破朽,界限不明。末森拉着夫人的手,向外跑去。

"我们这是要去哪儿?"

夫人喘着气,声音颤抖地问道。

"这里,这里。"

末森一边向黑暗中大步走去一边说道。

一排排朝鲜民居映入眼帘,末森在黑夜中四处寻找带有日式风格的青砖瓦房。

在末森心中,夫人早已不是可望而不可及的了。因为不幸抽中"红签",夫人在他的心中已经堕落为娼妇。

末森对于夫人的恋慕一直以来被她优雅的皮囊包裹、压抑着,今天,不再需要得到夫人的首肯,不再有后顾之忧。他心中的渴望和欲望早已骚动不已。昨晚,他一想到将和自己同乘一辆火车的夫人,血液便在体内沸腾,无法安睡。

十一

楠田参谋长不知何时发现末森军医不见了。

出于本能，他立即将末森和夫人联系到了一起，想到这里，他便失控般发起疯来。

楠田一早便通过秘密手段知晓了塚西夫人乘坐的车厢。他也垂涎于夫人的美貌。在他看来，夫人现在如同跌落神坛的女神。建立在夫人令人惊艳的容颜和优雅才智之上的高台，仅仅因为一根红签便轰然倒塌。无论是洛朗森还是布莱克，都变得虚无缥缈起来。

楠田召集士兵，命他们去第十九节车厢查看。士兵们匆忙出发，很快便回来了。他们向楠田报告道："不久前，塚西夫人和末森一起离开了。"

嫉妒之火在心中燃烧，楠田面色扭曲，脱口而出："末森军医逃跑了！给我立刻搜查。"

参谋长带着三名士兵加入搜寻末森军医的队伍中。天空繁星满布，白杨树笔直地插入天空，秋天的晚风掠过缀满树叶的树梢。

参谋长的搜索目标也是日式民居，他知道他们并不想借宿在朝鲜人家里。

楠田敲叩开日本人家，一间间地搜寻两人。

另一方面，末森正拜托一户日本人家将他和塚西夫人藏在家中最深处的一间房里。这户人家因为正打包行李，物件摆得乱七八糟。

光线昏暗的电灯、泛着茶褐色的榻榻米……这一切不知为何都让人联想到下等娼妇的房间。

夫人脸色苍白，看起来即将丧失意志。她思维混乱，像死人那样睁大眼睛，瞳孔一动不动。

末森身着军装坐在榻榻米上，将夫人揽在自己怀里。夫人的上半身倾倒在末森怀中，男人往她的脸上吐着灼热的气息。

"夫人……"

接下来要对夫人说些什么，做些什么，现在已经不是末森需要惧怕的了。曾经可望而不可及的女人，如今就躺在自己怀中，像娼妇般任由自己摆布。

夫人挺翘的鼻翼呼吸急促，不断喘息，恐怖与绝望写在她的脸上。她看到男人恍惚的表情。末森抓住女人的肩膀，用力把她往后拖倒。

就在这时，耳边传来由远及近的慌乱的脚步声。末森把手从夫人身上拿开，打开隔扇，小心张望。

"士兵们正在找你。快点躲起来！"

末森早已预感到楠田参谋长会恼羞成怒。

他狠狠地拉起夫人的手，躲进了衣柜。

楠田询问这家人，看到他们的神色有些慌张，心里肯定了两人就藏在这里。

楠田与他们争吵了一番，便一句话不说，脱掉长靴，旁若无人地走进了屋内。

见他怒火中烧，这家人有些怕了。

楠田走进了二人藏身的房间。不一会儿，他猛地挺直身子，像是在用鼻子分辨着空气中的气味。他的眼睛虽然瞟到了衣柜，但并没有打开的意思。楠田心里正不怀好意地想着戏弄末森的诡计。

"不是这家。"

参谋长低语道。

楠田向这家人道了歉，便和原地待命的士兵一起走了出去。

夜已经很深，天空中星座的位置偏移了不少。四周断断续续地传来犬吠声。楠田没有回车站，而是在草丛处停下来。"在这里休息三十分钟。你们要抽烟也可以。"

楠田对士兵们说道。士兵们有些不明所以，但都一个个或躺在草地上或站着抽烟草。烟草燃起，在黑暗中闪烁点点火光。

这三十分钟对于楠田来说却如同三小时般漫长。他的脑海里不断浮现出妄想，焦虑不已。

末森军医脱掉军服，借穿了这家人的睡衣，坐在了榻榻米上。他安心地搂着夫人的肩，玩弄着她的手指。

他就像面对着没有经验的妓女，脑海里思考着下一步该如何进行，兴奋不已。

突然，外面传来了声响。如旋风般，楠田闯了进来。

末森心有所感，洞悉了一切。他把手伸到放在一旁的军服下，保持着坐姿，拿出了背着美军私藏的闪着乌光的手枪。

转身之间，他的脑中却一片空白。

隔扇被粗暴地拉开。

楠田面露疯狂，出现在他的面前。

"末森军医，可算找着你了。你真是不要脸，畜生！"

参谋长举着闪光的长刀。军医面色镇静，手指扣动扳机。此时画面突然停滞。轰响和烟尘中，楠田参谋长的身躯摇晃着倒下了。

末森看见三个士兵充满杀气的脸，举起手命令他们："你们不许再走近一步。"

然后，他起身，看着夫人的脸，轻轻地对她微笑。他又哭了起来，面容扭曲，仿佛孩子般喜怒无常。

末森在夫人和士兵四人恐惧的凝视下，将手枪缓缓地抵向自己的额头。

兵团长听完楠田参谋长和末森军医死亡的始末,面容扭曲,骂道:"真是两个白痴!"

关于两人的死因,他在向上级陈写的报告书中这般写道:"皇军败战,悲愤不已,回国途中,自决而亡。"

虽然修改多次,但他最后还是决定用这个理由。

父系的手指

一

父亲出生于位于中国地方山脉山脊地带深山里的一个小村庄，是当地一户富裕地主家的长子。然而，他七个月大的时候，便被寄送到一对贫民夫妇家中抚养，从此再也没能回去。说是寄养，我却觉得两家早已暗中约定将父亲过继了。其中似乎另有隐情，因为父亲后来曾不经意间吐露过，他的生母在他出生后离开过婆家一段时间，而这一点引发了我一系列不着边际的联想。

"不幸"仿佛伴侣般跟随着父亲的一生。在他七个月大时，首次降临到了他身上。如果当时父亲没有被送去当养子，想必后来不会经历贫穷困苦，而是继承家业，成为当地数一数二的大地主吧。事实上，父亲的弟弟正是因为继承了财产，才有了之后的境遇。

自从十九岁那年离开家乡，父亲再也没回去过，因为他连买火车票的钱都凑不齐。正因为如此，他才格外依恋故乡，回乡成了他一生的梦想。

从我小时候起，父亲就总是跟我提起矢户的事情。矢户是他出生的乡下地名。那时，我常常枕在父亲的胳膊上，听他讲老家的故事。

"矢户是个好地方。日野河流经那里，上游有铁矿砂，还有大仓山、船通山、鬼林山之类的高山环绕四周。船通山的山顶，铁杉参天而立，根系发达，足有五间粗，那可是一棵有着两千年历史的古树啊。冬天，积雪特别深，都快堆到屋檐下了。"

每当听到这些，我便在脑海中想象着大仓山的轮廓、船通山的巨大铁杉。正是这种乐趣，使得我对相同的内容百听不厌。

每当讲起这些故事，父亲也乐在其中。想必在他向我述说的同时，少年时的记忆也随之涌来，一一浮现在他的眼前吧。因此，每次讲到最后，他总要补上一句："等我攒够钱，一定带你回矢户看看。"

父亲这么说并不是为了哄我开心，而是要给自己留个念想。他将遥远的期盼寄托于话语间，却不知何时才能再见到年少时熟悉的大山、河流和村庄。

对此，母亲却总是嗤之以鼻。

"哼，又在讲矢户的事情了，耳朵都听出茧子了。"

母亲似乎已经预料到自己的丈夫这辈子都无法摆脱

贫穷。父亲既没出息，性格又懦弱，却整天反复叨念着说要带我们回矢户。对此，母亲表现出赤裸裸的厌恶。那时，我们还生活在九州的F市，我还一度天真地以为九州和伯耆之间十分遥远。

母亲还曾对我说过这样的话：

"你外婆第一次见到你父亲时就私下对我说过：'你丈夫虽然看起来像个男子汉，不过耳垂太小，估计是穷人命啊。'果真被她说中了。"

暂且不论外婆说的正确与否，从这短短几句抱怨中，我却听出了关于父母的一个秘密。因为外婆第一次见到自己的女婿时，父亲就已经跟母亲在一起了，所以他们的婚姻没有媒妁之言，而是在广岛进行的所谓"私通成婚"。

从伯耆向南越过中国山脊，就到了广岛。离开故乡后，父亲首先在那里生活了一段时间。

我不清楚父亲为何要离开养父母家，也从未向他询问过此事。我察觉这大概与父亲的身世一样，其中纠缠了太多的秘密，不是可以冒然询问的事情。

一开始，父亲仅仅是寄养在养父母家，后来却成了真正的养子。养父母家附近有一处出产"印贺铁"的铁矿砂采矿地，当地居民原本在家务农，后来渐渐地到铁矿去工作了。那时父亲虽然才五六岁,却已经开始记事。

直到那时,父亲的生母仍会偷偷跑来看他,每年大概来两三次。从矢户出发,要翻过十里的山路才能到达铁矿。除了送给养母的布匹之外,父亲的生母还会从扛在背上的唐草花纹的包袱中拿出给父亲准备的和服、帽子、木屐和内衣等。当天晚上,她还会搂着父亲入眠。

每当父亲对我讲述这一段时,他都双眼含泪,声音哽塞。但他每次都会强忍眼泪,咽下唾沫继续说下去。

听着父亲的话,我的眼前总会勾勒出一个女人独自越过崇山峻岭的身影。那正是我素未谋面的祖母。

不过,自父亲六岁之后,祖母好像再也没来过了。据说她又生了一个男孩。对父亲而言,是弟弟;于我而言,则是叔叔。

父亲说,那时他曾见过这个弟弟两三次。直到现在,我都觉得这是父亲的谎言。父亲如果不去亲生父母家,就不可能见到自己的弟弟,恐怕他也从未去过那里吧。我的这种推断与父亲见不得人的身世有着很大的关系。父亲之所以这样说,一定是为了在我面前掩饰些什么。

前面也提到过,父亲是在十九岁那年离开养父母家的。但那时,他们一家人已经移居到了淀江的镇上。淀江位于伯耆最北部，是一个面朝日本海的小镇。父亲做起了卖鱼的小买卖，挑着扁担往返于镇上与四五里远的深山。

明治二十五年左右，父亲在镇上的办事处做起了勤杂工。当时还没有侍者之类的称呼。父亲的梦想是当一名书记员，他还曾学过一些相关的知识。尽管父亲只有小学学历，但是由于当时的小学校教过学生阅读，所以他可以理解一些略有难度的行政、法律术语。而他本人也十分喜欢阅读此类书籍。此后的多年里，父亲的这一爱好都没有改变。

父亲的养母虽然看起来大大咧咧，实际上却十分吝啬、偏执。淀江盛产雨伞，她平日里便也做些糊伞的副业来贴补家用。她常常把附近糊伞的妇人们叫来一起干活儿，在大伙儿的起哄之下，还会唱上几句安来调。那时，安来调远不像现在这样广为人知。那歌声低回婉转，清透纯净。她很喜欢哼唱着"淀江，淀江，你到底哪里好？你这腰带大的地方啊……"这几句。

从父亲那里听到这件事时，幼小的我总在脑海中幻想着这样一幅画面：在山阴面一间昏暗的屋子里，一群女人边哼着歌边高兴地忙碌着。

二

离开广岛之后,父亲在陆军医院里找到了第一份像样的工作——看护员。自那以后,他还在县警察部长家做过类似书记员的工作。

书记员的工作很合他的心意。夜里,部长还会给他留出一段时间来学习。所谓的学习,其实是读一些法律相关的书籍。父亲可能是想通过参加考试等途径出人头地吧。

然而,依我对父亲的了解,他绝不是目标明确的人,因为在此后的日子里,他总是漫无目的地找寻工作。能让父亲感到满足的,只有阅读法律书籍了。对于出生于伯耆深山的年轻父亲而言,能够接触到这些知识已经相当难得。实际上,自那以后,父亲一直为自己掌握了法律知识这一点而自豪不已。尽管他至多算是了解《六法全书》①的皮毛,却自认为已经是一位博览群书的知识分子。从报纸、杂志中得到的一些杂七杂八的知识更让他自命不凡。尽管只是些常识,但对父亲而言,却足以成为夸耀的资本。后来,只要一有机会,父亲便会

---

① 日本收载主要现行成文法(宪法、刑法、民法、商法、刑事诉讼法、民事诉讼法)及其他特别法律的书籍。

向旁人卖弄一番。

"大家什么都不懂，我跟他们说话的时候，他们都对我渊博的知识大吃一惊呢。"回家后，父亲总会一脸骄傲地对我们说道。

父亲没有接受过正规的教育，也没能进行系统的学习。他知道的不过是些浅薄的杂学而已。即便如此，他仍觉得自己学问了得。

那么，如此向往学问的父亲究竟是如何与目不识丁的母亲走到一起的呢？说来，也是他的"不幸"之一吧。

由于警察部长被调往别处，父亲便辞去了书记员的工作。之后他又做了什么工作，我不太清楚。因为他不愿对我提起，所以大概是些不太体面的工作吧。

但是，根据父亲无意间说出的话语，我猜想他当时应该是在干着拉车的活计，也就是所谓的人力车夫。

母亲是距离广岛十五里偏僻乡下一户人家的女儿，下面还有四个弟弟妹妹。我并不清楚她和父亲是如何走到一起的。不过由于母亲总是时不时地提起做纺织女工时的辛酸往事，我想大概是来到广岛后，她曾在纺织工厂当过女工，因此与父亲相识并最终走到一起。二人在一起之后，母亲一定是为了求得自己父母的许可，才把父亲带回了娘家。所以外婆第一次见到父亲才会说：

"你丈夫虽然看起来像个男子汉，不过耳垂太小，估计是个穷人命啊。"这样想来，一切便都合乎逻辑了。

我从未对自己的父亲当过人力车夫或母亲曾经做过纺织女工以及二人私定终身的过去感到耻辱。只不过自己出生于那样的环境里是无可辩解的事实，这让青年时的我总觉得自己的身上好像残余着莫名的污点，从而产生了低人一等的自卑感。

听父母说，我出生于广岛的K镇。我并不知道那是一个怎样的地方，也不想去一探究竟，大概是一处污秽、杂乱的地方吧。四十多年前，想必母亲是在一个狭小、昏暗的大杂院里将我生下来的。

某日，有位少年走进了那座简陋的房子。他操着一口伯耆口音，自称是来自矢户的西田。西田是父亲亲生父母的姓氏。母亲便出门喊父亲回家与少年相见。

父亲急匆匆地赶了回来。那少年一看到父亲就激动地喊道："哥！"话音刚落，少年的眼眶里似乎有泪水在打转。他就是父亲的弟弟民治。

这段兄弟重逢的故事，我已经从父亲那里听过很多遍了。如果当时的场景真如父亲所言，那还真是有几分新派戏剧的感觉。恐怕是父亲过于夸张了，毕竟是第一次见面，怎么可能会如此亲密？父亲继续跟我讲他们兄弟相见时的场景。

"你是怎么知道这里的?"父亲问道。那少年答道:"是母亲从淀江那里打听到的。"因为父亲离家后曾先后给养父母家寄过一些钱。随后,少年一边掏出布匹、衬衫、木屐等礼物,一边说道:"母亲很想念你。"这与儿时生母翻过伯耆的山岭送给自己的东西一模一样。父亲哭了起来,说自己也十分想念母亲。这份思念或许是真的。

少年对父亲解释说自己已经从米子的中学毕业了,马上要去山口的高等师范学校念书,今天正好中途顺路便过来看看。"这样啊,真是太好了!"父亲欣喜不已,为自己有一位前途无量的弟弟而感到喜悦,却暗地里觉得如果自己也一直留在亲生父母那里,想必也能接受同样的教育吧。这样一想,父亲便感到了几分失落。本就憧憬学问的父亲面对教育程度高于自己的人时会格外尊敬。

"你可是有一位很厉害的叔叔呢。"父亲常常对我这样说道。谈及这些时,他总是一副心满意足的样子,仿佛自己也能沾光。当然,尽管是后话,但父亲的弟弟确实在东京干出了一番事业。

父亲的弟弟在家住了一晚,便前往山口。

终其一生，父亲只与他的弟弟见过这一次。

三

我三岁那年，全家从广岛搬到了 S 市。隔着海峡，入眼即是九州的群山。

父亲开了家点心铺子。店铺位于 S 市的尽头，在通向旧城平民区的街道上。那里距离 S 市大约有二里路，父亲为了招揽中途休息的来往行人，还兼营了茶馆生意。

附近景色怡人，浪潮卷起阵阵旋涡，与海峡擦肩而过。入夜，对岸九州镇子上的灯光就像玻璃碎片一样，在黑暗的山麓里闪烁点点亮光。

后来由于那条路通了电车，生意每况愈下，我们一家便搬到了 S 市内，依旧经营点心铺子。

那时，我们收到了西田民治寄来的明信片。上面写着：我已经结婚了，目前在距离九州南端很近的 O 市某中学任教。上次广岛一别，已经过去六七年了。

"民治的妻子似乎也是学校里的老师呢。"父亲炫耀般地说道。在这一点上，他为弟弟的优人一等而感到欣喜。想必对于娶了目不识丁的老婆的父亲而言，心里十分羡慕吧。

如此说来，父亲确实对于娶母亲为妻一事耿耿于怀。他始终没让母亲入自己的户籍，所以我一直是"庶子"之身。按照过去的户籍法，"庶子"写作"私生子"。后来我因就职的缘故，将户籍抄本拿来查看，才发现自己的名字旁写有"私生子"几个字。当时，我感到屈辱像熊熊火焰般灼烧着自己。

当父亲迎来人生中的"全盛期"时，他对母亲的不满便彻底爆发了。他甚至对母亲喊道："像你这样的女人根本不配当我的老婆，咱们离婚算了！"当时他在做贩米的投机生意，一时走运，挣了几个钱，便在外头另找了女人。

母亲尽管没什么文化，却性格倔强。当初只是因为被老师批评了几句，她就一时冲动，退学回家了。母亲比父亲小五岁，按五行应该属土，按生肖应为虎年生人。她嘴上不饶人，总是和父亲争吵不断。

母亲认为，只要好好做生意，就能挣到一口饭吃，所以他们总是一大早就开始做点心。做好后，父亲便不管不顾，出门而去，独留母亲收拾善后。因为做投机生意，他要经常往返于大米交易所和店铺之间。父亲总会换上华丽的绢制和服，穿得像投机商人一般出门。母亲对此甚是不满。所以每当晚上父亲回到家，不一会儿，二人便会争吵起来。

有时,他们甚至从一大早就开始吵架。母亲一边做点心,一边诘问父亲道:"今天怎么又要出门?"之后两人便闹得不可开交。父亲一边骂着脏话,一边将刚做好还冒着热气的点心一股脑儿扔进了垃圾桶里。每当遇上这种情况,父亲便接连两三日都不回家。

母亲觉察到父亲在外有了女人,还打听到那个女人出生于当地安艺市,名叫由纪。其实这些都是做投机买卖的同仁偷偷告诉母亲的。像对方那种风尘女子,只会在男人有钱的时候缠住他不放。然而母亲却始终没能明白这一点。

一到晚上,母亲便会牵着我,在花街柳巷四处搜寻父亲的身影。一路上尽是些装有华丽格子门的房子,庭园的铺石似乎刚洒过水,还残留着水迹。母亲总会一家一家地敲门询问。那时,我大约在上小学二年级,尽管记忆已经有些模糊了,但只要想起母亲当时每敲开一家门后被那些花街柳巷的人用那种眼光和语言打发,就觉得母亲是那么凄惨。至今,每每想起这些浅浅的记忆,我还会羞愤得脸颊发烫。

然而,我对当时每晚与母亲一同夜归途中的见闻记得一清二楚。由于徒劳而返,加之内心失望焦躁,母亲步伐沉重地走在夜路上。尽管我心里很惧怕那样的母亲，但仍旧小心翼翼地跟在后面。漆黑的小路上，不知从哪家传来了法会的咏歌声和摇铃声。我们向声音的源头慢慢靠近，却又渐行渐远，直到声音完全消失。路上还有一家制作玻璃瓶的工厂，师傅正吹着长棍一端的赤红色玻璃球，球的颜色宛如正在下沉的夕阳，烧得通红，看起来就像纸捻小焰火残余的火星一样。师傅用嘴吹着长棍另一端的小玻璃球，他的身影像男巫一样印在了我的眼底。直到现在，我依然对那幅场景记忆犹新。

父亲的投机生意依旧红火。说是大米投机，其实是在赌博，用行话说就是一种名为"嘎斯"的买空卖空交易。由于每日的天气都会极大地影响生意的好坏，因此投机商们大多善于观察天气。父亲也很花功夫地研究了天气，有时还会在烈日炎炎的日子里断言："啊，今晚有雨呀！"大多数情况下还真能被他蒙对。这也成了父亲引以自豪的本事。他会在某个刚放晴的早晨预言"下午一定会下雨"，一旦预言成真，他便笑逐颜开，十分欣喜，四处夸耀："怎么样，被我说准了，我厉害吧？"

父亲的投机生意进行得如火如荼之时，他把二楼一个六张席大小的房间划作自己的工作室，精心装饰了一番。他在房间里放了一张新买的大书桌，铺上时兴的蓝色呢绒桌布，再将砚台盒、墨水瓶、笔洗、印泥、印章、账簿台等文具一一摆上，并对自己的这番布置十分满意。这些都是父亲仿照自己常去的那家中介店铺的账台布置的，他本不需要账簿，之所以摆上一本，仅仅是为了自娱自乐。

在父亲看来，无论是精心布置工作室还是与花街柳巷的女人厮混，抑或是进出一流的饭店，都是"出人头地"的象征。

我经常从父亲那里听到一些花街柳巷的暗语。例如，把酱油称作"紫"，把盐称作"浪花"，把"梨"称作"有实"，等等。父亲觉得把这些东西教给年仅九岁的我是一件令他自豪的事情。

那段日子是父亲最为意气风发的时候。母亲不在身边时，他还会五音不全地哼唱《活惚舞》《瓜与茄》等小调。我记住了其中一句"明日老爷去割稻……"的歌词。而这些小调都是那个叫由纪的女人教给他的。

四

有时，我还会被父亲拉着到他的生意伙伴家里去。他们总是五六人聚在一起，无所事事。那些人都靠不住，懒惰成性，成天指望着赌运过活。跟这些人比起来，父亲显得一表人才。一行人中只有他穿着精致的绢制和服，在着装上就把其他人比下去了。另外，父亲身材微胖，看起来也比其他人高大些。

父亲除了与朋友们讨论投机生意的话题，还喜欢谈论政治大事。他的这些知识都是从报纸上获得的，为此，他甚至不顾母亲的反对，毅然地订了三四份报纸。

每每谈及政治大事，父亲总能长篇大论，让在场的人都插不上话，只能沦为听众。他一生只尊敬原敬[①]一人。父亲意气风发，侃侃而谈，言语间还夹着幽默诙谐。这时的父亲总是无比开心，一点脾气都没有。

"读报纸要从第一版的政治报道、社论读起才行，可不能从第三版开始。"父亲常常这样唬人地说道。一旦有人夸他知识渊博、有学问，他就高兴得忘乎所以。

父亲的生意伙伴里有一位盲人，似乎也是靠投机为生。每天都会有一个十岁左右的男孩牵着他，往返于交易所和同仁家之间。尽管那个男孩看起来只比我大两三岁，但神情异常冷漠，大概历经了生活的艰辛与困苦。

---

① 原敬（1856—1921），日本明治、大正时代的政治家。大正七年（1918）作为平民宰相组建第一个政党内阁，任期内于东京火车站前遇刺身亡。

为什么父亲不在自己事业全盛期回乡看看呢？如果真的回去了，那一定是父亲最为风光的时候。

亲生父母尚且健在。或许父亲是打算等自己真正挣到大钱时再衣锦还乡吧。

然而，好景不长，不久，父亲的这种幻想便破灭了。他越是焦急就越是倒霉。父亲把之前赚的钱大多花在了与女人的吃喝玩乐上，并没有储备应急资金。无奈之下，他脸色发白，灰溜溜地回了家。

尽管如此，他仍旧不知悔改，四处借钱投机，随后又大笔亏损。眼看债台高筑，父亲心里焦躁不已，总是半夜起来，抽上两三个小时的烟，陷入纷繁的思绪。

不久，中介那边也彻底与父亲断了往来。大型中介为了保证信用，拒绝与从事投机大米买卖的人合作。无奈之下，父亲只好寄希望于小型中介。他想着如果投机生意进行得顺利，说不定还能东山再起。然而，一旦稍有亏损，小型中介店的店主也会翻脸不认人。

每天被中介拒之门外的同仁都会在交易所门口徘徊。他们在赌上午、下午的每一盘成交价到底是奇是偶。父亲也加入了这些人之中，渐渐沦落为乞丐、赌徒。

父亲离家出走，并不是因为被债主逼得走投无路，而是无法忍受母亲的责骂与威吓。那时，点心铺子无法正常营业，母亲只得每天大门紧闭，躲在昏暗的家中不敢外出。后来因为拖欠房租，我们一家被房东赶了出来。

父亲的离开也让母亲有些不知所措。所幸，附近有位鱼糕店的老板娘平日里与母亲关系密切，她对我们说："这样吧，你们先在我家住一段时间吧。"

就这样，母亲带着我一起住进了鱼糕店。尽管母亲像女佣一样任劳任怨，但我看得出来，那家的两个儿子十分嫌弃我们。他们总是皱着眉头，从不肯同我和母亲讲一句话。

原先与母亲关系不错的老板娘也逐渐变得势利起来，于是母亲只能低声下气地取悦她。这家人极其吝啬，例如做饭时，会把大家吮过的炖鱼骨都收集起来熬成汤汁，用来煮菜。"恶心死了，恶心死了。"母亲暗地里皱着眉说，紧接着又骂骂咧咧地说道："都怪你那个混蛋父亲。"

某天，我正准备从学校回家，看到父亲无精打采地站在校门口。由于我很久没见过父亲了，所以一看到他便觉得十分亲切，但又有些害羞。父亲不复往日风采，看起来苍老了许多。

他朝我招了招手，问道："怎么样？你妈妈身体还好吗？"

随后，父亲将我带到了他住的小旅店。房间十分宽敞，但有些脏乱，室友们都是一副散漫的样子。席子褪成红褐色，上面随意堆放着饭碗、陶壶，看起来大家都过得不是很如意。

父亲走到自己的位置坐下，地方不大，只有两张席大。他微笑着对我说道："想吃什么？爸爸给你买。"他满面胡茬，无力地笑着。

我接过父亲手里的五块钱，立刻跑向门外。因为我几乎没在陌生的地方买过东西，所以有些兴奋。在水果店买完枣子，我又回到了父亲那里。

我趴在父亲对面，打开包装纸，开始吃枣子。枣子上有像花菜豆那样的斑纹。我一边好奇地看着枣子的纹路，一边将其放入口中。我从长期寄人篱下的压迫感中解脱了出来，心里轻松了许多。父亲微笑地看着我，有些落寞。

我在那里一直待到傍晚才回鱼糕店。母亲穿着束好带子的和服，正在厨房忙碌着，一看到我，就操着一口广岛口音责骂道："跑去哪儿玩了？"我走到母亲身边，简短地描述了自己与父亲相见的始末。母亲的眼睛瞬间亮了一下，随即又面带忧愁，没再过多责怪我。我趁势问她能否再去父亲那里玩儿，母亲既没赞同也没反对，只是默默地将脸扭向一旁。

五

父亲与母亲重归于好，我们一家也搬去了九州的 Y 市。为了躲避债主，我们没有告诉任何人新的落脚地。

我们依旧借住在别人家里。他们是原来我们在 S 市的邻居，后来搬到 Y 市定居，我们便投奔至此。他们经营了一家澡堂，老板是个心地善良的男人，对妻子言听计从。他们的儿子在运输公司当配送员，总是面无血色。

仅凭曾经的邻里关系便借住在别人家中，尽管省去了辗转之苦，但说到底确实有些难为情。所以他家在运输公司工作的儿子总是露出一副不快的表情也是情有可原。我对一直面露怒容的这家人的儿子有些畏惧，每天心惊胆战地往返于他家和学校之间。

父亲从那家人那里借了些钱来做买卖。十二月，他便在人来人往的桥上摆摊卖些咸鲑鱼和鳟鱼。他将打着补丁的和服下摆束起，脚上穿着一双单薄的草鞋。寒风刺骨，他在桥上冻得瑟瑟发抖，相较之前身着丝绸细绢、步步生风的样子，真是判若两人。

不知是父亲在桥上卖鲑鱼赚得了一些积蓄，还是他实在受够了寄人篱下的日子，三个月后他便开始找寻新的住处。他租下了一户贫苦人家两居室的其中一间。房东是年过六旬的老太太，儿子似乎因为犯了事而被关进了监狱，家中只有她和年仅九岁的孙女相依为命。老太太一心等着儿子出狱回家，听到他在监狱中减刑的消息，还十分高兴。

搬至新家后，父亲开始卖起了烤鱿鱼和水煮蛋。为了做生意，他四处跑，有时在人多的地方，有时去节日庆典附近，有时还会跟着高市杂技团四处游走。

即便是这般利润微薄的小本经营，依然受到了摊贩头目的压迫。父亲学着摊贩头目的样子，教会了我诸如场地费、抽头之类的行话。就像之前他教我"紫（酱油）"和"有实（梨）"这些花街暗语一样，父亲对此依旧十分得意。他就是这种能很快适应新生活的乐天派。

母亲也跟着父亲做起了生意，卖些点心、酱油腌制的干鸟贼和橘子水等。每天，父亲拉着大大的棚车，母亲则推着小小的手推车，绕着人多的地方来回吆喝。虽然母亲依旧嘴不饶人，但相较之前好了很多。从母亲的只言片语中，我能感受到她对眼下的生活十分满意。等父亲渐渐有了些积蓄，母亲便不再外出做生意了。

父亲忙完生意回来，一脸得意地向母亲说道："今天我和人们聊起了政治话题，他们都对我崇拜有加，说我不像是做这行生意的，还猜测我之前是个有头有脸的人物。"说着，他喜不自抑，笑了出来。

母亲却对这样的父亲毫无敬意，反倒有些愠怒。

"哼，又在那里吹牛。"她对父亲反唇相讥。

明明生活困苦，却对国家大事高谈阔论，在母亲看来，父亲这种靠不住的言行着实令人厌恶。

母亲的弟弟在广岛铁路从事乘务工作，闲暇之际常来我家做客。母亲对她的这位弟弟十分看重，舅舅却不是很喜欢父亲，常说父亲"竟如此大言不惭，真是令人生厌"等。他看不起让女人抛头露面、日夜操劳的父亲，总是鼓动母亲说："姐，以后你要是跟他离了婚，欢迎你来投靠我们。"实际上，母亲除了这个弟弟之外，老家还有三个妹妹。

弟弟妹妹的存在一直是母亲的精神支柱。每当和父亲吵架，她便大声说道："你不过孤身一人，我还有弟弟妹妹。即便和你分开，我也活得下去。"每次母亲这样说，父亲总会哑口无言。

母亲和父亲吵架时总会提及自己有这么多亲人，似乎这样做会让她内心强大。她打心眼里不信任父亲。

每次母亲这样说，父亲总是大喊大叫道："对，对，我孤身一人，我孤身一人！"一旦钻起牛角尖来，更加没完没了。其实，父亲心里是十分孤独的。

那个时候，叔叔西田民治一年大概会寄一封信来，内容大多是礼节性的问候，很少涉及彼此的真实生活，因此兄弟感情十分淡薄。明明有兄弟，却相距很远，这种因距离产生的冰冷横亘在父亲的心间。父亲虽然有亲人，却如同孤家寡人，在气势上便输给了母亲。即便如此，父亲每隔一段时间，还是会喜滋滋地将弟弟寄来的明信片翻找出来，细细品读。他还经常向别人炫耀说自己有个住在东京的弟弟。

有段时间，父亲和叔叔之间的书信往来十分频繁。

那时我正在读高等小学[①]二年级。叔叔民治寄了一本《应试与学生》杂志过来。那是一本面向即将参加升学考试的学生们的学习杂志。卷首印有"主笔　西田民治"的字样，还有给参加升学考试的学生们的寄语。民治在信中提到自己负责出版这本杂志，还写道："兄长的儿子应该比犬子大六岁，算起来明年该上中学了，希望这本杂志能派上用场。今后每一期我都会寄来。"

不难想象，父亲对此感激不已，赶忙回信表示感

[①] 日本旧制时对寻常小学毕业生再进行程度高的初等教育的学校。修业年限最初为四年，后改为两年。为非义务制教育。

谢。与每个月寄来的杂志一道，那段时间，父亲和叔叔之间的书信往来前所未有地频繁。

父亲抑制不住心中的喜悦，像是回味似的，口中默默叨念着："主笔……民治。"他有这样一个习惯：每当有好事发生时，他总是不吐不快，否则便消停不下来。

每当杂志寄到，父亲总是一边递给我一边说："你真是有位好叔叔啊！"他一脸自豪，高兴地笑着。

而且，每当这时候，他都会严厉地命令我说："快给你叔叔写封感谢信！"

但是，尽管《应试与学生》杂志期期都寄来，对我来说却已经毫无意义了。我早已放弃升学的念头。对这本让人感受到强烈应试氛围的辅导书，我所能感受到的只有无尽的空虚而已。

那个时候，父亲不再四处摆摊。他在练兵场附近的松树下开了一家路边摊，出售年糕、粗点心、弹珠汽水等。每天，他都是一早便拉着沉重的摊车出门，直到日暮时分才回来。那时，父亲已经快五十岁了。

因为离练兵场很近，所以经常有来兵营探视的人在父亲的摊位买东西，想偷偷带进兵营给自己的家属。

父亲的摊子正好设在我放学回家的路上，我每天都会经过那里。

夏天，烈日炎炎，父亲被晒得黝黑，看起来十分苍老。父亲原本很胖，有将近二十贯[①]重，穿着丝质和服，大腹便便。但如今的他消瘦了不少，岁月的辛酸在父亲的身上留下了深深的痕迹。

父亲看到我和四五个同学经过，便向我们招呼道："喂……喂……我不清楚你们在学校都学些什么，但如果是与政治相关的内容，我都可以指教你们！"父亲总是略带得意地这样对我们说。

靠卖年糕过活的父亲，如今却向小学生夸耀自己的政治知识。这时候的父亲仿佛不再是一位饱尝生活艰辛的苦命人，他极力在人前展现自己优秀的一面。

即使自己的孩子无法继续升学，却因为弟弟寄来应试的杂志，依旧让孩子用心研读。在这种矛盾中，我体会不到父亲丝毫的善意。

六

我曾经给叔叔民治写过一封信，信中写道："我想去东京学习，能否请您助我一臂之力？如果不能升学，

---

① 即 150 斤左右。

今后我就只能去公司当一名普通的职员，或是在商店当个无名小工。"

不久，对方给我寄来了回信，明确地拒绝了我的请求。他训诫我道："你不必非要到东京来学习，在任何地方都可以学习。"

他似乎误解了我的请求，而我也不打算再多作解释。我感觉自己与这位素未谋面的叔叔之间有着一道不可逾越的鸿沟。

我从亲戚那里听说，舅舅是非常可靠的人。前面也提到过他十分讨厌父亲，经常在母亲面前诋毁父亲。对于那些恶言恶语，母亲只是觉得自己的弟弟站在自己这边，便从未反驳，只是默默地听着。

舅舅每每看到我的手指便笑道："你们父子俩的手指真是长得一模一样呢。"我从他的笑容里感受到了一丝莫名的嘲讽。邻近的人常常对我的手指议论纷纷。我的手指很长，伸展时指间向内弯曲，和父亲的手指很像。但是被自己的亲舅舅这样说，我心里莫名难过起来。我总觉得舅舅的嘲笑中隐隐有着这样一层意味：你也会变成和你父亲一样没出息的男人。正因为我明白父亲确实没出息，所以对于舅舅的嘲讽并未反驳，但心里十分反感。当我收到那封所谓"东京的叔叔"寄来的冷漠回信，心中猛地涌出对舅舅那份称不上憎恶却十分讨厌的感情，如今这份感情同样在"东京的叔叔"身上出现了。

从高等小学毕业后，我进入一家小型电力工程承包公司做小工。此后，家里便渐渐断了与叔叔民治之间信件往来。我并不清楚父亲和叔叔谁率先中断了联系，并且我再也没收到《应试与学生》。虽然仍能时常听到父亲夸耀自己的弟弟，但除了之后的一两年内互寄了新年贺卡之外，此后便再无叔叔民治的消息了。

有一次，舅舅因为工作原因要去东京出差。父亲得知后很是高兴，便拜托舅舅说："要不你也顺道去我弟弟家一趟，帮我向他问个好，我想知道他最近过得如何。"还将地址告知于他。父亲仅凭记忆便能在纸上写下"世田谷区世田谷町一丁目某番地"的地址，并将纸条递给了舅舅。

大概两周后，舅舅从东京回来了。

他向父亲说道："你弟弟家中装修讲究，似乎很有钱的样子。不过西田本人并不在家。他的夫人接待了我，对我的远道而来表示了感谢，并告知我等她丈夫回来，她会转告她丈夫说我去过了。"

父亲听说自己的弟弟生活优渥，很是开心，但对这样的结果也多少有些失落。

"只有这些？还说了其他什么？"父亲问道。

舅舅摆出一副不耐烦的样子答道："本人又不在家，他夫人又不了解情况，还能说些什么啊？"听了这番解释，父亲怯弱地说道："说来也是。"虽然嘴上这么说，但他仍然觉得心存遗憾。舅舅事后暗地里对母亲感叹道："哥哥一穷二白，弟弟倒是出人头地了。"说着，脸上露出既鄙视又同情的表情。

父亲猜想叔叔会不会再寄信过来。结果让他大失所望。于是他主动写了封信给对方，信里写道："前些日子我妻弟前去你家拜访，你正好外出。"但是这封信依旧没能收到任何回应。

我觉得这件事让父亲伤透了心。叔叔民治对兄弟之情看得很淡，或者说他根本不在意。二人自幼分离，长大后又仅有一面之缘，所以彼此难免会像陌生人一般。当年，叔叔去山口高等师范学校的时候顺路到广岛看望了父亲，那是两人生命中的唯一交集。

即便如此，母亲有时也会安慰父亲说："你就是兄弟缘太浅了。"每当这时，父亲总会撇过脸默默苦笑。

对此，我想得则更为悲观。父亲天性善良，却没能有什么大的作为，一直被母亲的弟弟妹妹们瞧不起。即使父亲能与叔叔民治一直往来，最后也会被对方看轻，落得一个凄惨的下场。联想到舅舅之前的所作所为，我理所当然地认定叔叔也是这样的人。父亲形单影只的样子才像我心中父亲的模样。

我一边做着电工实习，一边抽空研读父亲为我订购的《早稻田大学中学讲义录》。因为经济不景气，父亲的生意也受到影响，拖欠了好几个月的房租。父亲想通过为我订购这本讲义录，来制造一种正在为自己的儿子进行中学教育的假象。这种想法一直在父亲的心里纠结不止。虽然讲义录里包含校外生学生证、纪念章、修业证书等诸多附录，极大地满足了我学习上的虚荣心，但不久我便坚持不下去了。原因有二：一是白天高强度的工作使我到了晚上便格外劳累，虽然我强打精神想坚持读下去，但当倦意袭来时，实在难以抵挡；二是实在拿不出订阅讲义录的钱了。父亲也等不及我发薪水，转眼就将手里的钱全花光。

七

自那以后过了二十年。

我在九州一家商事公司任职。在此之前，我还做过实习电工、实习印刷员、打字员、店员、外勤销售、保险推销员等，好不容易才爬到如今的位置，虽然职位不高，但我已心满意足。公司还算不错，虽然我手下只有三四个下属，但能担任主任一职，已经是我一路辛苦打拼的成果。

我就这样平平凡凡地结了婚，还有了两个孩子。虽然母亲去世了，父亲年过古稀，但依然健在。如今，父亲耷拉着眼睛，眼角堆满眼屎，边吃饭边流鼻涕，被两个孙子深深嫌弃。他脸上的皱纹深如沟壑，牙也掉光了，厚厚的下嘴唇向前凸出，无力地耷拉着。他连走路都摇摇晃晃，时常把自己绊倒，唯独耳朵灵光，对报纸的热爱也一如从前。

那是二战结束三四年后的某年年底。

我前往大阪出差，因为事务迟迟未能解决，所以一直拖到三十号晚上才得以离开。第二天我乘火车来到广岛附近，突然想到如果现在回公司，第二天便是元旦了，直到四号才开始上班。这期间都是新年假期，无法办理出差销假手续。在火车上，我还碰到了一群计划去滑雪场庆祝新年的年轻人，他们准备在广岛换乘艺备线前往内陆地区。

我猛然想起乘这条艺备线也能到达父亲的故乡伯耆矢户。从明天开始就是新年三连休，下次再自费从九州去一趟的话，想想也不太可能，干脆就趁这次机会去趟矢户吧。虽是一时兴起，但我立刻行动起来，便在广岛站下了车，往家里发了封电报。如此果断，都不像平日的自己了。

火车于下午两点发车，行驶至备后的十日市时，天色渐渐暗了下来。外面下起了雨。氤氲之中，远处的三次町灯光绰约。下车的人们缩着肩，犹如一团黑影般向光源处拥去。后来，火车驶过一处不知名的车站，站内门户紧闭，一扇扇黑漆漆的窗户从我的眼前闪过。靠在火车的车窗上遥望着远方，透过重重黑暗，山谷如大山深处般渐渐收拢，积雪似乎已经很深了。车上的乘客相继下车，车厢内变得寒冷起来。火车抵达终点站备后落合已经是深夜十一点了。

我在车站附近一家小旅馆里住下，开始畅想接下来去矢户的景象。

"等我攒够了钱，一定带你回矢户看看。"我小时候，父亲对我说过这样的话，最终却一次也没能回故乡。尽管我并未带上父亲，而是一个人来到此处，心里有些愧疚，但是我其实并不想让原本打算衣锦还乡、如今却老态龙钟的父亲以现在这副模样面对父老乡亲。

隔壁房间的一对中年夫妇讲话声音很大，说什么都听得一清二楚。他们用嘶哑的嗓音谈着一些无聊的话题，我实在丝毫没有想听的欲望。两人似乎是出云附近的人，操着一口东北方言。在这种地方听着这对似乎饱经人生辛劳的夫妇的谈话，我不由得联想到了自己的父母。

第二天清晨，我乘最早的一班火车出发，在备中神代换乘伯备线继续向北方进发。火车缓缓穿过被大雪覆盖的中国山脉。

穿越隧道，下行时火车速度加快，不一会儿便抵达鸟取县西伯郡的伯耆。列车缓缓停靠在生山站。矢户在距离这个车站三里远处。

我走进车站前的一间小店，询问在矢户是否有一户叫西田的人家。

"这里有西田善吉家、西田小太郎家还有西田与市家。"老板不时打量着我说道。

"你是西田民治的亲戚吗？"

"大家都是民治的亲戚，但善吉那家是西田的本家。你是哪家的啊？"

"不，我只是与他相识而已。"

"民治在东京功成名就，矢户可是沾了他不少光呢。"

由于下雪，路面打滑，加之又是上坡路，艰难行进了一个小时，巴士才抵达终点。车上的乘客大多是附近的农民，女人们在和服外面都披了条毛毯御寒。

矢户大概只有三十户人家，尽是些低矮的房子。村子坐落在中心地区，村里还设有村委会和邮局。

落雪大约积了一尺深。举目远眺，四周白茫茫一片，一条狭窄的溪流从中穿过。冬日的寒冷让溪水显得更为澄澈。这便是父亲常常提起的日野川。我驻足张望了许久，并未看到有人经过。

我并未看见高山，只看见村子附近分布着一些像是墙壁似的丘陵。小时候我经常听父亲谈起，他说不管在哪都能看见船通山，那是一座长满铁杉的高山。但我难以分清哪座是大仓山，哪座是船通山。然而毋庸置疑，现在映入我眼帘的便是父亲口中"等我攒够了钱，就带你回矢户看看"的那个名为矢户的地方。

我从兜里掏出记事簿，将周围的景象用铅笔画了下来。虽说是为了回去拿给父亲看，但绘制的时候，这些画面已经深深印刻在我的脑海中。我到底要不要去见西田善吉呢？好不容易来一趟，光是看看风景便回去实在有些遗憾。虽然素不相识，但我还是想见见和父亲有关的人。

西田善吉的家是农村常见的大院房，白色的墙和仓库环绕四周，家主善吉是一位医生。出门迎接我的是女主人，看上去一副都市太太的模样。令人意外的是，她讲话时却是一口关西腔。

当我自称是西田民治哥哥的儿子时，她瞪大了眼睛有些吃惊，随后便十分客气地将我引至客厅。

"十分不巧，我丈夫出诊去了，但马上就会回来，您在这里稍候片刻。哎，我听说过东京的民治有个兄弟，没想到你就是他兄长的儿子啊。"女主人频频打量着我道。

八

医生迟迟没有回来。"出诊的话，不管是二里还是三里，他都会骑马往返。"善吉的妻子说道。

稍后，她又跟我讲了一些西田家的事情，其间她提到了很多人名，然而我一位都不认识。西田本家好像是由爷爷的兄长那一支脉的人继承的，房子也是按旧式本家的构造和摆设排布的，很是气派。

女主人见我有些无聊，便拿出相册让我看。翻着翻着，我看到了一张婚礼照。照片里面，亲戚们都簇拥在新郎新娘周围，男人们穿着晨礼服，女人们身着绣着花纹的和服,足见婚礼之豪华。

"这是民治第二个女儿的结婚典礼。她可是津田塾[①]毕业的呢!"女主人对我说道。

这是我第一次看见穿着婚纱的堂妹。我是独子,只知道母亲家里还有表亲,父亲这边的堂妹还是第一次看见。她的脸被拍得很白,看不太清五官。

"这位就是民治,你的叔叔。"

西田民治身着晨礼服,站在相机前。嘴上留着两撇精致的胡须。虽然他和父亲一样体格健壮,但长相不尽相同,除了谢顶之外,没有其他相似之处。

他不像父亲那般怯弱、邋遢,而是一副周到、稳健、温厚的企业家模样。我又想起之前他寄来杂志或书信的那段日子。

"婚礼是在东京会馆举办的。"女主人说道。难怪如此奢华。

"这是大儿子的照片。"

"这是大女儿和三女儿的照片。"

[①] 1900年(明治33年),依据传统的"家"制度,当时主流的女子高等教育制度以培养贤妻良母的家政学为中心。津田梅子对此提出疑问,并与瓜生繁子和大山舍松一起,共同创办了一系列私塾、女子英式学校等重视学问的女子高等教育机构,这是日本历史上极具开拓性的义举。学校旧址位于现在的东京千代田区。

气派的婚礼仪式照片一张张出现在我眼前。其中一张照片上，嫁妆足足装满了一辆大卡车，上面还盖着绣有家徽的绢布。婚宴或是在学士会馆举办，或是在帝国饭店举办，或是在雅叙园举办。每张照片上，都能看见不同的堂亲。照片中留着两撇精致胡须的西田民治也一副一心为孩子举办豪华婚礼、尽心尽力的父亲模样。

我联想到了自己那寒酸的婚礼，根本无法与之相提并论。我的妻子连花车都没有乘坐，自己走进狭小、黑暗的新房。仪式很是简陋，没有衣着华丽的亲友前来祝贺。母亲没想到我居然能娶到如此貌美的姑娘，不禁在婚礼上潸然泪下。那真是一段贫穷的岁月。

我看着相册，再联想到自己的生活，这巨大的落差让我难以忍受。如果对方素不相识，我想必很快便能适应。正因为与他们血脉相通，我才再也无法抑制心中的不快。男主人迟迟未归，我觉得他不回来反而更好些，便向女主人告辞了。

西田善吉的妻子将我送到门口。不住地挽留我，对我说道："等我丈夫回来再走也不迟。"我果断拒绝了。穿过小桥，我走了一段时间回头望去，发现她还站在门口。天空中飘舞着雪花，她站在雪地中遥望我这边。真是一位善良、不知人间疾苦的优雅妇人。

我乘着火车再次穿过中国山脉向南进发。从窗户向外望去，窗外单调的风景仿佛颜色尽失。白色的雪花也像是被染黑了似的。我的心中像吃了泥土般不是滋味。即便我不断告诫自己不该再想，但此刻后悔之情还是浸满整个胸膛。

回到家，父亲已经等候多时了。他从我在广岛发回电报中得知了我去矢户的事情。我明白父亲在等我对他讲述此行的所见所闻，但我说不出口。

"听说你去矢户了，此行如何？"父亲急切地问道。他布满皱纹的浑浊双眼此刻闪着光。

我没法给出让父亲满意的答复，反倒对一生贫苦的父亲产生了一种反感。

"去是去了，不过是个没什么意思的地方罢了。"我无情地回答道。

父亲的脸上露出失望的神情。见我一副不悦的样子，他轻叹道："你说得对，不过就是个山里的小村子。"

我突然觉得父亲有些可怜，想上前安慰他。但此刻我才是那个需要安慰的人。我的心里像是装满砂石一样，硌得难受。

"你都见到谁了？"

父亲问道。

"我去了一个名叫西田善吉的人家中，但是他恰好不在家。"

父亲从未听说过这个名字。"听起来像是西田的本家啊。"他点头回应说，"那你看见大仓山和船通山了吗？"

父亲再次问道。对他来说，比起素未谋面的陌生人，他更关心反复叨念着的那两座山。我依旧摇了摇头。

父亲见状，面露遗憾地说道：

"要是我跟你一起去，一定会给你好好介绍介绍那些山。"

父亲的话触动了我的内心，觉得他好像是在责怪我为什么没有带他一同前去。

我似乎又听到一心想要回乡的父亲对我说："等我攒够钱，一定带你回矢户看看。"父亲的回乡梦如此空虚而凄凉，让我的心为之一动。

"嗯……下次有好机会，我们一起去一次吧。"

我最终说出了这番话。

"好啊。春天的矢户可真是个好地方呢。大仓山的新叶也值得一看。"

说罢，父亲的脸上露出了笑容，话也多了起来。

我给西田善吉写了一封简单的感谢信，信中还提到矢户是父亲一直挂念着的故乡，回乡也是他多年来的梦想。半个月后，我便收到了对方的回信。

"前些日子有劳您大驾光临，偏巧我出门在外，未能与您见面，深感遗憾。我已责备拙荆没有请您在寒舍留宿一晚，对此，我深感歉意。看过您信中所言，我对令尊的心中所想感同身受，不觉间已泪流满面。令尊出生的人家虽然离我家只有一町之遥，但如今已移屋换主。若我在家中，就能带您前去一探究竟了。令尊的弟弟民治先生在东京有所建树，是隆文馆股份有限公司的董事长，战前就因其聪敏能干而闻名在外。他在东京大田区的田园调布市建了一所豪宅，所幸并未受到战事的影响，如今还在那里居住。其他的亲属也都各有所归，一家和睦，相互扶持。我在左侧附上了一些亲属的名字，希望能唤起令尊的些许记忆。"

附录中的家谱上写着各位亲属的名字，依旧健在的人名字下面还注明了各自目前的生活状况，如"上流"或"中流以上"等。

父亲从小就被别人领养，自然对家谱上的这些名字毫无印象。看到注释里"上流"或"中流"等字样时，他眯着双眼嘟囔道：

"看来大家过得都还不错啊。"

读到信中"一家和睦,相互扶持"一句时,父亲的脸上浮现出一片落寞之色。

"唉,本以为民治住在世田谷,原来已经搬到田园调布市去了,还建了自己的宅院,当上了公司董事长。"

父亲反复阅读着信中的这几句,口中念叨道。

父亲当下便给叔叔民治写了一封信。我并不清楚他在信中到底说了什么,只见他戴着老花镜,认真地写满了一张又一张的信纸。

"以挂号信的形式给我寄出这封信。"

父亲吩咐道。我告诉他即使不寄挂号信,对方也能收到。

"不,他们家房子那么大,很可能人多手杂,无法送到本人手中。"

父亲一脸严肃地说道。

但是这封寄给西田民治的挂号信最后依然石沉大海。

九

转眼间,两年过去了。

有一次,我要从公司出发前往东京出差。那是我第一次去东京。父亲很是高兴,对我说道:

"这次去东京的时候，顺道去你叔叔家看一下吧。"

"有时间的话，我会去的。目前还不知道能否抽出时间。"

我漫不经心地答道。我害怕一旦给了父亲任何希望，他就会满心期待，那会让我感到极大的负担。

"嗯，如果方便的话，你还是去看看吧，难得去一次东京。"

父亲一如既往自作主张地说道。

实际上，我早就打算去拜访叔叔西田民治了，也作好了失望而归的心理准备。多年来彼此音讯全无，各自生活的差距也必然会造成情感上的疏远。父亲之前寄出的挂号信没有收到任何回复。我仅打算在西田家中客套一番便离去。不，我甚至萌生了不打招呼、仅远远地看一眼那幢房子便回家的念头。

那时，恰逢晚秋时节。我要到东京公费出差两天。第二天，我回绝了客户带我游览东京的好意，一早便从位于三田地区的旅馆离开了。

我乘坐电车来到涉谷，打算在那里换乘东横线。由于不清楚换乘点的具体位置，我在涉谷站内毫无头绪地转了半天才上车。

列车驶过了中目黑、祐天寺等地，沿途满是东京中等住宅区的繁华景象。低缓的丘陵上，或红或青的屋顶与洁白无瑕的墙壁交相辉映，尽情地沐浴着秋日的阳光。果然是在九州难得一见的都市之景啊。但想到接下来要去拜访叔叔民治的场景，我不禁怯弱起来。

下车后，我来到田园调布市站前的派出所，报出西田家的门牌号，打听清楚了前往他家的具体路线。干净整洁的道路四通八达。杉垣和白墙内侧植被茂密，雪松笔直地指向天空，金黄的银杏叶也飘散一地。一幢幢漂亮的洋房隐藏在树丛深处，远处还传来阵阵钢琴声。虽然我一直按照打听来的路线向前走着，但转过几个路口后还是迷失了方向。高级住宅区内人烟稀少，一片寂静。

叔叔的宅邸果然十分气派，占地面积远大于附近的人家。精致的外墙向远处延伸，大门格外恢宏大气。精心修剪过的庭木深处，屋顶的瓦片反射着明媚的秋阳。

既然已经走到这里了，如果中途折返，我确实会心有不甘，而且对方也永远不会知道我曾来过这里。这种犹豫不决的心情使我备受煎熬。最终我还是从他家的侧门走了进去。

门前铺有一条砾石小路，旁边还种有一小片菜地。侧门的房顶铺设着大块的山形板，宽大的台阶打磨得十分平整，折射出耀眼的光芒。我被眼前的一切震撼了。

但事已至此，已经没有退路，我毅然决然地按响了内门上的门铃。

女佣应声走了出来。

我自报家门后，问道：

"请问民治先生在家吗？"

女佣看了我一眼，一副欲言又止的样子。"请您稍等一下。"说完转身回了里屋。

不一会儿，一位三十五六岁左右、衣冠楚楚的女士走了出来，不慌不忙地向我施了一礼。从她的衣着和态度来看，似乎是这家的女主人。

"欢迎欢迎。请问您与民治之间是什么关系？"

我对她的这一问法深感疑惑，后来突然猜想到叔叔可能已经去世了。

"民治先生还有一位兄长在世，我是他兄长的儿子。"

我略带结巴地说道。

女子扬起脸，瞪大眼睛凝视着我。如果不是叔叔的亲属，对方断然不会如此惊讶。我暗自揣测，眼前的这位女子可能是我的堂妹。

"请进吧。"

她对我说道。

将我引至西洋风格的客厅后，她又转身对我说道：

"我母亲稍后便来,还请您在此稍等一下。"

说完,她便轻轻地关上门走了出去。

我透过窗户欣赏着院里精心修剪过的花草。浓密的草地沐浴在和煦的阳光里。猎犬也慵懒地卧在草地上。

因为照不到阳光,暖炉上方的印象派古画稍显昏暗。黑色的钢琴盖上整齐地放着两三册乐谱。角落里还摆着一张侧桌,上面摊着一本读了一半的薄薄的外文书。

突然,我听到一阵轻轻的敲门声,接着,客厅的门被推开了。一位身材娇小、六十七八岁的老妇人走进来。

"您好,初次见面,我是西田民治的妻子。"

老妇人彬彬有礼地对我打招呼道。

"远道而来,真是辛苦你了。快请坐吧。"

她请我坐下后,自己也顺势坐在了沙发上,面带笑容地看着我。

"我丈夫一年前去世了。"

十

刚才开门的女佣端来了一杯红茶,茶水是凉的。

"我其实知道丈夫还有一位兄长。不是我们忘记了这件事,实在是太久没有联系了。彼此间已经有近三十年没有书信往来了吧？实际上，我们家有五个孩子，刚刚出门迎接你的那位便是我的大儿媳，她也是第一次听说你们的事情，所以很是惊讶。他们并不知道自己的父亲还有一位兄长、自己还有一位伯伯的事。毕竟丈夫并没有对孩子们提过这件事。"

老妇人低声地缓缓道来。

"虽然我也曾时不时地随丈夫回矢户探亲，但是由于我们夫妻之间很少提及兄长的事情，所以对兄长的记忆也就日渐模糊起来。而且丈夫十分讨厌人情往来，爱憎分明，所以即使是去世时，我也只通知了少数几位亲友前来吊唁。丈夫过世后，我整理书桌抽屉时发现了兄长寄来的信件，那是我第一次见到那些信。"

在听她述说的过程中，我感到父亲仿佛在一点一点沉入孤独的洞穴之中。虽然对于婶母的话，我多少是有些抵触的，但心底里莫名认同她的说法。

她将我带到了佛堂。

佛坛上摆着叔叔的遗像。我乍看到遗像，大吃一惊，不过还是掩饰起来，默默地跪下焚了一炷香。

接着，我重新打量起他的遗照。那似乎是他晚年时所拍的照片，容颜与父亲简直宛如一个模子里刻出来的。正因为如此，乍看之下，我才会如此惊讶。

照片中的叔叔没了胡子，头发也都已经掉光，满脸皱纹。我曾在矢户见过他出席结婚典礼的照片，与那时的叔叔相比，晚年的他简直像是变了一个人。无论是他的秃头，还是眼睛，抑或是嘴巴，都与父亲惊人地相似。

我原本觉得照片里的叔叔与身为兄长的父亲性格截然相反，此刻我的想法却动摇了。按部就班地过完一生，毫无意外地事业有成，家财满贯，宅邸恢弘，教子有方，衣锦还乡，颇具个性，不与他人过分亲近，甚至在骨肉血亲面前也依旧冷漠，对于这样一位叔叔，我虽然反感至极，却无力抗衡。反观父亲的一生，逆来顺受，穷困潦倒，兄弟二人的相似之处只有面庞而已——这使我对这种同血不同命的差距感慨颇深。对于与父亲划清界限的叔叔，我在反感之余，心里还产生了一种近乎残酷的认同感——功成名就的叔叔根本不会将一无是处的父亲放在眼里。这大概是因为我意识到父亲的性格一脉相承地遗传给了我的缘故。

刚回到客厅，我就听到外面传来一阵汽车鸣笛声，接着又响起了一阵踩过砾石的脚步声。

一位看起来小我五六岁、微胖的中年绅士走进来。

"早上好。"

婶母对他说道。从他们的谈话间我得知，男子似乎接到了家里打来的电话而匆忙赶回来。婶母转向我，指着男子说道：

"这是我的大儿子。"说完，又笑着对男子介绍我说："这位是你父亲兄长的儿子，也就是你的堂兄。"

堂弟毫不拘束地对我笑了笑，十分礼貌地打了声招呼。他表现得礼节周到，稳重深沉。

我偷偷地打量着眼前这名男子的面容。他眉眼细长，鼻翼小巧，双唇轻薄，长得一点都不像叔叔，反而与婶母极为相似。我的心稍稍平静了下来。

"我父亲是个怪人，什么都不跟我们说。因为他十分专制，所以母亲和我们这些孩子都很怕他。除了听从他的安排之外，不能多说一句。真是苦了我母亲。"

他爽朗地笑着说道，成功地营造出轻松的氛围。看得出来，他是一位在上层社会混迹多年的老手。

母子二人留我与他们一家用餐，还将我引至饭厅。

"父亲在世时没能与各位亲朋好友经常往来，今后我想替他重新与大家走动起来。您意下如何，母亲？"

堂弟一边将白色餐巾纸铺在胸前，一边说道。婶母坐在席上看着儿媳和女佣不断端来饭菜，转头对我说：

"早就应该这样做了，今后还请你们多多关照啊。"

午宴开始了。

"大儿子大学毕业后便继承了他父亲的公司。大女儿嫁到麴町,二女儿嫁去镰仓,三女儿与外交官结婚后便搬去了瑞士,连最小的女儿从津田塾毕业后,也不顾我们的反对,前去美国留学了。"

又是远嫁瑞士,又是留学美国,尽是些我可望不可即的经历。我对这些所谓堂妹并没有过多感情,只感到彼此间有着难以逾越的鸿沟。

我食不知味地吃完了这顿饭。

饭后,他们端来了果盘。

"我曾想过要把父亲的部分骨灰埋到矢户去。"

身为家中长子的堂弟边削苹果边对我说道。

"虽然父亲的墓地现在位于多磨,但我一直想让他落叶归根,与家乡的先祖们埋在一起。如今伯伯年事已高,百年之后,也将骨灰与先祖们埋在一起如何?"

堂弟拿着水果刀,熟练地削着苹果。我的目光突然集中到了他的手指上。

他的手指很长,与我极为相似。这就是舅舅曾反复叨念的"你们父子俩的手指长得真是一模一样呢"。

那一瞬间,我才觉察到堂弟果然是我的亲人。我想起外国士兵在分辨与日本女性所生的孩子时往往会通过比较自己与孩子的指甲形状来作出判断。堂弟的手指则向我宣告了我们彼此血脉相通这一事实。

我内心波澜起伏。对亲族血统的厌恶感充斥着我的内心。我自认遗传了父亲的性格缺陷，从而对父系一脉那异于常人的手指产生了深深的嫌恶之情。如今我与堂弟也恰如当年的父亲与叔叔。这既是对同宗血缘的反感，也是低人一等的挫败感。

我暗自决定，回到九州后，绝不会同如此热情的堂弟有任何书信往来，更不会把父亲的墓穴跟他们的一起修建在矢户老家。

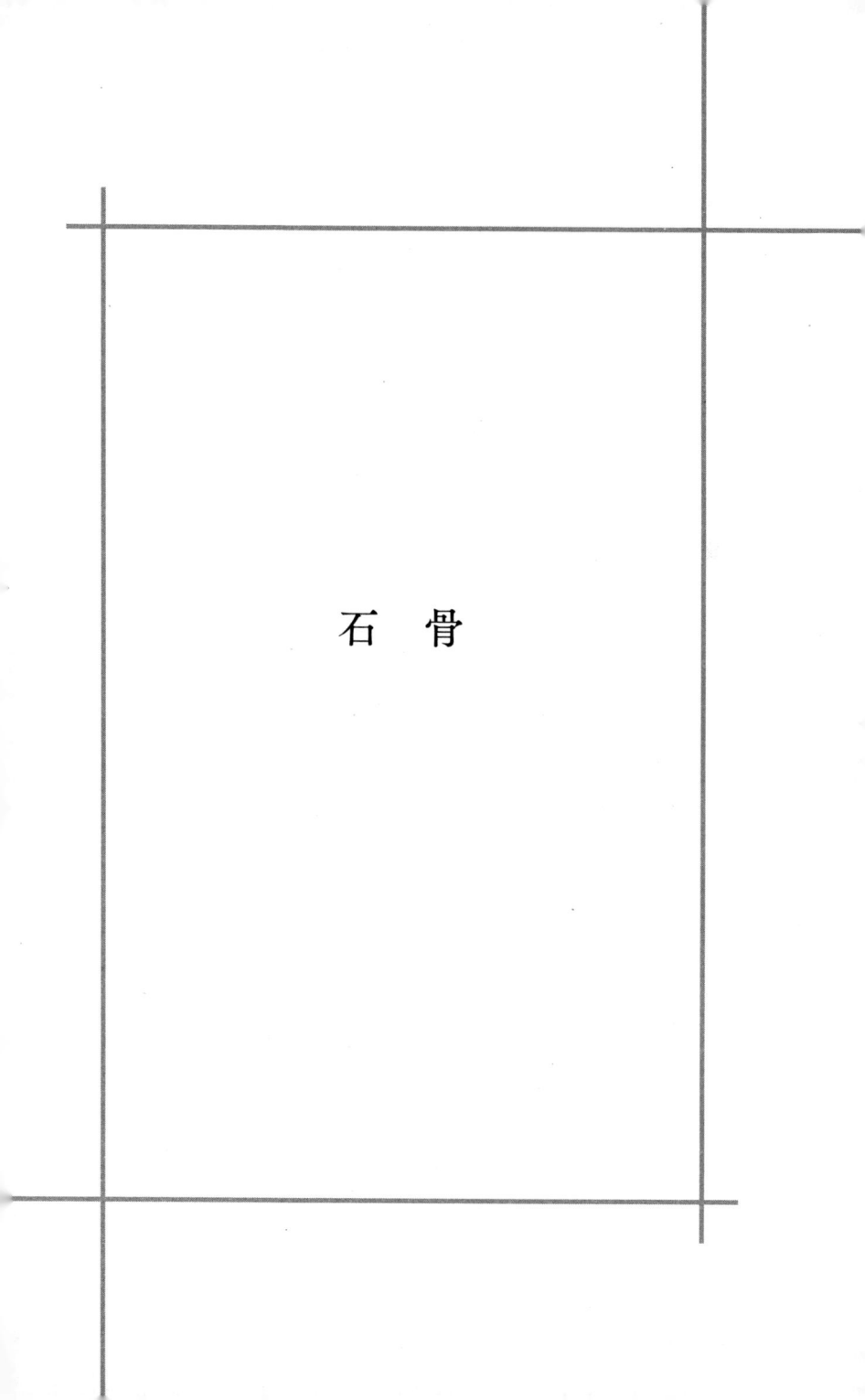

石　骨

一

"故宇津木钦造先生纪念碑揭幕式"将于下午三时在L大召开。我犹豫了好一阵子到底去还是不去，最后还是决定前往。我打算活动结束后找一家僻静的宾馆住进去，对自己预定近期出版的《日本旧石器时代的研究》的校样进行修改。

三点十分，我到达L大正门，刚走进校内便被要求办理登记。我站在大门处眺望着对面撑起的白色帐篷。

我在登记处的芳名册上签名的时候，负责的员工递给我一枚小小的菊花样式的徽章，向我说道："黑津老师，请您戴上这个。"

进入会场后，一位梳着中分头、精神矍铄的白发老者微笑着向我走来，正是本次揭幕式的委员长水田嘉幸博士。

"你终于来了。"这位七十五岁的学界元老说道。

我郑重地对他鞠了一躬。周围的人频频向这边注目，神色中却带着一丝冷漠。我耸了耸肩——不经意间又暴露了这个坏习惯。

教授笑着向我问道："最近有什么新进展吗？"

"没有预期的那么顺利。"

我答道。

周围的人看似并未过多地看向我这边，我却有种他们正竖起耳朵偷听我们谈话的感觉。我朝周遭望了一圈，发现附近原本聊得兴起的人渐渐停止了交谈，他们是来自其他大学的同仁。

"听说你最近又有新作问世啊？"水田博士似乎很乐意与我交谈，老人兴趣盎然的样子令我无法拒绝。这时，不知是谁过来通知了一声，揭幕式要开始了。老人佝着背，步伐沉稳地从我面前走开。

主持人宣布揭幕式正式开始。教授们坐在最前排，胸前别着菊花徽章，甚是气派。

"黑津先生，请。"

J大的副教授招呼着我入席，他仍是那副一丝不苟的老样子。

我并不是很喜欢他，感觉他游走在不同势力之间。虽然我并不在乎这一点，但他不写正经论文，整天只想着出风头。最近他时常在报纸或杂志上写些类似文化批评的杂文，插足美术和文学领域发表一番言论。考古学家若是写些关于古代文明的文章，我倒是能理解，但若是热心于批评现代绘画和小说，我则无法苟同了。

我坚持要坐在后排，这里能让我感觉轻松一些。此刻，正对着我的白幕缓缓落下，宇津木先生的纪念碑渐渐显现。我本想听完几位重量级学者的致辞再回去，现在却一刻也忍受不了。真想起身离开会场，早点着手修改校样。

纪念碑上遮盖的幕布由宇津木老师的孙子亲手揭开。纪念碑取材于与老师的研究相关的信州诹访地区的大块自然石。碑面的文字是印刷体，我看到这个便已十分满足。不论是哪位学者在上面题字，想必老师都不会高兴吧。不知是谁想出用不具个人色彩的印刷体来刻碑这一主意，但显然效果很好。这一点倒算得上我此行唯一感到欣慰的地方了。

仪式按计划顺利进行。宇津木老师的亲属上台祭拜过后，便是以水田博士为首的各与会人员的致辞。台上的人对老师的赞誉大同小异，话里行间却都或明或暗地显示自己与老师交往密切，真是可笑至极。

老师生前从未得到日本考古学界的任何认同。人们常说他孤高狷介，却不知造就老师这种棱角分明个性的正是日本学界，学界以老师未接受过正规教育为由，一直对他冷眼相待，实际上他们完全是在嫉妒老师过人的才华。真是难以想象老师为此受了多少罪。

即便这样，老师还是成了T大的教授。实至名归。但官风盛行的T大绝无可能让老师一直任教，他们以某件事为由暗中设计，逼迫老师离开。

老师在自己的著作中也交待了这件事的始末。我尤其喜欢那段，反复读了好几遍。

文章开头写道："我在大正××年××月某天递交了辞呈，理由为冈崎滋夫论文审查一事。"而后交待了整件事情的来龙去脉：

"T大在审查论文一事上，原本安排了竹中雄一郎教授为主审官，植物学专业的小寺教授等担任审查员。之后学校却突然要求我也担任审查员一职。这让我颇感不悦。我主攻人类学问题，学院在事先并未与我商谈的情况下，让我参与审查其他领域的论文，又催促我尽快同意，未免有越权之嫌。又不知为何，送审论文明明与遗传学毫不相关，却在审查小组中安排了植物学专业的小寺教授，简直匪夷所思。"

老师的众多著作中，唯独这段我已倒背如流，不知读过多少遍。尤其是文中提到的竹中和冈崎之事，引发了我的共鸣。我自年轻时便对老师尊敬有加。

虽然未能在老师生前与他见面，我却自认是最能理解他的人。

二

六点左右，我到达宾馆。因为在新宿吃了晚饭，所以耽搁到了这个时候。我于闭幕式中途离开，那股令人不悦的重压终于得以缓解。宾馆建在高台上，走出大厅已是日暮时分，外苑的森林尽收眼底。

房间很是气派。红色绒毯柔软厚实。方桌、椅子、侧桌、荧光台灯都是最新样式的。我坐在白色靠垫上，品着侍者端来的红茶。果然与我那独居公寓大不相同。

要是被女儿女婿看见此情此景，肯定又会数落我了。首先，多美子肯定会皱着眉头说："所以我才让您和我们一起住啊，独居的男人总是会乱花钱。"

女婿保雄准会跟腔说："确实如此。毕竟年龄大了，要是还在外独居，别人肯定会认为我们不孝顺。老爷子这么顽固，真是令人头疼。"他是在不满我不搬去与他们一起生活。我还没到六十岁，不想去麻烦女儿女婿，况且我也不想别人来打扰我做研究。整日看着女儿女婿的脸色，帮他们带孙子，这样一来我便不能悠闲地继续我的研究了。而他们所谓的共同生活不过是想分得我一部分的工资罢了。我每个月只能从大学那里领二万三千日元的工资，多美子却想从我这里分得一半。要是如她所愿，我连参考书都买不起了。保雄也是个胸无大志的家伙。他虽然在医药公司工作，却完全没有晋升的迹象。拿着微薄的工资，却喝着好酒，买昂贵的东西。

他总是把体育报纸折成小份塞进裤兜里。有一回，我问他读这种东西能有什么乐趣，他想都没想便回答道："我觉得挺有意思的。"读这种报纸能否给他带来生活上的充实感，我并不清楚。但我一次也未曾见他读一本正经的书。

多美子虽然是个现实的女人，却总是默许保雄的这种行为，想必是夫妇情分使然吧。月末生活费紧张的时候，只要保雄建议，他们仍会去银座附近的餐馆用餐，去有乐町的高级电影院看外国影片首映。一旦生活费不够花销，他们便抱怨生活艰辛，跑到我这里讨要生活费。即便是一百日元，要是拿不到，他们都觉得是损失。

有一天出版社来找我，让我写一本考古学的儿童读物。出版费有五万日元，我便给了他们一万日元。多美子觉得不够，便让我把出版费的一半给他们。开什么玩笑？我并不愿意，因为我要在假期去各地考古挖掘，还得买想读的书。我是为此而工作的，不是为了给他们钱让他们出去吃饭看电影而工作的。

女儿多美子资质平庸，女婿保雄更是一堆废柴。儿子隆一郎战死在缅甸战场，无论我怎样想念都回不来了。哪怕他是我的儿子，也不得不夸他天资聪慧，他本人也是有心要继承我的衣钵的，而且我也看到他有那个条件，心里还暗自期待过。战争爆发后，他明明还是个学生，却被要求随军出征。儿子战死的电报传来的时候，文子两腿战抖，站都站不稳。

因为打击太大，不久后，文子也离我而去。隆一郎去世之后，她便萎靡不振，经常得病。她的性格比我坚强，本应比我活得更久才是。因为我一意孤行，才让她多年劳累，拖垮了身子。

如今，文子和隆一郎都已不在我身边。多美子和保雄更是形同陌生人。此刻我的耳边正剩下吹起的阵阵寒风，仿佛世间徒留我一人，逐渐没入冰冷的水底。

然而，我有通过做学问而重获新生的权利！对，就是要从现在开始！

我从干净得似乎能映出倒影般的方桌上拿起皮包，从中拿出校样，将其在桌子上摊开——

三

  县____郡北部有一个叫波津的渔村。这一带曾有渔民打捞出各种化石。昭和×年十一月九日，我从波津的海岸往西走了大约二十町的距离。这一带南方的丘陵一直延伸到海边，形成了高约十五米的断崖。这种断崖是当地典型的洪积层地貌。当时，我捡起沙滩上的一块小石头，仔细观察才发现那是旧石器时代剑齿象臼齿碎片的化石。如今想起来，那便是我开始研究旧石器时代的契机。

  我一口气读到了这里，将红色的铅笔放在桌子上，便往窗外望去。灯光像是将玻璃打碎似的在夜色下闪闪发亮，外苑的森林暗如湖面。

  算起来已有三十年了，岁月匆匆，记忆却还历历在目。波津海岸的白沙、早晚闪现着不同色彩的海面、断崖的形状，这一切就像是两个小时前才见过似的，鲜活地浮现在我的眼前。

  当时我还在那里的中学当老师，一边工作一边研究弥生式土器和铜铎，还曾向与中央考古学相关的杂志投稿。休息的时候，我习惯到方圆三四里处转转。

算起来，那个时候我刚和文子结婚不久，隆一郎和多美子还都没出生。我们租了波津船主的一间副屋，那是一间连榻榻米都渗着海潮味的屋子。

那时的生活朴素单调，我因为醉心学习却不曾介意。我只是想着，有一天自己能够在日本考古界立足，发表一篇稍有价值的研究。

正是由于偶然间捡起的那块橙子大小的茶色石头，那块旧石器时代剑齿象的臼齿碎片化石，我心中的希望逐渐转变为野心。

我从未研究过生活在洪积期[①]的大型生物。接下来我又在相同的地方捡到了同样的化石，这令我的心中燃起了火焰。我确信这附近便是旧石器时代剑齿象化石的埋藏地。

之后我又花了两年时间进行地层调查和文物搜索，与如今热火朝天的弥生式文化研究相比，显然我对被未知谜团包裹的旧石器时代的研究更感兴趣。正因为困难重重，我才更加斗志昂扬，知难而上。

后来，我偶然间又获得了两份珍贵的古遗物，心中

---

① 更新世。新生代第四纪的前半，从大约170万年前到约1万年前。在这一时代，认定有过全球性四次冰期和三次间冰期。也是人类出现的时期。

的热血更加激荡。海浪冲击的海滩上散落着各式各样的东西，我苦苦找寻，而它却恰好出现在我的眼前，这绝对是上天对我的眷顾。不，与其说是眷顾，不如说是考古学本身便建立在运气之上。爪哇猿人、北京猿人、尼安德特人、海德堡人都是考古学家无意间的发现。所谓的发现不过是一种偶然性。换言之，考古学家们就像赌徒一般，都是在偶然性的基础上进行学术研究。而那些没能获得上天眷顾的同仁，他们无法接受自己输在运气上这一说法。

我所捡到的两块石头，长约六厘米，宽约七厘米，形状扁平，接近圆形，其中一块有一处突出的地方。仔细观察，我发现石头的其中一面由厚变薄，似乎被人工切割，有精心打磨过的痕迹。

我第一次将这块石头拿在手上的时候，就预感到这块石头绝不简单。于是我将其带回家，打算对它进行仔细检查。

对了！那个时候，文子好像还为我端来了茶水。我时不时地拿起石头，仔细地盯着它。

"这到底是什么呢？"

"你觉得会是什么呢？"我将手中的石头递给文子。文子大略地看了一眼，说道：

"不就是块石头吗？"

"你再好好看看。"

被我这么一说，文子开始认真地观察起石头来。

"我不知道有什么奇怪的地方，在我看来这就是一块很普通的石头啊，不知道被谁打磨成这个样子。"

文子向我回应道。她的回答让我心头一震。

"就是这样才显得奇怪啊。你能看出来这块石头被人打磨过了吗？"

"因为你说这块石头有些不一样，我才觉得它是块特别的石头。不过这确实是被人打磨过的普通石头。"

"你再仔细看一看，是不是和自然形成的石头在形状上有些不一样。"

被我这么一提，文子思考了一会儿，又拿起了石头仔细地看了看。

"和普通的石头不一样，绝对被人打磨过。"文子坚决地说道。

"嗯，我也这么觉得。这就没错了。"听了文子这一番话，我更有底气了。

文子见我如此兴奋，问我为什么这么在意这块石头。

"这块石头是被人工特意打磨过的，它的棱角完全不同于那些被波浪拍打、石头间互相撞击而形成的形状。也就是说，这块石头是旧石器时代人工加工的石器。这可是了不得的发现。"

四

那一刻，我看见了文子眼中闪烁出的光亮。文子那么年轻，她兴奋到呼吸有些急促，那幅画面如今还一幕幕清晰地浮现在我眼前。

我停止追思，接着看校正版。接下来的章节便是最为重大的发现，我倾注毕生心血的发现。因为纸张的质量不佳，印刷出来的字体比较模糊，读起来十分吃力。

> 昭和×年三月二日，夜里刮起了大风。清晨，我又去了洪积层的断崖。因为断崖的底盘十分脆弱，天又刮着大风，再加上巨浪的拍打，导致了泥石流的爆发。我这辈子再也无法经历那样的时刻了。我在掉落的岩石间仔细搜寻着化石。那个时候，我在地层中最下部的青黏土处发现了一块像是骨头似的褐色东西露出地表。我将它挖出来后，发现上面有些破损，看样子应该是人类的左侧腰椎骨。我立刻用水将骨头上的泥土洗净，仔细观察了

起来，这正是一块人类遗骸的化石。骨头上还粘着些许青土，因为被水流冲击，骨面显得异常光滑。其中一面因为年代久远，有了破损，呈现出土黄色。从破损处观察化石，骨骼组织的海绵体泛着赤褐色的光泽，骨面透着暗褐色。任谁看了都不能否认这是一块化石标本……

我叼着烟，划着火柴将烟点燃，接着又起身离开书桌，打开了窗户。夜深了，外面起了风，窗户被风吹得"嘎吱"作响。

对了，那天晚上的风比现在还大。浪声滔滔，躺在床上都能听得一清二楚。一睁眼，我便寻思着那片断崖一定又有些崩塌了，这次不知道又可以捡到些什么东西呢。

第二天一早，没等天亮，我就拿着手铲出门了。

赶到海边，果然不出我所料，断崖又塌陷了一些。风还在刮，汹涌的海浪不断拍打着这片破碎的悬崖。

砂砾如雪崩般倾泻而下，土色尚新，摊成一片。在青色的黏土堆之间，我看到一个茶褐色的东西竖在土里。那东西正好被早晨的太阳照到，闪着微弱的光泽。我立马走过去捡起了它，拿在手里只觉得沉甸甸的。我就这么呆站在原地，观察着手里的化石。一瞬间，我感到属于我的机会来了，却对此觉得难以置信。我甚至在想，这就是我人生的顶点了吧，是我一生中最辉煌的时刻了吧。我感到有些呼吸困难，心里一阵狂跳，小心翼翼地把玩着这个东西——这块古代人的腰骨化石。我的思绪万千，被这短短几秒钟的晃神打断。

自从上次在这里捡到剑齿象的化石和打制石器之后，我就一直在期待着这种感觉再次降临。不一会儿，我已经从洪积层中的青色黏土层里挖出了好几块剑齿象和鹿的化石碎片。当然还有一些石器碎片。我心想，说不定哪天还能挖出一块人骨化石呢。

虽然亚洲大陆和欧洲地区都曾经历过旧石器时代，但学界一致认为日本历史上从未出现过这一阶段。现在有了这些化石碎片，说不定就能推翻这一定论了。想到这些，我心里激动不已。

我被兴奋驱使着，继续对那片区域进行挖掘，然而却没能挖出期待已久的头盖骨或其他骨骼化石。即便如此，这块腰骨化石的发现也同样意义重大，甚至可能会引发日本考古学界的一场革命。这将宣告日本历史上也曾存在过旧石器时代。军医杜布瓦、瓦鲁伦、麦考文、肖顿萨克[1]等古代人类化石发现者的名字在我脑海里乱成一团。我将这块骨头紧紧攥在满是泥土的手中,脸色苍白地回到了家中。

文子从屋里走出来,一脸惊愕地看着我。

"出什么事情了?"

"水……水。"我对她喊道。听闻,文子立马给我端了一杯水过来。"不是这个,给我打盆水来,我要清洗这些东西!"我吼道。水端来后,我开始认真清洗这块石骨,小心翼翼地用刷子除去骨组织上沾着的青色黏土。

清洗完毕,我便将它放置在阴凉处风干。一切安排妥当之后,我开始仔细地审视这块石骨。即使我见识短浅,也还是清楚古人类的肠骨侧翼多为直线形,而现代人的这个部位则有些向外弯曲。我心跳加速,激动地想着:"太棒了,这真是一个巨大的发现啊。"

"快来吃饭。"文子对我喊道。其实吃什么无所谓,我打算一会儿让她大吃一惊,于是默默地吃着饭菜。正当我咀嚼着嘴里的饭菜时,嗓子突然一疼。咦,会不会是扁桃体炎?我心想。于是随便吃了两口便放下了筷子。饭后喝茶时,还没喝两口,嗓子又疼了起来。我太

---

[1] 杜布瓦、瓦鲁伦、麦考文、肖顿萨克皆为考古学家。

过兴奋，甚至没意识到自己已经渴到嗓子快冒烟了。

那年，我三十一岁，文子二十七岁。

五

一周后，我带着找到的那块石骨直奔东京，亲自到T大人类学研究室拜访冈崎滋夫博士，请他帮忙鉴定。

我永远忘不了当时博士脸上的表情以及他对我说的话。他一边全神贯注地看着这块化石，一边对我说：

"你还真是挖出了一块了不得的东西呢。"

博士满脸惊愕，没有半点虚假或隐瞒。

"不，不是挖出，而是找出。"

"找出？此话怎讲？"

我便把初次见到这块石骨时的场景原原本本地告诉了他，即由于断崖崩塌，洪积层的土壤露出地表，我是在崩塌下来的青色黏土中发现它的。同时，我也告诉他，我还在黏土层中发现了几块剑齿象的化石。

"哦，所以不是有意挖掘，而是偶然捡到了混杂在崩落的泥土中的化石，是吧？"

博士追问道。虽然"捡到"这个词让我有些不悦，但细细想来，确实如他所言。

"难道不挖掘就找不到了？"

我反问道，不由得有些心虚。

"不，如果是好东西，就没什么关系。"

博士满不在乎地说道。他皮肤白皙，给人感觉像是医生。关于这块腰骨化石，他对我说："请让我好好研究一下这块化石吧。"

"或许我能给出令您满意的答案。"我回去的时候，他仍面带微笑地这样对我说道。我想，不论是谁，都会说没问题吧？便高兴地回了老家。

回到老家后，收到了博士寄来的明信片。信中简明地告知我，他正在助手的帮助下，仔细研究那块化石。在我看来，当时的博士是心无杂念、专心学术的人，当时他的表情和话语都令我这样认为。

总之，我还是觉得尽早将发现腰骨化石的始末写成一篇简短的报告，然后投寄给考古人类学杂志为好。

我从东京回来后，已经过了一个月。那天我刚到学校，文子就跑来找我了。

"T大把你之前带去的化石送回来了。"

她对我说道。我心想，是不是已经有了鉴定结果？我一直期盼着这一天的到来。也正因为如此，文子才没等我下班就赶紧跑来通知我。

"是吗？只送来了化石？有没有书信之类的？"

"我把那封信拿来了。"

文子从怀里把信掏了出来。我接过来一看，T大的信封上赫然写着冈崎博士的名字。我迫不及待地拆开了信封。

比起担心结果如何，我更期待信里关于化石鉴定的详细记述程度，那会让我更加信服。

但是信纸上只写着短短五六行字："十分抱歉，经过多方探讨，我们最终认定这块人骨不是旧石器时代之物。衷心期待您下次能在洪积层中挖掘出新的东西，并且随时欢迎您再交与我们鉴定研究。"

我像是被人狠狠扇了一巴掌，一时间有些站不稳。文子似乎听到了什么动静，赶忙又跑回了教室。我的耳边一直在嗡嗡作响。

果然，不是挖掘出土的物件就不被重视啊。虽然我早就有所察觉，但做梦都没想到他们居然会以此为借口，全盘否定我的发现。即使不是挖掘出来的，也是从断崖的土层里找到的啊。两者又有多大区别呢？当时，我突然想起了冈崎博士曾说过的那句"不是有意挖掘，而是偶然捡到"。严格说来，这块石骨确实是自己捡来的，但这与强风使悬崖崩塌、从而让我得以发现化石不是一回事吗?

我站在讲台上,脑子里一片混乱。信里说让我下次自己去挖掘化石,但是那种草率的挖掘终究不是我的本意啊——无处宣泄的反驳与愤懑如暴风雨一般,在我心里翻江倒海。

在那之后过了好几年,我才开始明白冈崎博士否定我的真正理由是什么。

我已经记不得到底是什么时候得知的真相。流言也如狂风一般粗暴地涌进我耳中。

那时,我的那块石骨还在冈崎博士处进行着相关鉴定。有一天,竹中雄一郎博士突然出现在人类学研究室。虽然他已经作为学校的名誉教授光荣退休,但依旧是日本人类学界的权威,还是冈崎博士的恩人。

竹中博士对冈崎博士说道:"最近,有一个名为黑津的男人在杂志上发表了一篇文章,声称自己发现了旧石器时代的人类化石,你读了吗?"

"啊,实际上,他为了鉴定那块化石的真伪,已经把它送来研究室了。"身为后辈的冈崎博士答道。

"怎么说都是一个乡村中学老师写的无聊之文,真是让人头疼。你怎么能相信他那种人会明白日本是否存在旧石器时代这个大问题呢?那块所谓的化石标本也毫无说服力。"

冈崎博士震惊于老博士的语气，抬眼望去，见他满脸都是极其不愉快的表情。

接着，我很快收到了冈崎博士的那番答复。不难推测人类学界泰斗竹中雄一郎博士当时心中所想。他怕是出于自身权威的考虑，想到学界前所未有的这一重大问题竟然是由一位乡村教师提出，所以心有不满吧。不，说得更准确些，他之所以阻挠冈崎博士的研究，完全是出于身为学者的妒忌。

冈崎博士只得遵从竹中的安排。对他来说，竹中毕竟是自己的恩人。这时，我忽然想起了宇津木老师被T大开除一事。竹中博士当时为了使冈崎副教授的论文得以顺利通过，无视身为人类学研究室主任的宇津木教授，自行担任了论文审查小组的主审官一职。他明知宇津木老师对那篇论文颇有不满，却仍强迫对方同意通过。虽然竹中这样做的本意是为了将宇津木老师从T大排挤出去，但不管怎么说，对于当时的冈崎副教授来说，竹中教授仍算得上是他的大恩人。

怕是看到恩人脸色难看，冈崎博士才在竹中博士面前判定我托付于他的那块石骨是假的。

后来我才听说了事情的真相。虽然竹中、冈崎两位博士如今已经相继去世，真相究竟如何无从得知，但我坚信这就是我的发现被否定的真正原因。

因此我对宇津木老师有着一种特殊的同情与尊敬，毕竟我们都曾被同一个人深深地伤害过。

六

自那之后的二十多年里，我都过得十分艰难。移居东京之后，除了苦于学术，还为生活所累，不禁感慨自己竟然沦落到如此地步。

为了解决旧石器时代的问题，我将自己置身于地质学、古生物学、动植物学、化学、地球物理学、人类学等纷繁复杂的领域之中。那真是一个满是彷徨与苦痛的世界啊。

隆一郎和多美子先后出生，日子变得更加清苦。

文子告诉我，她的视力开始逐渐变弱。于是，我带她前去就医。

"您夫人应该多吃些有营养的食物。"

眼科医生面露难色地对我说道。听完，我羞愧不已，满脸通红。

即使家境贫苦，我仍会凑钱买书。一有时间，我便出去挖掘化石。如果考虑到家里的大小事情，我就什么都做不成了。因此，我选择了无视家庭，并且直接告诉文子自己是一个不负责任的丈夫。但是文子选择了隐忍，别无他法地一味隐忍。不行，不能再想了，每次考虑到这些事情，我都会变得心情低落。

自从我开始担任现在任职大学的讲师之后，家里的日子逐渐步入正轨。

但是我的学术研究依旧毫无进展。

在波津发现的人类腰骨化石被冈崎博士否定之后，我所提出的日本旧石器时代的相关学说也被学界嘲笑，甚至有人骂我是骗子。

有学者公然宣称："虽说那块骨头确实是化石，但分量不够，最多也就是江户时代的骨头吧。"

真是些无知的家伙。常年与化石打交道的我不禁感到可笑。

其他学者见状，纷纷附和着揶揄我："那里曾是一片墓地，黑津捡到的可能是从墓地里滚落出来的骨头。"

还有人说："说不定那只是块海上的漂流物，恰好被海浪冲到那里而已。"

渐渐地，他们甚至开始诋毁我用于佐证的、在波津捡到的那两块打制石器。

"那些并非人工所致,只是被自然侵蚀后破碎开来的普通石头而已。与欧洲旧石器时代的物件相比,形状未免太过粗陋。"

真是一群只认同欧洲模式的固执学者。

"虽然黑津宣称那片海岸上分布着藏有剑齿象化石的洪积层,但是根据当地的风土判断,那里是不可能出现这类化石的。"

他们这样说着,彻底否定了我的所有发现。一时间流言满天飞,《关于黑津氏在波津海岸上发现的所谓原始性打制石器》《论包藏兽类化石地层的可能性》等精心修饰过的文章铺天盖地地向我袭来,简直就是遭到学术界众人的唾骂。

我想起在波津海岸捡到这些石器时的场景。把这些东西拿回家后,文子看了立马问我:

"是谁打磨过这些石块啊?"

我让她再好好看一下。她再次仔细查看了这些石头,依旧肯定地对我说道:

"果然是被人打磨过的。"

确实如她所言。女人的直觉简直可以与神灵媲美。

那块人骨化石不为世人承认也就罢了,我始终坚信总会有人相信我的说法。虽然我依然对那些质疑我的人感到愤怒，但也开始变得麻木了。

可是，我再也没能挖出其他人骨化石。闲暇之余，我经常会带着学生奔赴全国各地的洞窟和地层进行挖掘。我把绳子绕体一圈，像登山家一样运用攀岩技巧爬上了石灰岩的断崖。站在崖边，我的心里没有一丝恐惧，更没有腿软，只是一心扑在了挖掘上，甚至忘记了自己的性命完全托付于一条细绳。

哪怕是一点点收获，也将是构成支持日本旧石器时代推论的有力佐证。

对此，学界却认为：

"相关证据不足。黑津的理论太过武断。"

即使我发表了相关论文，他们也会带着满心的怀疑与嘲笑来解读，称："毕竟是黑津所言啊。"三十年来，我一直在屈辱中进行着学术研究。我完全放弃了家庭。即使家里已经买不起米，我仍然心安理得地拿出一半的工资跑去丸善[①]买书。

"可能对你来说无所谓，但你让我们怎么过活？"

文子哭着问我。

[①] 丸善株式会社。日本销售书籍和办公用品等的公司，主要销售进口书籍。

"我既没有学阀支持,也没有任何朋友,身边尽是敌人。为了在学术世界里求得生存,我不得不这么做。"

我答道。

"简直就像是抚养了三个孩子啊。"

文子经常在寄给娘家的信里这样写道。日常生活的艰辛累垮了她的身体,这也成了她早逝的原因之一。

孩子们渐渐长大了。

不久,战争爆发。战事末期,还在读书的隆一郎也随军出征了。很快,我们便接到了他战死的通知。文子哭得眼睛都肿了,我从未见她哭得如此伤心。

随即,东京也遭受猛烈的空袭。我打算把自己多年收集起来的这些标本都转移至防空洞里,便开始着手自行修建一个简易的防空壕。

当天晚上,一场大规模的空袭扫过东京上空。我家附近也不幸地落下了一颗燃烧弹,顷刻间,整栋房子都被火海包围。

"人骨化石的标本都被烧了!标本被烧了!"

我大声叫喊着,脑子里一片空白。由于那次空袭,我家附近共有三十人葬身火海。我无力地目睹着房子在大火中逐渐坍塌。

大火被逐渐扑灭,留下满地疮痍。

其他东西没了不要紧,只要那块腰骨化石没事就好,只要它完整无损就好。我一边这样想着,一边奋力地扒开眼前的灰烬,期待着能从中摸出类似石块的物体。我跪在书房的废墟里,在灰烬中拼命摸索着。

两个石器和其他几个化石标本几乎都完好无损,然而,我拼命翻找着的那块在波津海岸发现的人骨化石却怎么也找不到。

那一整天,我跪坐在废墟中,头脸手脚沾满灰烬,眼泪在涂了墨般的脸上流淌不止。

倾注了自己毕生心血、证明日本旧石器时代存在的唯一证据,那块洪积世的人骨化石就这样离我而去了。

文子见我这样,冷冰冰地讽刺道:"标本没了,你看起来比隆一郎战死时还要伤心。"她朝我面露憎恶。我怒不可遏,站起身来对她拳脚相向。

我大声斥责道:"你在胡说什么!你根本就不懂我!你这么说是想把我逼死吗?"

七

自从标本丢了之后,学界又传出了一些风声。他们议论道,这下黑津的理论更站不住脚了。尽管曾被 T 大否定过，但从某种角度来看，那也不失为对我理论的一种支撑。一旦没有了任何证据，我的理论就更加没有说服力了。

所以，无论如何我都必须找到另一块旧石器时代的人骨化石。尽管那时战争刚刚结束，困难重重，我仍坚持前往各地寻找。我在波津待了整整一个月，一直在挖掘化石。但是由于断崖靠海，加之出土人骨化石的青黏土层位于地表近十米之下，仅凭我一人之力是没法完成目标的。如果不进行大规模挖掘，就无法找出埋藏于地底的遗物。然而对于既无财力又无学阀背景的我而言，想要完成这样一番大事业，简直是天方夜谭。

所以，我只能按照自己的方法，在力之所及的范围内进行挖掘。对我而言，最方便的就是前往石灰石的采掘地，缠上绳索，顺着露出地表、高楼般的岩壁向上攀爬，寻找古遗物。我甚至还深入过钟乳洞等洞穴。

然而当时我已年满五十。每当我背着帆布包沿着山道攀爬时，常常会气喘吁吁，感到力不从心。年轻时我能毫不畏惧地爬上这断崖，此刻却心惊胆战。每当在高处摸索着落脚点时，我害怕得两腿发抖。

尽管我历经千辛万苦，总算取得了些许进展，然而终究没能找到与二十几年前在波津发现的人骨化石相媲美的标本。每次我都失望而归，却又为了那一丝希望再次出发。

当时，对于我所主张的日本旧石器时代的相关学说，学界毫不理睬。

但是不管旁人如何回应，否定也好，无视也罢，我始终没有抛弃自己的信念。尽管如此，这种不为世人认可的寂寥孤独，只有我自己才懂。我仿佛孤立于寒风之中，无依无靠，受尽冷风吹打，惶惶不可终日。

就这样，某天我从学校回到家里时，十分意外地收到了一封来信。那是研究人类学的权威专家——T大的水田嘉幸博士的来信。虽然我对他学界元老的大名早有听闻，也曾远远见过他一眼，却一直没有机会与他相识。信里写道："事出突然，冒昧来信请见谅。敝人对您发现的波津洪积世人骨化石十分感兴趣，故欲邀您一叙。静候尊驾。"大概就是这类意思。

这究竟是为何呢？我十分困惑。关于二十几年前发现的那个腰骨化石，时至今日还有什么好谈的？这个问题在学界已经是陈年旧事，到底是哪一点引发了这位老先生的兴趣？我毫无头绪。

感觉像是被蒙住了双眼，我怀着这种心情，在约好的那天前往水田博士家拜访。初次见面，水田博士的心情看上去相当不错。

水田博士对我说，想听我讲讲当时发现人骨化石时的情景。他的意思是，尽管最近他把当年我写的刊载于杂志的报告找出来细读了一番，但还是想听听身为第一发现人的我的描述。

于是，我按照他的意思描述了一遍当时的情况，对于他所提的问题也都一一作答。接着，他频频点头，说了这样一番话：

"我明白了。五六天前，我正好要找些东西，于是去了T大一趟。我打开标本室整理架的抽屉时，发现了一个石膏模型。仔细一瞧，我才发现那像是人的腰骨部分的模型，而且肠骨侧翼几乎是呈一条直线状。想必你也知道，这种构造在现代人的身体里是不可能存在的。我当时觉得很不可思议，于是向E教授询问了关于这个石膏模型的事情，才知道原来这是冈崎博士根据你以前送来的标本制作而成的。尽管现在标本已经被烧毁了，但幸好模型还在，所以我想借此机会，重新研究一番。你意下如何？"

我十分震惊。关于石膏模型的事情，我并不知情。我现在才知道当时冈崎博士还对标本做了这种处理。尽管在此之前我一直对冈崎心怀不满，但是一想到他在恩人竹中博士的施压之下仍为标本做了这样的处理，我感动不已。

"我没意见，您可以随意研究。原本我把化石送来就是为了鉴定研究的。只不过后来化石没了，我也就死心了。没想到冈崎先生居然保留了化石的石膏模型，实在是太感谢了。以后还请您多多关照。"

我道完谢，便离开了。我边走边抬头仰望天空，只觉着天空呈现出一片久违的湛蓝。

又过了几天，水田博士给在学校上班的我打了个电话，说道："搞定了。已经鉴定了确实是洪积世人的遗骨。稍后会以我的名义在学界发表。你没意见吧？"听完，我的喉咙像是堵住了似的，发不出一点声音。只听到从水田博士那头传来"喂……喂"的声音，于是我答道："老师，真是谢谢您了。"

在这之后的第二个月，水田博士的论文刊登在了考古人类学的杂志上。论文里面记述了关于腰骨化石石膏的精密比例测定，还指出了肠骨节、肠骨前上及前下棘、坐骨棘等都不发达，这些特征都与类人猿有着相似之处。通过这些推断出该化石的主人生前大概采取前屈式行走的方式，从而能够判断是旧石器时代的人。署名处印着闪着金光的大字：水田嘉幸。

八

这一年,妻子文子永远地离开了我。

三月初,天气依旧寒冷。我从学校回到家,发现文子正盖着被子躺在床上。她脸色苍白,嘴里喊着"好冷……好冷"。那时,她的身体已经很虚弱了,经常卧床不起。

两天后,文子被诊断为急性肺炎,一直发高烧,住进了医院。多美子去年就已经结婚了,我只好把她从夫家叫过来,同我一起照顾文子。然而文子依旧高烧不退。

从住院的第二天起,由于持续高烧引发了并发症,文子开始胡言乱语起来。我说的话她根本听不进去。因为她曾三番两次想跳下病床逃离医院,为了防止她从床上跌落,我索性在地板上铺了被子,直接让她睡在地上。文子盯着天花板,咬着牙,说着一些莫名其妙的话。医生巡视病房时看到了这一幕,告诉我目前文子的状况堪忧,并委婉地告知我,文子可能快不行了。尽管文子已经接受过多次治疗,但由于那时青霉素尚未普及,所以她的病情依旧没有好转。多美子一直哭个不停。

正是在那时,由于我在波津发现的人骨化石得到了水田博士的认可,一时间在学术界声名大振。不知为何我很想与文子分享这一消息,可她那时一直躺在医院里,神志不清。即便这样,我还是附在她耳边,反复说道:"文子,那块石骨被学界认可了呢。"一直以来,文子提起这块骨头的时候总说是"石骨",从来没称之为"人类化石"或者"腰骨化石"。

我也没指望她这会儿能听懂我的话并回应我。不过,好像我要传达给她的意思正一点一滴、断断续续地被她接收到了,竟然听到她缓慢地、呢喃般地说出一句:

"真好……"

"真的吗?你听懂我说的了?真的听懂了?"我凑近她耳边,大声地问道。可是文子只是像孩童那般天真地笑着,依旧没有任何反应。

文子离世后,我常常陷入怀疑之中。我时常迷惑不已,当时她说的那句"真好"究竟是烧糊涂时说的胡话,还是像灯泡的钨丝瞬间发出的亮光,在那一瞬间真的听懂了我说的话。但一想到"真好"这句话大概是文子在意识清醒时对我的回应,我的心便平静了下来。原来她也一直想着石骨的事情。她对我的专横有怨言,时常咒骂道:"算了!学者的妻子不当也罢。"当时,我们给多美子挑选结婚对象时不是没有考虑过大学里的助教,但最终还是依照文子的意思,把女儿嫁给了普通的上班族。每当我提起这件事，她总是瞪着我，说道："就是因为你在波津捡到的那块石骨，才让你走上了这样一条不归路。"或许正如她所言，如果当时我没有在那个断崖崩塌的砂土中捡到那块茶褐色的人骨化石，或许我这辈子只是个单纯的考古业余爱好者，在乡间度过悠闲的一生。对于文子来说，那是块给她带来悲剧的石骨。不过，我坚信，她一定会为我凭靠水田博士的帮助获得了学界认可而欣喜。

确实，我的努力得到了回报，我为自己的眼光终于得到印证而欢喜。但是，这喜悦一点也不充实，满是缝隙和空洞。我感到一阵冷风吹灭了我心中的热情。

明明是自己好不容易发现的东西，到头来却不能署上自己的名字，这种寂寥让我心寒。

不过，有了学界元老水田博士的署名和论证，估计没有人会提出异议吧。但是也没有积极支持的人。不管怎么说，因为是水田博士的发言，所以大家都是一副观望的态度，很难立马作出判断。

然而也确实有人攻击水田博士的理论。不过这与之前攻击我的主张不同，我感觉他们是在重新审视整个理论。尽管在短短几个月内很难得到整个学界的认可，但是我有信心，总有一天，这个愿望会变为现实。

为了达成这个目标，需要发掘出更多具有说服力的遗物。不管怎么说，仅仅得到了腰骨部分，还缺少最为关键的头盖骨部分。只要能找到头盖骨，就算学者们再心胸狭隘，也都必须毫无异议地认同这个观点。

为此，水田博士向文部省申请了三十万日元的预算，计划由T大班底在发现波津的人骨化石的原址进行发掘。我听闻这一消息时，简直高兴得手舞足蹈。

只不过，这个消息是我从别人那里听说的。按理来说，如果有这个发掘计划，应该第一时间通知我才对。于是我便向水田博士致电询问。

"啊，我正想跟你说这个事情呢。只不过一时太忙，所以给忘了。真是抱歉。要不你赶紧过来一趟，咱们谈谈？"水田博士在电话那头说道。

于是我来到了水田博士的会客室。他与我相对而坐，神采奕奕地看着我，面露难色地说道："T大班底确实是要去波津挖掘地层。原本我也想让你参与其中，只不过中间出了些状况，所以最终变成了由我们T大全权负责。你作为观察员到现场转转，倒是没什么问题。刚才我说的这些，你都明白了吧？"

我脸色惨白，久久无法回过神。

九

两三天后，我在学校时，有位相识的 E 报社的记者过来找我。他在做教育相关的专题，经常往学校跑。

"老师，您应该知道 T 大要在波津开始挖掘地层了吧？"他这样问道。

"我知道。"

"那么为什么您不在挖掘队伍中呢？"他追问道。

"水田老师跟我说过了。如果我有时间，可以作为观察员过去看看。"

"可是，明明您才是最先发现人骨化石的人啊。作为第一发现者的您居然不在挖掘队伍名单之内，这不是很奇怪吗？"

他大概本意并不是想说"奇怪"，而是想说"侮辱"吧。只不过顾及我的面子，没有说出口而已。

"可能他也有他的考虑吧。再说，我不是也能到现场旁观嘛。"我刚说完，就看到他向我投来轻蔑的目光。

"可是如果只能在一旁观察，就没有资格撰写论文进行发表了，这样一来不就失去了作为学者参与其中的意义了吗？"

对于他的眼神、话语，我根本无从反驳。因为事实正是如此。

三十年来，我在冷嘲热讽中坚持主张，如今洪积层终于要正式开始挖掘了，我却只落了个旁观者席位。

当水田博士向我说明原由时，如果我再年轻一些，很可能会毫不客气地大闹一番。实际上，我内心感到无比屈辱。只不过，我已年过半百，而且文子的离世也对我造成了一定的打击，所以我选择忍气吞声。如果能通过这次发掘，出土更多有价值的人类遗物，从而能够进一步证实我所主张的日本旧石器时代理论，这也不失为对学界的一种贡献，我也就心满意足了。我只好在心里默默地用这样冠冕堂皇的大道理来说服自己。

然而，那般郁郁不乐的寂寥却怎么也无法排遣。

"但是，老师。"那位记者把椅子向我拉近，小声说道，"有消息说，水田博士之所以认可您发现的人骨化石是出于自己的私心呢。而且论文最后的署名也是水田博士，对吧？不管怎么说，以后当人们提到某猿人、某研究这长长的学术成果时，后面署上的可就是水田的大名喽。况且，这次的挖掘，他还将最重要的您排除在外，简直是趁机抢占功劳！"

"愚蠢！竟然有这么愚蠢的传闻！"我这么大喊道，但言语间毫无底气。为了不被他发现我已经开始动摇，我控制着自己的情绪，极力掩饰。

尽管在国家经费的援助下，T大人类学研究室的成员开始对波津进行了一番挖掘，但并未出土有价值的遗物。我作为普通的旁观者，对于他们的挖掘计划、方法并没有插嘴的权利，甚至连挥锹也不行。我只不过是一个伫立于冷风中突兀的旁观者罢了。

然而，我一直在那里待到最后一天。即使没有挖掘出什么有用的东西，我也狠不下心立即离开。挖掘队的同仁和搬运工人们为了撤离正在忙碌地清理现场。而我站在那里，脸上带着一丝不服输的倔强。我的耳边仿佛听到了无声的话语："果然还是没挖到。"我心里不停地辩驳道：不可能，肯定有，这么大的地方才挖掘了一小块，怎么可能找得到？风吹过海面，泛起点点飞沫，厚重低垂的冬云下，近乎黑色的海面向远处不断扩散。

而某些一直关注着此次挖掘的学者们知道了这个结果后大概又会嘲笑道："看吧！我早就料到了。"其实这些类似的闲言碎语早就以不同方式传到了我的耳中。我早就作好心理准备了。某天，有学者对我这样说道："这次挖掘呢，主要是一位年轻的同仁怂恿水田博士主持进行的，好像有什么隐情。原本水田老师已经认同了你发现的人骨化石，甚至还起了学名。不过那位年轻同仁对此很不服气，才企图促成此次挖掘行动。他们从一开始便知道从那个地层里什么都挖不出来，还特意怂恿水田老师主持挖掘。结果呢，还不是惨淡收尾，什么也没找到？这次挖掘行动，水田老师才是最大的受害人。"

"尽管是谣传，但八九不离十。"他说道，脸上浮现出一抹轻笑。

我听着，不禁浑身战抖，深感人类之间的信任已经荡然无存。在这个扑朔迷离的学界，其中的复杂与烦躁让我无法安心。

我主张的日本旧石器时代理论随着洪积世人骨、打制石器一起，都被全盘否定了。长久以来，只有我自己一直在坚信、努力着。尽管有时我也会感到不安，像瞬间置身于否定的波浪之中，整个人都被吞噬。此刻，比起坚定的信念，我更多的是感到了疲劳，那是独自坚信了整整三十年的疲劳！

风越来越大。夜已深，旅馆里的灯都熄了。

我的眼神投向了劣质纸张上印刷的校样：

> 尽管我已多次申明，由于人骨化石不是我从原地层挖掘之物，学界的一部分学者对我持有很大的质疑，这块人骨化石既不是从崖上掉落的，也不是

随着波浪被冲上岸的,而是由于前晚的大风导致断崖的堆积层崩塌,才得以露出地表。在此,我以学者的良心起誓,绝不会撒谎。即便如此,我也会一直等到各位认同我为止。

青之断层

一

"构图通常在作品中处于决定性的地位。但是,出于某种目的,这幅画却破坏了这一原则,让我们去窥知其他作品所没有展示的世界的内里,给人一种苦闷之感。这是其他作品所不具备的独特之处。物象在脑海里不断回旋,在具化成塑造空间的客体之前,都应该先被切割为个体,之后再进行深入的探究。但现在的问题是,我们刚刚所说的那个'目的'究竟是什么……"

奥野对于文中所言感到一头雾水,便摘掉老花镜,放弃了阅读。身为画商的他,最近却致力于细心研读美术杂志。可是,对于那些所谓的"新评论家"所写的晦涩文章,他却不予理会。在他看来,刚刚所读的那篇对某展览会所作的评论中,那些印刷文字就像被排列好的石子一般,刻意而呆板,让人摸不着头脑。

即使奥野看不懂这类的评论,也不会对生意造成任何影响。对他来说,在鉴赏画作这件事情上,比起那些狂妄的、年轻的（或许如此吧）评论家所言，他更相信自己的眼睛。就这一点而言，说他稍有自负也不为过。

要是连这点自信都没有，想必我不仅做不成买卖，更不可能把画廊发展到如今的规模了。

奥野一边在心里小声嘀咕着，一边从座位上环视画廊。为了能在墙上多挂几排画，他把天花板吊得很高。但是实际上，由于店面狭小，那些由现代美术大家绘制的名作之间未留下任何缝隙，紧密地排列在一起。虽然画廊只有六十坪①大小，却被巧妙地设计成了凹字形，充分利用了奥野画廊的所有空间。除了眼前这些琳琅满目的画作，仓库里还藏有许多尚未展出的作品。

奥野画廊坐落于银座大街对面，店前行人络绎不绝，每天都有许多穿着得体、服饰精美的男男女女从店前经过，就像川流不息的小河，彩色的流水自两侧而来，最终在画廊前交汇。

画廊临街的一面设有一扇巨大的陈列窗。它的存在，使得画廊的入口变得狭窄不少。陈列窗每月都会更新展出的画作，这是所有画廊的惯例。奥野画廊却稍有不同，在陈列窗的中心位置，通常摆放的都是姊川泷治

---

① 在日本，1坪约合3.3平方米。

的作品。虽然奥野也会经常更换展画，但是只要姊川有作品问世，他便总是把它们摆在中心位置。

来往的行人经常会停下脚步，看着陈列窗惊讶地说道："哎呀，这是姊川泷治的画啊。"

姊川泷治距离跻身画坛大家之列仅有一步之遥，其画风也颇受欢迎。虽然他的作品不多，但名声在外。据说他的画作售价每每高达十万日元，可是依旧有价无市。近年来，姊川泷治更是鲜有作品问世。

奥野画廊之所以拥有这么多姊川泷治的作品，是有原因的。早在姊川尚未成名时，奥野便对他青睐有加，购买了他的许多画作。姊川是一位低产的画家，而且当时他的作品都还算便宜。渐渐地，奥野开始关照起姊川的日常生活。画坛的同行见状，议论纷纷，甚至还曾在背后议论"姊川泷治与画商奥野之间有着不可告人的关系"。这样一来，即使其他画商后来有心招揽被称为画坛"鬼才"的姊川，也不好开口了。奥野画廊能有这么大的发展，很大程度上是沾了姊川泷治的光。

"一开始，我就注意到了姊川泷治的才华。我的这种看人的眼光也是世间罕见呢。"

奥野经常这样骄傲地对人吹嘘。这种自信在他的内心逐渐膨胀开来。他用指尖将那本高调宣扬"物象在脑海里不断回旋，在具化成塑造空间的客体之前……"的杂志拨到桌角，又给自己点燃了一支香烟。

店前洒满了秋日的阳光，照得路面一片明亮。行人和汽车在慵懒的阳光中匆忙经过。奥野靠在椅子上抽着烟，悠闲自在地看着外面。店里除了员工，还有一两位客人在静静地来回欣赏画作。

突然，门口出现了一片阴影。一位身材高大的年轻男子怯生生地走了进来。他留着一头长发，穿着一件方格纹夹克衫和一条灯芯绒裤子，手里还提着一块用报纸层层包裹、用细绳圈圈缠绕的十五号[1]左右的画布，颇有画家风范。他环顾四周，只见墙上挂满了安井曾太郎、梅原龙三郎、铃木信太郎、木下孝则、儿岛善三郎等一众现代大家的画作，眼神中不禁透出些许胆怯。想必他是被这些墙上所挂的大家之作震慑到了。

奥野见状，立刻明白了对方的来意。

"这个家伙准是来推销画作的。"

他自言自语道。

---

[1] 表示画布大小的单位。0号最小。15号画布高度为652毫米，宽度有若干种。

二

无名画家到奥野画廊来推销自己的作品,这种行为简直和一无所知的门外汉无异。一流的画商是不屑于理睬他这种人的。

画家们虽然都对这一点心知肚明,但还是有很多人拿着自己的作品跑来画廊推销。两三天前,奥野看到过一幅鱼和人结合物的画。在此之前,还看到过一幅烟囱上长出手臂的画。他甚至还看过一幅仅由一个个涂满的圆圈和一条条拉长的粗线构成的画。他们会问奥野:

"您觉得我的画如何?"

还询问奥野是否看懂了自己画作的内涵,摆出一副想给画商普及知识的姿态。对,就是那种讲述"物象在脑海里不断回旋"、自己受到启发而进行创作、目的何在之类的口吻。

对此,奥野每次都无可奈何,只得草草打发他们。

青年看着坐在宽大书桌前、头发花白的奥野,心想这位应该就是老板,便走上前去打招呼。

"您好。"

虽说男子的衣着不是十分讲究,奥野却对他那双清澈的眼睛印象深刻。他并不招人讨厌。男子红着脸继续说道："抱歉，打扰您一下，能请您看一下我的画吗？"

言外之意当然就是，如果对方中意自己的作品，就请出钱买下。他似乎不同于之前那些给奥野展示烟囱怪物的青年。奥野早就想好了答复，本想跟对方说：

"我觉得看了也没什么意义。本店不收无名画家的作品，真是抱歉了。"

但是，还没等奥野开口说话，门前便传来汽车停车的声音，他的注意力瞬间都集中到了外面。一位身着红边灰套装的女子踩着一双"嗒嗒"作响的高跟鞋走了进来，黑色帽檐下还露出几根隐约可见的白发。

"您好啊。"

她边跟奥野打招呼边向桌前走去。

"哎呀，欢迎欢迎。"

奥野赶忙站起来笑脸相迎。

"好久不见了呢。"

"好累啊。"

女子坐在客人专用的坐垫上，打开手提包，拿出了一支香烟。她的指甲涂成红色，虽然已年近五十，看起来却没有丝毫的违和感。奥野替她将香烟点燃。

女店员端来了红茶。

"您是到银座来购物了吗？"

"是啊。"女子抬头看了一眼奥野，吐了一口烟，笑着说道，"买得太多，钱都不够用了。不知不觉就走到您这来了。"

"您又乱花钱了呢。"

"哎呀，哪有？就多花了一点而已。难得放纵一次。"

"怎么办呢？我可是无意间听到了一些传闻呢。"

"什么？啊，是那件事吗？什么呀，他们都在瞎说些什么呢。都是假的。是《美术新论》的木谷先生吧？怎么可以到处乱说呢？真讨厌。"

"算了，算了，不提这件事了。那么……"

"三张。"

说着，女子伸出了三根手指。

奥野点了点头，转身对女店员小声说道：

"预付给长冈女士三万日元。"

这位客人是最近小有名气的女性画家。

青年完全被无视了，呆呆地站在一旁。

女画家在收据上签完字，便把钱放进包中，从坐垫上站了起来。

"您一会儿打算去哪儿？"

"筑地。"

"啊？"

"你在想什么呢？我是去参加报社的座谈会。"

女画家边说边朝门口走去。

"您现在进展到什么程度了呢？"

"八号和十号①加起来有七幅左右。"

"画够十幅的话，我就去您那儿取吧。"

"我一开始就作好凑数的思想准备了呢。"女画家继续向前走着，略带自嘲地说道。

"真是笔亏本的买卖呢。"

女画家又转身对走在自己身后的奥野这样说道。奥野默默地笑了笑。接着，他坐回到自己之前的位置上，看到站在一旁的青年，暗自感叹错失了假装遗憾而无情拒绝他的时机。

青年解开报纸，静静地等在一旁。想到会有一流画商来鉴赏自己的作品，他不禁兴奋起来。

奥野面无表情地看着画。给对方的答复，从一开始就已经盘算好了。

这是一幅风景画，而且看上去画得并不好。画中连最基本的技巧都没有体现出来，只是将一些线条和色彩幼稚地混杂在一起而已。

---

① 8号画布高度为455毫米，10号画布高度为530毫米。

奥野目不转睛地看着这幅画。他的眼神中渐渐露出认真的神色。

"你是哪里人？"

奥野假装以一种稍显厌烦的语气问道。

"山口县。濒临日本海的一个叫萩市的小城市。"

青年如实答道。

"曾在哪所美术学校学习过吗？"

"没有。"

"那么研究所或者培训班之类的呢？"

"都没有，我是半年前才来东京的。"

青年的声音清脆、响亮。

奥野坐在椅子上，抬头看着青年，问道：

"参加过什么团体组织吗？"

"没有。只在老家有一些喜爱画画的朋友，在东京无缘见到有名的老师。实际上，我的生活费都是靠妻子打工挣来的。"

听完，奥野点了点头，继续问道：

"除了这幅画，你还有其他作品吗？"

"还有三幅，都是我从老家带来的。"

"方便的时候，不管什么时候都行，能拿来给我看看吗？"奥野用一种兴致寥寥的语气问道，"你叫什么名字？"

"畠中良夫。"

青年低着头回答说。

三

十二点三十五分，从东京开来的末班车抵达荻洼站。天色已晚，大家早已各自回家。灯火通明的车站前只有几台亮着"空车"标志的出租车在等着接客。

畠中良夫三十分钟前就已经来到车站，在南门的暗处静静等着列车到来。这已经成了他每天晚上的习惯。车站里除了他，总还有另外一两个人也在等着接人。

汽笛声响起，列车缓缓驶入车站。乘客们走下站台成群结队地出现在天桥上时，发车的汽笛声再次响起。

津奈子这次没有赶上前一班列车。根据酒吧的生意情况，她有时会坐末班车回来，有时会坐前一班车回来。

楼梯上陆续走下来二十多个人，良夫一眼就看到了穿着粉色毛衣的津奈子。这时，津奈子也看到了等候在出站口的良夫，向他挥手示意。

二人并肩走在昏暗的大街上。

"真是对不起。"

津奈子向前来迎接自己的良夫道歉，并习惯性地握了握自己的手。

寿司店还在营业，店里溢出的灯光照亮一小片道路。

"津奈子，你想不想去吃寿司？"

良夫突然问道。

"你饿了吗？"

"没有。但是，就是想吃些什么。什么都行。"

平日里，良夫滴酒不沾，但是这会儿他来了兴致，想小酌两杯。

"你可真是奇怪，明明不饿，却想吃东西。"

津奈子笑着说道，与良夫并肩坐在了桌前。

"老板，来一份虾蛄。"

良夫向寿司店的老板说道。

"你知道虾蛄用英语怎么说吗？"

"不知道。"

"是 garage①。"

津奈子禁不住笑了出来，看着丈夫的侧脸问道：

"你今晚好像很开心啊，遇到什么好事了？"

"是啊，刚才我就想跟你说了。"

---

① 日语中"车库"与"虾蛄"的发音相同，此处为良夫讲的一个笑话。

"是什么好事？快说快说。"

"我的画，好像能卖出去了。"

良夫高兴地说道。

"啊……"

"不是外行人，是银座奥野画廊的老板，他可是一流的画商。"

"他真的会买你的画？"

"应该会买吧。他看过我的画之后，还让我把其他的画也拿去给他看一下。虽然没有明确说会买，但是既然他这样说了，就已经很难得。我回去后到佐伯家去了一趟，跟他说了这件事，他瞪大了眼睛感叹道：'这可了不得！'别说我这种无名之辈，就算是新晋画家也不见得会受到这种待遇，简直可以说是奇迹啊。"

"真是太好了。虽然别人都看不上你的画，但是金子果然还是会发光的。"

"那些普通人怎么看得懂我的画？"良夫有些骄傲地说道，"提到奥野这个人，你要知道，他可是曾经发掘过姊川泷治的画商呢。虽然现在姊川泷治堪称大家，但是早在他当年四处奔波卖画时，奥野就注意到他了。当时姊川还没有被世人关注，奥野就能慧眼识珠，真是了不起。要想成为一名出色的画商，就要对画有着独特的鉴赏力。我之前也跟你讲过,有一位法国画商,默默买下了鲁奥[①]年轻时的作品,十多年间没有向世人展示过一次,最后成了大赢家。奥野就是那样的画商。"

"老板,来瓶啤酒。"

津奈子喊道。

"喂,我可是喝不了酒的啊。"

"没关系的,一杯而已。遇到这么好的事情,不庆祝一下太可惜了。"

"别胡闹,你每个月才挣多少钱?"

"我每个月的基本工资有三千日元,销售提成有七千日元,特殊小费还有三千日元,加起来总共有一万三千日元呢。老板娘对我很好,对我说,在酒吧工作习惯以后,下个月还能挣得更多。"

"津奈子,你再忍耐一段时日,我现在的情况渐渐有了起色。今天,我亲眼看见女画家长冈节子从奥野那里预支了三万日元。真是羡慕啊。我早晚也要成为她那样的人。"

"加油,加油。"

津奈子喷笑着对良夫说,顺势接过了啤酒杯。说话

[①] 疑为乔治·鲁奥,法国野兽派画家。——编者注

间，她的眼里闪烁着点点泪光。

四

骏豆铁路是一条从东海道线上的三岛始发、开往伊豆半岛的中央地区南下路线，奥野坐的就是这条线上的列车。他上午从东京出发，现在已经两点多了。

驶过韭山、古奈之后，平原逐渐减少，山地逐渐增多。窗外的群山一片苍黄。

奥野一边欣赏着窗外的风景，一边思考着自己即将探访姊川泷治的事情。这个姊川真是让他大为头疼。当初受两三位企业家之托，请姊川画几幅五十号的画，如今半年过去了，他却一幅都没画出来。其中一幅还是要送给某人的纪念品，要得比较急，但是现在还不知道什么时候能完工。

对于姊川泷治不再提笔作画的理由，奥野心知肚明。那是一个不能告诉任何人的秘密。即使面对姊川本人，奥野也不能点明这个秘密。

不是姊川不画了，而是不能画了。

奥野深知这一点。世人尚未注意到这件事情。虽然姊川最近鲜有画作问世，但因为他之前就作品寥寥，所以并未引起大家的关注,反而抬高了他的身价。

奥野一直默不作声,但他很能理解姊川泷治内心的苦闷。两年前他就注意到了这一点。三年前是姊川的巅峰期,以此为分水岭,此后他的画作水平每况愈下。

当时,奥野前往姊川的宅邸拜访。有两名年轻的画家正在画室仔细观赏姊川的近作,二人以为周围没人,低声私语道:"姊川的画有点儿不太对劲啊……"这一切都被恰巧从后方路过的奥野听见。那一刻,他就像突然被人泼了一桶冷水般吓了一大跳。奥野忐忑不安,心想,难道其他人也发现了?然而之后他却没有在美术杂志、报纸的文化专栏上发现任何恶言中伤姊川的文章。似乎大家都还没有注意到这件事情。

奥野内心十分担忧。原本姊川泷治的作品数量就不多,而且近来越来越难画出新的作品。他应该是面对画布灵感枯竭了吧。

近段时间,无论是奥野给姊川打电话,还是亲自前去拜访,大多数时候都找不到他。他大概是在躲着自己吧。奥野十分清楚姊川的烦闷。

姊川泷治作为画坛天才早已声名远扬。画坛也掀起了一股"姊川式"的新潮。批评家对他的独特才华多有褒奖,也对他那傲人的天分赞不绝口。而他的低产更博得了批评家们的好感。姊川刚刚年过五十,画坛大家的地位便已经唾手可得。用绘画界特有的表现形式——"追逐"——来形容的话,就是年轻的画家们争相效仿他的绘画风格。

然而姊川泷治尚未坐稳画坛大家的地位,所以他并不像那些老前辈那样只专注于自己的领域。他绝不是执着于某一种概念从而进行挖井式深掘的画家,而是一位不断往自己的创作风格中融入独创元素并将其继续发展的现代主义画家。

这一类画家是需要源源不断的才华来推动其前进的,一旦停滞不前,结局就会相当惨淡。姊川泷治的才华大概已经耗尽了。只不过,得益于他的低产,人们尚未察觉这一点。

奥野现在带着一幅十五号画作去拜访躲入伊豆深山温泉的姊川泷治。他用大大的包袱皮将这幅四角形画作裹得严严实实。姊川看完这幅画之后会有什么反应呢?对此,奥野心里没什么底。然而,他必须做点什么。这不仅是出于对自己一手培养的姊川的感情,还有作为一名画商的商魂。

奥野在终点站修善寺下了车。车站前揽客的人向他走了过来。

"先生，您是想在修善寺还是在汤岛过夜呢？"

奥野摇了摇头。

"我想去船原温泉。"

"船原啊，那边的确十分安静，鲜有人至。在深山里头呢。"

"这样啊。你能帮我打电话问问那边的旅馆有没有住着一位名叫姊川泷治的人吗？"

"行，没问题。"

拉客的人折回服务台，过了一会儿才回来。

"帮您问过那边的前台了，说是确实有一位叫作姊川泷治的先生住在那里。"

"好的。拜托你帮我租辆车吧。"

奥野看着左侧的河流，随着车子的一路奔驰，山路变得越来越窄。

穿过热闹的修善寺温泉町后，车子沿着寂静的下田街道，往天城方向驶去。有时，也会有通往下田的公交车迎面驶来。

"船原到底会是个什么样的地方呢？"

奥野向司机询问道。司机告诉他，那边只有三家旅馆。他心里不禁疑惑，为什么姊川会选择到这样一处偏僻的温泉来呢？然而，司机十分自豪，因为在伊豆的温泉旅店中，再没有比船原旅馆的新馆更气派的住处了。这听起来确实像是姊川的喜好。

快到月濑时，司机猛地向右打了一个急转弯。于是，车子驶离了下田街道，开始在山路上奔驰。

五

奥野跟在女佣的身后走进了房间，却没有看到姊川泷治的身影。

"哎呀，会不会散步去了？"

女佣的话音刚落，就听到房内传来热水龙头的声响。旅馆的每个房间都配有浴室。

"像是在泡澡。"

女佣的话还没说完，就传来了姊川洪亮的声音：

"是奥野吗？我正在泡澡呢。"

姊川事先通过电话得知了奥野已经到达的消息。

精瘦的身体靠在贴了白色瓷砖的浴池上，姊川泷治半白的长发凌乱地披在身后。他抬起头，看见奥野走进来说道："好久不见。"

"哎呀！"

他一边打招呼，一边从浴池里起身，似乎与奥野的碰面让他感到十分煎熬。

奥野踏进了浴池。浴池的底部仿佛为了让人可以躺下而精心设计过。他把头枕在瓷砖的边缘，将身体伸直、舒展开来，面朝着枝叶茂密的窗外，说道：

"真舒服！您最近过得还好吗？"

姊川嘴上一边含糊地回应，一边从浴室往房间走去。

奥野泡完澡出来，发现客厅的桌子上摆着两瓶啤酒。碟子里盛着盐烤香鱼和油炸虹鳟鱼。

二人相对而坐，奥野看着姊川的眼睛，心中涌上一股怀念之情。

"为了找我，你居然都跑到这儿来了。"

姊川说道。

"我只是为了探寻您的近况，顺便来问候您一下。"

奥野一边给他倒酒，一边说道。

"您瘦了一点呢。"

姊川穿着松垮的浴衣，从胸口处可以看到他那突出的肋骨。

"嗯，确实。但身体还挺好。"

"您是什么时候来这儿的？"

"我来这儿已经两周了。"

"这儿真是个好地方啊。"

"多亏了地方偏僻，团体游客一般不会过来。两周以来，除了我，就只有两拨客人来过。这里除了一家卖日用品的商店，其余都是当地的民居，还真是深山呢。再往前走一段，就能看到溪流，在那里可以钓到这个。"

说罢，姊川指了指桌上的香鱼。

"您常去那儿钓鱼？"

"我可钓不到。再说我也不怎么喜欢钓鱼，就成天无所事事地躺着。"

"想必很无聊吧？"

"我一直听这个呢。"姊川抬头看了看架子上的收音机，笑着说道，"光听这个，可没法修炼成仙啊。"

"您打算哪天回去？"

"快了，毕竟答应你的画还没完成。拖了很久。"

姊川的言语和表情都透露出了痛苦之色。

"其实是对方一直在催促我。不过，也还行，还能再拖一拖。"

"真是不好意思啊，我还有一点没画完。"

姊川这样说着，脸上的焦虑一览无遗。这一切都没能逃过奥野的眼睛。他能够想象姊川来到深山温泉后独自一人焦虑、懊恼的样子。

然而，奥野却假装没有注意到这一切。

他将话题转向别处。聊天的时候,姊川的视线瞥向了客厅的角落,那里放着一个用包袱皮裹成四角形的东西,是奥野带过来的。他看起来好像十分感兴趣。奥野假装视而不见,继续沉默着。姊川终于沉不住气了,指着包袱皮问道:

"奥野,那是什么?看起来像是画布呢。"

"对,对。我差点忘了。"

说着,奥野起身将东西拿了过来。他边解开包袱皮边解释道:"这都是人情债啊。送上门来的买卖,加上介绍人那边我不好回绝,才不得已买下了。说句不好听的,这幅画根本卖不出去。但他本人特别真诚地请求我,让我一定把画拿给您过目。您就姑且当作是我给您带的消遣之物,无聊的时候看看。"

姊川目光锐利地盯着奥野的侧脸,然后,将视线转向挂好的画上。这是一幅十五号大小的风景画。

姊川直勾勾地盯着这幅画。足足有好几秒,他的目光没有从画上移开,像是被画面吸引似的,紧盯不放。姊川面露愠色。奥野假装没有看见,却又偷偷地用眼角余光窥视姊川的表情。

姊川像是突然回过神来,不经意地将视线从画面上移开,装作一副若无其事的样子。然而,奥野早已看见姊川眼里透出的兴奋，那种受到刺激之后的神情是难以掩饰的。

"简直太幼稚了！毫无章法！"

姊川当场批评道。

"就像中学生的自由画呢。乡下人真是脸皮厚，这种破画都好意思拿到我这儿来卖。"

奥野回应道。

"你已经买下了吧？平时你连新晋画家的作品都看不上，居然会买这幅画。"

"这都是欠了介绍人的人情，实在没法拒绝啊。我做生意也很为难的。这个男人的画我还会买。"

"还会买？"

姊川震惊地问道。

"对，我跟他说过了，让他把画都带过来，我全都买下。姑且当作好奇心发作吧，毕竟这么差的画也不常见。而且他本人似乎很穷，全靠老婆挣钱养家。"

奥野一边说着，一边放下筷子。他抬起头，看到姊川正瞪大眼睛一动不动地注视着自己，于是二人目光交会。姊川的眼神中透出一股愤怒、憎恶之意，奥野的眼神却格外平静。二人的眼神在空中激烈碰撞，仿佛要迸发火花。然而这一切仅仅持续了一瞬，甚至不到一瞬的几分之一。

姊川率先移开了视线。

"你要不要再喝点儿啤酒？"

六

奥野半夜醒了过来。他睁开眼的时候，大约是半夜两点。或许是上了年纪的缘故，最近四五年，他总会这样半夜醒来。他摸索着点亮枕边的台灯，低头一看，手表上的指针正指向两点四分。

窗外传来阵阵虫鸣。他这才回过神来，原来这四周都是山啊。隐约还能听见像是雨滴坠落般的声音，原来是浴室的热水龙头开着，正"哗哗"地溢出来。奥野把头靠在枕头上，凝神细听，渐渐有了一种置身于伊豆深山温泉的感觉。

随后，他起身走向浴室。他的房间与姊川的房间布置相同，也有浴室。深夜里，他尽情地将身体沉入清冽的水中，这种奢侈的享受让他心情十分愉悦。

他享受的并不是清洗身体的愉悦，而是在水中沉浮的快感。

奥野从水中起身，坐在外廊的藤椅上，发了一会儿呆。身上残留着热水的余温，人却有些倦怠。内室与外廊连接处用的不是木制的防雨门，而是巨大的玻璃拉门。屋外的电灯亮着，借着灯光，可以看到与后山相接的庭院里的小径。这条小径勾起了奥野到外头走走的心思。

他拉开玻璃拉门，穿上木屐，走到庭院中。夜间微凉的空气一下子将他包裹起来。奥野想着，这样下去可能会着凉感冒。正当他打算原路返回时，另一间房亮起的灯光吸引住了他的注意。那正是姊川的房间。

奥野心里想：果然他也醒着。便朝小径那头走去。在那里能够清楚地看到姊川的房间。不出所料，隔着玻璃拉门，姊川房里的景象一览无余。

屋里，姊川正呆坐在床垫上，一动不动。他像是把什么东西放在了壁龛那里，正凝神细看。借着亮堂堂的灯光，奥野终于看清了那东西的真面目。尽管他已经预料到了这个结果，却还是被吓了一大跳。那正是奥野带来的、连画家也称不上的名叫畠中良夫的那幅作品。

姊川一动不动地盯着那幅画，这让奥野有些不忍再看。于是，他悄悄地回到了自己的房间。奥野再次坐到了自己的藤椅上，默默地抽着烟。他的眼前仿佛还残留着静坐在床垫上死盯着那幅画的姊川消瘦的身影。然而，早在白天他把那幅画拿给姊川过目时，就预料到了这样的结果。

畠中良夫的画尽管技巧不成熟，十分幼稚，但是那稚嫩的作品中拥有着不可思议的灵魂，或许也称不上灵魂。究竟是什么，奥野一时也说不上来。不过他有一种莫名的直觉：那种灵魂一定能给姊川带来些许灵感。

画家常说："我们能从儿童的画中学到很多东西。"这么说来，某种程度上，畠中良夫的画也算是儿童画。只不过，他虽然充满了对绘画的热爱，没有师从任何人，周围也没有指导他的前辈。他更没能在美术学校、研究所、绘画培训班等正规教育环境中学习过绘画技巧。在绘画方面，他如同一张白纸。

早上，女佣过来问奥野："您要同姊川先生一起去狩猎场烧烤吗？"听起来确实像是姊川惯常说的话。奥野来到姊川的房间，浴室里传来了水声，他正在里面泡澡。

奥野喝茶时，姊川与女佣一同出现在他面前。

"早啊。现在去吃早饭吧。尽管去狩猎场烧烤有些麻烦，但是在外边吃才有情趣，不是吗？"

姊川说道。奥野拿着用包袱皮裹起来的那幅画，跟在后面走了出去。

三名女佣拿着装有餐具和调味料的箱子在前头带

路。出了旅馆的庭院,他们一行人在秋草茂密的路上走了约一町①的路程。路边有溪流,有夹在群山之间的峡谷。

一路上,姊川都在向奥野解释狩猎场烧烤的由来。

"狩猎场烧烤来源已久。据传是源赖朝在伊豆时来此处狩猎所做的便当。一般是烤鹌鹑、虹鳟和芋头。米饭的话,要将其装入破开的竹子里面蒸熟。"

说着这些的姊川看上去比昨天精神好了不少。奥野有些明白其中的原因。

离开道路,他们便来到了溪流旁一座公园般的广场,里面有一座亭子,亭子里有一只用石头围成的火炉。女佣们从旁边的小屋里拿出装炭的草包,生起了火。

溪流水势湍急,水流撞击在岩石上,溅起点点白色飞沫。他们一边欣赏着这番美景,一边品尝着刚出炉还冒着热气的烤鹌鹑和红鳟,这真是一场舌尖上的盛宴。

"怎么样?还不错吧?"

姊川像是迫切想听到赞美一般,不停地问着奥野。

饭后,女佣们开始收拾东西。正当其中一人想要将火熄灭时,奥野打断道:

---

① 1町约合109米。

"等等，我想把这个累赘的东西烧了。"

说完，他便解开了包袱皮，里面裹着被撕得粉碎的画布。原本装作若无其事的姊川瞬间脸色大变，然而他一言不发。畠中良夫画作的碎片在火中熊熊燃烧着，腾起了高高的烟雾。

姊川朝着峡谷的方向，默默地伫立着。

七

畠中良夫最近十分不安，他不明白自己到底是哪里出了错，但隐约地感受到了一丝不对劲儿。他一画完就把作品带到奥野画廊去，对方便会将自己的画买下。价格低廉这一点自不必说，但是，关键不在于价格（不，其实价格才是关键。十五号的画卖六千日元，这个价格对于良夫来说已经是一笔相当可观的收入了。如果他每月能画出三张画，一个月就有将近两万日元的收入。这对于一直依靠妻子津奈子来挣钱养家的良夫而言，无疑是让他欣喜若狂的大好事）。但凡是自己带去的画，对方都会无条件买下。这件事让良夫高兴得忘乎所以。然而，这份喜悦却没有直达心底。他总有一种错觉，像是对方认错了人似的，自己因此得到了很多不该属于自己的利益。这种感觉到偏差的不安在向自己逼近。

究竟我的画里哪一点值得日本一流画商来购买？

良夫最近开始怀疑起这一点。

与他相识的一位名叫佐伯的画家给了他提示。他看过良夫的画作后，说道：

"那个，尽管有些失礼，我还是实话实说吧，这种水平的画居然能被画商相中，真是……"

亲耳听到这一嘲讽式的感叹，良夫的心开始动摇了。佐伯毕业于美术学校，摸爬滚打了十几年，才加入了某个绘画团体，但仍不见出头之日，他的画根本卖不出去。在佐伯看来，像良夫这样毫无技巧的外行乡巴佬所作的鬼画符破画居然会被画商买下，这让他有些茫然若失，难以接受。

"这幅画到底哪里好？"

佐伯很想知道。这幅画充其量不过是外行、中学生水平的作品罢了。

"我的画真的有那么好？"

良夫也开始认真考虑起这个问题了。

说起来，这幅画是在乡下的时候随手画的，并未得到什么高评价。自从良夫来到东京，他的画从未在展览会上展出过，画坛大家也未曾鉴赏过他的作品。

良夫小时候便特别喜欢画画，一直随着性子画到了现在。他来到银座，走进奥野画廊的时候，突然萌生了一个想法：要是将这幅画卖出去会怎么样？当时他只是单纯地觉得画商就是做画作买卖的。

后来听别人提起，他才知道画家把画作卖给画商到底有多困难。感受到自己创造的奇迹之后，他变得茫然起来。

良夫总感觉有些离奇，好像哪里出了差错，令他惴惴不安。

津奈子鼓励良夫道：

"那是因为你的画不是单纯意义上好看的作品，纯粹的画作并不是仅仅用肉眼就可以感受到美或高明之处。能够将画作在展览会上展出、那些声名在外的画家的画作不也都有些让人觉得很奇怪吗？却是相当出色的作品呢！外行可能看不出门道。你的画肯定也是这样，虽然像孩子的信笔涂鸦，但是肯定有值得称赞的地方。既然一流的画商向你买，你就应该打起信心才对啊。"

真的是这样吗？良夫却怎么都放不下心来。如果真有这么好，那么将我的画拿给那些对画有研究的人，比如有名的画家、鉴赏家、画商之类的看看便知道了吧。

"对了！"良夫突然叫了起来，"我们到别的画商那里去问问看吧！看看对方到底会不会买我的画。"

之后良夫又画了幅画，为此还特地去了趟奥多摩写生，画了一幅八号大小的素描。回来后，他在自己租的房间里用十五号的画板重新画了一遍。

良夫租了两个房间，一间是六张席大小，另一间是三张席大小。三张席大小的房间里堆满了画画用的器具，连下脚的地方都没有。

跑了三家画廊。

第一家，店员看了之后，便摆出一副无意购买的表情，果断拒绝了他。

第二家，甚至连看都没看就直接拒绝了。

第三家，店主瞥了一眼，便冷淡地把画还了回去。

良夫彻底没了信心。他提心吊胆地又把画拿到了奥野画廊。店主奥野并不在，但他好像事先提醒过经理，经理随即买下了良夫的画，并当场把钱结清。

难以置信——走在银座的人群中，良夫感觉有些忧郁。到底是哪里不对呢？总感觉有什么事情没做完似的，静不下心来。这真是一种奇怪的感觉。这真是一种奇怪的感觉。良夫去了银座一家咖啡十分美味的小店，却没能品出滋味。

回家的路上，良夫顺道去了佐伯的家。佐伯家里来了两位客人，应该是他的朋友，宾客尽欢的模样。

"这位就是最近的话题人物。"佐伯向其他人介绍道，"真是说曹操曹操就到。"

一瞬间，良夫便明白了，他们正在聊自己的画被画商买下的事情。

"我从佐伯那里听说了。"其中一位客人像是喝醉了，转向良夫说道，"真是令人意外啊，奥野画廊居然买了你的画。"

对方的话语里并没有任何侮辱的意味。

"我还以为奥野会死守着老规矩，不会买一个师出无名者的画呢。"

"别说那些无名之辈了，最近似乎连长岛的画都没怎么收过。"

另一人脱口而出，长岛是最近在美术杂志上崭露头角的新人。

"即使是长岛的十五号的画，拿到画廊也就只能卖四千日元。"

"还有这么一件事呢。AR会的石井想筹些钱，便嚷嚷着要卖些画。画商到了他的画室，把挂在墙上的、地上摆着的画全部看了一圈，最后只开出了一万日元的总收购价。石井把这些画全卖了，却只得了一万日元，真是欲哭无泪啊。"

"像他那个级别的画家的作品，本就不是以尺寸来估价的。不管是十五号还是二十号①的画都混为一谈，最后批量算总价，跟白菜价没两样。"

良夫听了这番话，心里有些沉重。他下定决心要好好画画。直到今天他才明白画家的生存竞争是如此惨烈，远远超出自己的想象。

不想被奥野画廊放弃。这股切身的感受让良夫心中一阵颤动。

"佐伯，能过来一下吗？"良夫在屋外喊道，"我想重新开始学习画画。想去专门的研究所，跟在老师后面学习！"

"可以啊。我也觉得这样比较合适。不过，话虽难听，但是我还是要说，你连绘画的基本功都没有掌握，技巧也一塌糊涂。既然你想学，那好吧，我想法子给你找个好老师。"

佐伯干脆地答应了他。

---

① 高度为727毫米。

八

奥野到达杉并区善福寺姊川泷治家的时候,他正好在画室。

"老师正给模特作画呢。"

姊川的弟子向奥野说道。

"他近况如何?"

"感觉老师的精神比以前好多了。自打从伊豆温泉回来,他的心情就一直很不错。"

姊川的弟子答道。

奥野点了点头,不经意间,嘴角露出了笑容。姊川泷治总算要开始工作了。

奥野在接待室里待了一会儿,从画室传来姊川的呼唤声,奥野便起身走进了画室。

"我正准备让模特回去呢。"姊川拿着纸巾擦着刚洗过的手说道,"伊豆那次失敬了。"

"看您精神不错,我便安心了。工作还顺利吗?"

"嗯,还行,心情多少缓过来一些。"

说着,姊川点上了一根烟。

奥野突然发现画室的角落里堆着六七幅画。那是良夫带到奥野画廊的作品,奥野让店里的员工把他的画都搬到姊川这里。

"姊川，"奥野开口道，"那幅画您看过了吗？"

说完，奥野瞥了一眼角落里的画。

"嗯，看了。"

姊川回应时，眼中似乎有光芒闪烁。他吐了一口烟。

你怎么看或者你觉得如何，这些都没有再询问的必要。奥野对姊川在那一瞬间流露出近乎恐惧的严肃表情感到无比满足。

姊川一定借鉴了良夫的素描画。

奥野所想，正是毋庸置疑的事实，与其说是所想，不如称之为他的直觉。

停滞不前的姊川从良夫信笔涂鸦般的画作中得到启发，并将其注入自己的作品中。姊川想凭借这一点，在自己的画作中创造出新的野心。

借鉴，在艺术的世界里不可或缺。身为画商的奥野是这样想的。于是他又朝画室角落里堆着的六七幅画望去。一堆被借鉴过的空壳。

两人不约而同地避开了这个话题。

"姊川，我现在负责组织 ST 画展和 PQ 画展。您愿意赏脸光临吗？"

"哦，这样啊。"

"能看到年轻人的作品呢。"

"嗯，那咱们走吧。"

奥野的车在屋外等候着。车子从甲州街道往新宿方向前进，从四谷穿过护城河便到了银座。郊外的树林、市中心行道树的叶子都已落尽，一派冬日萧条的景象。

二人逛了逛在银座和日本桥购物中心举办的 ST 画展和 PQ 画展。

"真令人提不起兴趣啊。"从会场出来的姊川感叹道，"虽然绘画技巧还算可以，却无法让人感受到画作的灵魂。想要画出更为出彩的内容，需要将热情和灵魂合二为一才行啊。不管是什么展览会，都得要求作品的质量而不是只求数量。这句话说起来容易，实现起来却并非易事啊。"

姊川喝着茶说道。

"您都到这里来了，顺道去我的店里转转吧？"

"你又进新画了？"

"进了不少大师级的作品。我还进了十幅那个男人的画作，发现了一件有趣的事情。"

"你居然还在买他的画？"

姊川的眼神闪烁了一下。

二人到了奥野画廊。

看了一圈新进的名画家的作品后，奥野把良夫的画依次排开。

"就是这些。"

"哎呀！"姊川惊呼，"从第三幅画开始，绘法变得有些不一样了。嗯，逐渐有些变化了。"

"我问了他本人，似乎正跟着一位有名的画家学习呢，绘法也渐渐熟练起来。"

奥野笑了笑，既是苦笑，也有嘲笑。

"原来如此。会好好归纳素材了，但这样一来，他的画却变得无趣了。虽然不知道他是跟谁学的，但是在这些画里，这个男人潜在的个性丝毫没有体现。虽然有了点意思，但其中最为重要的东西丧失了。"

"没办法，已经变成这样了。"奥野说道，"那个男人，既非美院出身，也没去过研究所，更不属于任何组织，还未曾得到过老师指导，完全是随心所画。这时给他找了个不入流的老师，将他那些闪光的地方全都抹杀掉了。"

"你一直在买他的画？"

"没有，我已经拒绝他了，对他说：'不好意思，因为你的画不再符合我们的要求，我们没法继续收购了。'"

奥野对他说道。

"但他的画好歹帮了不少忙。作为答谢,他最后一次带来的画,我们全都收下了。"

"答谢?"

"嗯,那个男人的画,给我带来了一些东西。"

说着,奥野突然瞥了姊川一眼。

"所以,你又准备把他的画烧掉吗?"姊川目光游离地问道。

九

春天越来越近了,高大的山脉虽然还是一幅冬天的景象,山脚下的低地树林却已冒出新绿。风依然刺骨。

良夫和津奈子在修善寺下了车。他们提着旅行箱,很快,一群招揽客人的当地人便围了上来。

"我们想去环境幽雅的温泉。"

良夫对围上来纠缠不休揽客的其中一人说道。

"要说安静,我推荐古奈、月濑、船原这三处地方。"

男人礼貌地回应着,只见他身穿长袖外衣,上面套了一件印有图案的法被[①]。

[①] 一说为日本祭典时穿的传统服装。——编者注

"这三处之中,最为安静的地方是哪一处?"

"那应该就是船原了。先生,那里地处深山,甚至安静得过分了。"

"很好。就去那里吧。"

夫妻二人只是想去一个空寂安静的地方,舒舒服服地泡个温泉。

从这个男人那里得知,只要乘坐前往松崎的公交车就能达到。揽客的人已经和那里的旅馆联系好了。

公交车上旅行者模样的乘客大多在修善寺下车了。继续往前的人基本是当地人。

"您想去哪里住宿,土肥温泉吗?"

邻座的男子向良夫搭话道。

"我们准备去船原。"

"船原啊,那可是一处安静的地方呢,很适合休闲。"

男人说道。良夫沉默着往窗外望去。公交车缓慢地爬着山路,远方的山上还残留着冬雪。

都说是个安静的地方,那里究竟是怎样的?良夫下车一看,只见山涧白梅怒放,涓涓溪流叮当作响。

"真是个好地方啊!"

津奈子环视着周围感叹道。

"嗯!"良夫点了点头。是个"好地方",包含着两层意思。其一是景色怡人,其二是在如此偏远的深山中有着令人期待的温泉,正合二人的心意。

他们住在新馆的副屋,有八张席大小的客厅和四张半席大小的休息室,有放置着大床的卧室,甚至还附有溢满热水的浴室。

"真有点奢侈呢。"

津奈子缩了缩脖子。

"没关系,反正只来这一次。"

良夫说道。

"是啊。肯定会终生难忘。"

津奈子回应道。

这便是津奈子的真实感受。要是回到了故乡山口县,以后可能都没有机会到这种地方来了吧。这次旅行就像是纪念二人离开东京。

美好的东京生活,不到一年就无法维持下去了。最初离开家乡的时候,二人觉得年纪尚轻,总能做些什么。如今想来还真是天真啊。

不过直到现在,良夫也不是很明白:为何奥野画廊会一直毫无怨言地购买自己的画作?况且,自己后来明明一直跟在老师后面学习,好不容易觉得绘画技艺有所进步,对方却直截了当地拒绝收购自己的新画。这并不合常理。不，现在回想起来，按照常识来说，被拒绝才是正常的，奥野收购自己的画反而不正常。对，除了弄错了之外，没有别的解释。自己信手画的作品被一流画商收购，实在想不出能有什么合理的理由。简直如被魔鬼迷惑，像梦一样的际遇。

自那以后，良夫多次前往奥野画廊，都无功而返。自从被对方拒绝之后，不管自己再怎么努力地画，对方都只是将画作放回到自己的手上。真是冷酷无情。

他们根本不明白良夫心中有多懊恼，多痛苦。最后良夫终于能下决心放弃，也是因为朋友从故乡写了封信，告诉他可以给他引荐一份工作。加之丧失希望后，在东京的生活也变得愈发艰难起来。

"为了赚钱而画画，算不上真正的画家。只要自己能画得开心，也能成为出色的画家。"

津奈子安慰他道。

对啊，于是良夫下定决心回老家。津奈子也辞掉了酒吧的工作。初夏的时候，良夫想在满是澄黄夏日蜜柑的故乡一边工作一边画着属于自己的画。

但内心的遗憾始终无法排遣。回家前，他们打算只留出路费，去伊豆旅行一趟，将剩下的钱全部花光。如果不这么做，自己会不甘心。

二人泡在温泉里，愉悦沉醉的感觉瞬间蔓延到四肢。

"你瘦了。"津奈子看着良夫说道，"要长些肉才好。"

良夫明白这是妻子不露声色的安慰。泡完温泉，二人便去早春的山峡间散步。一点点地，心情变好了。

"多美啊！"

"嗯。"

周围听不到人声，只有流水声和灌木丛深处婉转的鸟鸣声。良夫从怀里拿出素描本开始写生。

他画画的模样被旅馆的女佣瞧见，于是女佣来送晚餐时向津奈子询问道：

"您的丈夫是在画画吗？"

津奈子答道：

"是啊。"

"您住的这间屋子，之前姊川先生也曾住过两周。"

女佣说道。

"是什么时候的事？"

"去年秋天的时候。他一个人来的，是一位十分安静的先生。"

第二天清晨，良夫从温泉回来，坐在藤椅上的时候，女佣送来了晨报。

他突然注意到文化栏那篇美术评论家Y氏关于姊川

泷治近作的文章。

"姊川泷治最近发表了《青之断层》及其他三幅作品。这些作品展现出引人注目的全新风格,他又成功地拓宽了自己的领域。对于他常抱有野心尝试创造不同风格的态度(虽然有时会失败),我们应给予高度评价。"

良夫让坐在身边的津奈子也看了这篇文章。

"姊川泷治说不定就是在这间屋子里有了新创意。"

"很有可能。"津奈子环顾四周回应道,"我们能和姊川先生住同一间屋子,也是缘分。"

"这真是我们的荣幸。"

二人回到家乡后还跟别人谈起,他们在伊豆温泉旅行时曾与姊川泷治同住一间屋子,那真是值得一辈子骄傲的事情。

喪　失

一

田代二郎和桑岛朝子各自都有工作。田代二郎在一家运输公司做会计,月薪一万五千日元。他得靠着这份薪水养活妻子和唯一的孩子。桑岛朝子在一家小型制药公司做文员,月薪八千日元。她每月得寄一千日元给乡下母亲作为孩子的抚养费,留两千日元作为房租,剩下的五千日元则当作日常开销。田代二郎今年二十八岁,有着自己的家庭。桑岛朝子与他同龄,五年前丧偶。两人日常相处时,朝子总是像姐姐一样照顾着他,例如:从自己紧巴巴的开销里省出钱来给他买些袜子之类的小东西;平日里,自己总是粗茶淡饭,但每当二郎过来时,却总是精心准备好牛肉、生鱼片等丰盛的菜肴;有时,朝子甚至还会在二郎的央求下,拿给他五六百日元。

这种关系持续了两年。公寓楼里,大家对他们的关系都心知肚明,知道他们并不想引起过多的关注。有时在走廊里与邻居相遇,田代二郎故意将视线瞥向一旁,装作不认识的样子。于是，在这栋大杂院似的廉价公寓楼里，田代二郎成了大家嘲笑的对象。

二郎从公司下班后顺便来到了朝子的公寓。他估算好了朝子回家的时间，在这之前玩玩弹球盘，或是在书店里站着看看书打发时间。二郎刚进屋，朝子就迎上去说道："老公，你回来了。怎么办，今天没准备你喜欢吃的菜呢。"关于朝子称呼二郎为"老公"这件事，在周围曾引起过一阵热议。二郎不喝酒，晚饭时间并不长。

将近夜里十点，二郎从被窝里爬起来，穿上男式衬裤，套上袜子。只剩下朝子一个人躺在床上，埋着脸，默默听着那有些匆忙的、窸窸窣窣的声音。她心里清楚，男人的心已经不在这里了，此时他一定在心里盘算着回家后该怎么对妻子解释自己晚归，让一切显得合乎逻辑吧。即便这样，朝子还是会在他穿好上衣的时候起身送他离开。朝子拉着他的手，依依不舍地告别。卸妆后，朝子的眉毛很淡，身上还隐约散发一股酸臭味。她突然别开脸，给男人松开了门上的锁扣。这是二人的惯有行为。门锁发出刺耳的嘎吱声。正当朝子想着周围邻居可能也听到了这个声音时，二郎早已穿过闷热的走廊，离开了公寓。

两年里，二郎的妻子一直被蒙在鼓里。她已经习惯了丈夫因加班而晚归。二郎让妻子深信自己每隔十天就会去投缘的朋友家通宵打一次麻将。

朝子曾对二郎说过："再也没有像我这么傻的女人了。我也不知道自己究竟是图什么，才这样傻傻地付出一切。要是你和我分开，就再也遇不到像我这样的女人了。"确实如此。在二郎此后的生涯里，再没有女人像朝子一样为他付出这么多了。

朝子失业了。她所在的那家小型制药公司为了销售新药，投入了过多的宣传资金，最终破产。朝子只能领到微薄的退职金。

二郎面露难色，答应会帮朝子找份工作。但是朝子心里十分清楚，尽管二郎工作十分拼命，但找工作这事指望不上他。他终日窝在办公室里查看账簿，又不善交际，自己不该对他抱有任何期待。

于是，朝子开始自己找工作了。除了保姆、女佣、保险推销员之外，再没有适合她的工作了。对于已经二十八岁又没有一技之长的她来说，能够抓住的工作机会也就只有这些。

"有什么消息吗？"二郎担心地问道。从一开始朝子就明白，找工作的事情指望不上二郎，也就没抱太大希望。但是一想到他也替自己着急过，只不过最后找烦了而已，朝子就不生气了。

"没有啊，实在不行，只能去当女佣了。"朝子答道。

二

前公司的男经理给朝子介绍了一份工作，是在F互济银行的分行做收款人。

见习期为三个月，期满之后可以转正。但是要求除了完成收款的任务，还必须拉到一定数额的存款，否则无法转正。尽管朝子并没有信心能胜任这份工作，但还是决定试试。

存款的提成是百分之一，即可以从中拿到百分之一的佣金。如果拉到五十万日元的存款，就能拿到五千日元的提成。但是在这个通货紧缩的年代，别说五十万日元，就连拉到十万日元的存款都不是件容易的事。

收款的佣金是千分之八。如果收回一百万日元的资金，就可以拿到八千日元的提成。尽管一百万日元说起来很轻松，但也是要费尽心思、磨破嘴皮子才能达成的。刚开始工作时，朝子甚至没能拿到客户名单。

朝子每天要走整整四里路。收款分为按日摊还和按月摊还。按日摊还的多为小商贩，大多是从五十日元、一百日元开始收。朝子要依次拜访百货店、鱼摊、点心店、饮食店、蔬果店的商贩。她按照客户名单一一拜访。一天内至少得跑五十多家店铺，而且那些店铺并不是都集中在一片区域。

朝子不想在任何一家店铺多耽搁一分钟。她总是进门之前说声"打扰了"，然后快步走进店里，收完钱，在卡片上盖章，走前说声"告辞了"就匆匆离开。根本没有多余的时间闲聊。

但是对方并不会为朝子考虑。有客人时就先忙着招呼客人，若客人络绎不绝地进门，那么不管朝子多焦急，都必须站在角落里等着。甚至有店铺直接说让她过会儿再来。当然也有的店铺不管何时都能顺利收款。有时还会碰到店主外出的情况。朝子根本没法按照顺序依次拜访，只得往返多次。如果哪天漏掉了其中一家店铺，忘记去收款，那家的店主就会抱怨道："您怎么没来呢？攒在一块的话，我可就付不起了。"

因为按月摊还大多在月末，所以过了二十五号之后，按月摊还和按日摊还就会叠加在一起，如此一来朝子就更加忙碌了。她每天累到双腿麻痹，几乎没有任何知觉。在炎热的阳光下四处奔走，累得头晕目眩，根本顾不上吃饭和上厕所。她满眼所见，尽是被烤成焦黄色的风景。即便如此，能拿着装满钱的手提包，朝子的内心还是很兴奋的。她从银行后门进去，把钱交给值班人员。银行里，有内勤人员在上夜班。他们核对客户名单，并与收款数额比对检查，需要花上整整一个小时。加班的两三名员工看上去聊得十分开心，然而没有人同她打声招呼，即使她在外面奔波了一整天，直到现在才回来。朝子交完钱回去的时候，只有值班人员对她说了声"谢谢"。

回到公寓，朝子累到不能动弹，像个病人似的，也分不清自己到底饿不饿。每晚，她都会这样想：这份工作实在没法干了。可是一到早上，她又出门上班去了。她必须去。

田代二郎晚上回来的时候对朝子说道："你再这么硬撑下去，身体会吃不消的。要不别干了吧？"可如果真的辞职，他能照料我以后的生活吗？恐怕是有心无力。朝子这样想着。实际上，看到朝子已经当上了见习收款人，田代二郎心里暗暗松了口气。朝子深知他的性格，说道："没关系的，能坚持一步算一步吧。老公，你别替我担心了。"尽管自身难保，仿佛快要从断崖上滑落，她仍然假装坚强，笑着回应。

不仅是朝子一个人感觉到了隐形的断崖，田代二郎也有相同的感受。如果这个女人真的失业，我大概必须负责照料她的生活吧？再怎么节约，连同两千日元的房租在内，每月六千日元是少不了的。然而别说六千日元了，三百日元他都不愿意给。但是万一真的到了那个地步，田代二郎还是得照料她的生活。之所以有这个义务，是因为周围的邻居都知道两人的事情。

"没事，总会有办法的，一切都会好起来的。"二郎安慰朝子道。如此不切实际的话，与其说是安慰朝子，倒不如说是他的自我安慰。之后，他们便如往常一样相拥而眠。尽管这是朝子一直渴望的，但也只不过起到短暂的麻痹作用罢了。

三

截止到月末，第二个月的三号，桑岛朝子拿到了自己的工资。信封里装有五千三百日元。尽管票据上写着数字，但朝子并不十分清楚究竟是如何计算出来的。总之，一共只有五千三百日元。除去两千日元的房租，这个月只能靠剩余的三千三百日元撑下去了。

朝子拖着疲惫的身体回到家，开始给乡下的母亲写信。"没办法像往常一样给您寄一千日元作为孩子的抚养费了。这次我只能给您寄去六百日元。请您先暂时忍耐一下。等三个月之后,我转正了,一切都会好起来的。"她一边流泪一边写着。其实她原本计划去当铺抵押物品,凑出一千日元寄给母亲的。这种独自在城市打拼的寂寞正啃噬着她的内心。没有一个靠得住的男人作为心灵的支柱,连她自己都觉得悲哀。

只要熬过见习期就可以转正,到时候,固定工资就有三千日元了,再加上收款的佣金,每个月能轻而易举地拿到九千日元。但是转正不是件容易的事情,还要拉到足够的存款才行。

朝子上班的地方尽管改名为互济银行,实际上还是和原先一样的标会公司①,依旧以吸纳存款为主要业务。

"单凭收款可不行,还得拉到存款呢。"上司对桑岛朝子这样说道。朝子在收款的店铺里早就试着向对方拉过存款了。可是别说十万日元,连一万日元的存款都没能拉到。不管去哪儿,对方都对自己不理不睬,冷嘲热讽。从一开始,朝子就没有信心能拉到存款。

公司的墙壁上贴满了图表。推销员的签约责任金额及现阶段业绩、上个月的业绩表、各分行间业绩比较、

---

① 相约以资金互助的公司,有一定的融资功能,入会者定期交纳钱款,用抽签或投标的方法轮流借钱给会员。

季度业绩表、与现阶段业绩目标金额的差距……一切都在"竞争"的鞭子下向前推进着。

朝子偷偷地瞄了一眼推销员业绩表。须田、崛内、山本等十几个名字上方的红线起起伏伏。最引人注目的莫过于那些年过五十的资深推销员,他们的名字上方都画着一根长长的红线。这些男人都在这份工作里锤炼了十年、二十年,风光无限。他们的分红——每个月的佣金——比分行长的工资还高,多达六七万日元。得知这些时,朝子只能远远望着那些意气风发的资深推销员。

和二郎见面的时候,朝子向他说道:"你也要帮我拉存款啊。不然的话,三个月的见习期一满,我可能就要被辞退了。""好,我一定竭尽全力!"田代二郎应允道。但自那之后,两人虽见过多次,二郎却未能给朝子拉到一笔存款。

朝子并不清楚二郎是否真的替自己拉过存款,他不善言辞,恐怕有心无力,朝子从一开始便没抱有任何期待。二郎不断咒骂着互济银行不仅催人拼死拼活地收款,还强行要求拉存款,真是无情刻薄。但是无论田代二郎如何咒骂互济银行,都安慰不了朝子。事已至此,抱怨无济于事。

一天,日暮时分,朝子去一家寿司店收款的时候,一位坐在角落里喝酒的老人向她搭话。朝子仔细一打量，发现这位老人原来是推销员须田。他虽然头发花白，其实不过五十七八岁。由于业务熟练，每个月的业绩总是名列前茅。这时，须田开口邀请道："这么晚了，你一定累了。不如一起过来坐坐吧。"两人不过是点头之交，并没有说过话。朝子想着，对方大概是因为在这种地方遇到银行的同事，又借着酒劲，才对自己生出了一股亲切感。她有些犹豫，须田见状，便劝说道："你应该饿了吧？老板，再给我捏些饭团。别客气，快吃吧。"

朝子尽管有点客气，还是吃了三四个。须田见状便将两人面前的寿司打包好，塞给了朝子，说道："我正好有事要回银行一趟，不如咱们一起走吧。"说完便拉着朝子离开了。

须田体格健壮，个子很高。一路上，他微微弯下腰，不住地向朝子询问了许多事情。朝子并不清楚他喝了多少，虽然他浑身酒味，但步履依旧稳健。因为须田问的大多是工作上的事情，所以朝子没有什么戒心，都如实相告了。须田不住地点头，感叹道："女人独自打拼还真是不容易啊。"他的鼻子很大，眼睛细长，目光十分锐利，面色红润，容光焕发，在满头白发的映衬下，显得气质非凡。或许正是这份风采，才让他拉到了那么多存款？到了银行，朝子和须田便在后门告别了。

除了第二天向须田答谢头天晚上的事，两人之间便再无往来了。到了月底，须田将自己七十万日元的存款业绩转到了朝子名下，只低调地知会了朝子一声。

七十万日元存款的提成大概有七千日元。分两次发放，第一个月发四千日元，第二个月发余下的三千日元。于是朝子当月的收入超过了九千日元。

四

田代二郎从朝子那里得知了须田的事，觉得很有意思。后来朝子也和二郎说了很多关于须田的事情。第二个月，须田又将自己的一部分业绩转到了朝子名下，朝子成功转正，正是托了须田的福。虽然接下来可能多多少少还会受到须田的恩惠，但朝子总觉得无端接受别人辛苦拉来的业绩多少有些过意不去。朝子向二郎说道："他应该是觉得我一个人打拼不易，同情我，才这么做的吧？可是我没法回报他的好意。"二郎抬起头，笑了，说道："那个须田大概是看上你了吧。""胡说什么呢？他都一把年纪了。"虽然朝子这么说，心里却也有些怀疑。她又想道，二郎之所以觉得有意思，可能是出于他自认为拥有自己的优越感。这么一想，朝子重新意识到，原来自己是他的女人。

须田向朝子询问能否在周日去她家里做客。他说："孩子大了，周末在家里待着没什么意思，想去你那里看看。"说话时，须田的脸上看不出一丝异样。

等二郎回来，朝子便向他撒娇拜托道："须田都这么说了，一直以来他没少关照我。所以我想做些家常菜，备些好酒，招待他一下，你看行吗？如果可以的话，就这样定了啊。""嗯，好吧。"二郎答道。他扫了一眼只有六张席大小的房间，说道："他真的要到这里来？""哎呀！真是有些难为情呢。请他到这样脏兮兮的公寓里做客。"朝子嘟囔道。

周日黄昏时分，天迟迟不黑，田代二郎一直站在公寓外。楼下，朝子的房间灯火通明。他走向晾衣服的地方，靠近透着亮光的窗户，里面传来朝子和男人的说话声，却听不清他们在说些什么。于是，二郎转身向市中心走去。他虽然玩着弹球盘，却始终没什么兴致，心也静不下来，便又往公寓走去。

走到公寓，正好看见须田与朝子一同出来。二郎借着夜色躲在一旁，昏暗的灯光下，他看到朝子换上了外出的衣服，颜色有些眼熟，像是和自己一同外出时经常穿的那件。须田比自己想象的还要高大，肩膀宽阔。二人并肩而行，背影相依。灯光渐远，道路变得昏暗起来。突然，须田的身子向朝子那边倒了一下，朝子为了躲开，打了个趔趄，两个背影便纠缠在一起。尾随其后的二郎一时胸中有些激愤。他在原地一动不动地呆站了一会儿便看见朝子一个人回来了。"你怎么站在这里啊？"朝子刚说完，二郎便冲上去扇了她一个耳光。"你干什么啊！"朝子尖叫道。二郎怒火中烧，骂道："贱人！我都看到了！以后不准再跟他来往！"

"你误会了！""不可能，我亲眼看见了！"两人争吵了一路。"他居然想抱你！""不，他只是喝醉了！"朝子辩解道。"撒谎，你们分明想在昏暗处亲热！"二郎脸色苍白地坚持道。

"你能不能别闹了？须田只是看我一个人可怜罢了。多亏了他把业绩分给我，我才能顺利转正，拿到提成。我只不过请他过来吃顿便饭而已。他喝醉了，我才送他到车站。这又怎么了！你居然满嘴胡言乱语，真是不可理喻！"朝子试图安抚二郎。但事实却正如二郎所见。不，还有二郎不知道的——须田在房间里摸了朝子的手。难道这便是须田的真面目？朝子觉得这种行为十分轻浮，像醉酒的老男人在杂煮店偷摸女服务员的手。不管怎样，绝不能惹怒须田。对于目前根本拉不到任何存款的朝子来说，一旦与须田断绝关系，她该怎么办？

"我这么迷恋你，难道你不知道？求求你，相信我！"朝子抱住二郎说道。须田的事情像影子一样无法摆脱，今夜两人应该更加缠绵了。

五

由于F互济银行扩招了收款的业务员，分摊到每个人手里的客户变少了。大家开始把更多的精力花在拉存款业务上。银行也希望借此机会淘汰掉那些无法拉到存款的员工。尽管收款工作量减少，让桑岛朝子稍微松了口气，但拉存款的任务更重了。她的月度业绩指标也上升到了八十万日元。多亏了须田每月都将自己的一部分业绩转给朝子，她才能顺利完成。

朝子收完款便回到银行，等到核对完毕，已经快五点了。这时，原本一直坐在办公桌前的须田起身向朝子说道："桑岛，咱们一起去拉存款吧？"话音刚落，内勤人员便忍不住笑出了声。事到如今，周围的人都知道两人经常出双入对了。

朝子没法拒绝。为了分得须田的一部分业绩，她必须陪着须田一起去客户那里。尽管自己能力不足，但与须田同去拜访客户，多少能立个名目。什么都不做，每个月光拿分红，这种自私的事情朝子做不到。

须田抓住了这一点，便总是邀请朝子与他同行。尽管拜访客户的时间不固定，有时在白天，有时在晚上，但他总会在晚上拜访客户时叫上朝子。

有时是去店里，有时是去客户家里。须田总是利诱客户存款，诱饵是提供给他们一定数额的贷款，存的钱越多，能贷到的钱就越多。这正是利用了中小企业和商户渴望得到资金的心理。这样一来，鱼便上钩了。但是这份诱饵是推销员的王牌，其中的讨价还价技巧十分巧妙。推销员所能调度的贷款额度也因人而异。因为须田在这一行已经摸爬滚打了十多年，所以他拥有最高的贷款额度。朝子了解到这份工作的内幕之后，自己这样的新人无法完成任务也就情有可原了。

须田十分好酒，总爱喝上一杯。有时是在杂煮店，有时是在寿司店，有的客户为了早点拿到贷款，甚至会摆出好酒在自己家里招待他一番。不管两人走到哪里，都有人用意味深长的目光打量着他们，还有人会当面取笑、戏弄他们一番。须田只是低了低头，红润的面庞泛着光泽。他别有深意地笑着，像是对那些人的行径十分满意。

　　回去的路上，须田总要紧紧地握住朝子的手。尽管已经将近六十岁，他的手心仍然十分温暖。须田握得很紧，朝子甚至觉得有点疼。最初朝子还会害羞地逃开，但现在她已不作抵抗，任由须田握住自己的手。不过朝子从未主动牵过须田的手，这就是想告诉对方自己其实对他无意。每当自己的手被须田握住时，朝子都觉得背后一阵发凉。她担心二郎会不会正躲在暗处偷偷地注视着他们。应该不会。此刻二郎应该在公交站台百无聊赖地等着自己吧。尽管她这样安慰自己，但总感觉二郎像是躲在自己身边，依然十分害怕。

　　从几个月前开始，田代二郎便常常在公交站台等待着晚归的朝子，有时甚至会等到深夜十一二点。他一般在晚上八点左右先看一眼屋里是否亮着灯，知道朝子还没回家便走到公交站台，在那里等着她。电车一辆辆地驶过，朝子依然没有出现。

　　电车驶过转角，黑暗中，惨白的车灯越来越亮。二郎凝视着这一切，一直在原地静静等待着朝子归来。不相干的乘客相继下车，却始终不见朝子的身影，他只得继续等待下一班电车。每每想到须田与朝子并肩而行的场面，他就不由得怒火中烧。

公寓内的谈话声穿墙而过，甚至在隔壁房间里也听得真切。车站与公寓之间虽然仅仅相隔六七条街，但对于朝子来说，却是二郎为自己专设的审讯室。"为什么回来得这么晚？是不是又和须田在一起？你俩去了哪里？"二郎用颤抖的声音对朝子连环质问道。比起自己在车站焦急地等待了两三个小时之久，更让二郎感到气愤的是，这么晚了，朝子竟然还和别的男人待在一起。

一周之内，朝子总有两三天晚归。每当去车站接朝子时，二郎都会想：啊，今天她又会回来得很晚吧。每次朝子下车后，刚走上归家的夜路，就会被二郎冷不丁地一把抓住手腕，如同犯人一般被大力推搡着向前走，一路上受尽责骂和殴打。

对于二郎的暴行，朝子不是小声啜泣就是默默忍受。"你既然这么讨厌我和须田来往，就让我辞掉现在的工作好了。你养得起我吗？如果你愿意养我，我就不必出去挣钱了！"有时朝子也会通过这样的喊叫来反抗二郎的责打。

每到这时，二郎总是沉默不语，只是一味地继续责打着朝子。

六

二人也有相安无事的时候。那天，朝子下班后买了牛肉和鸡蛋，还打了点酒回家。酒水虽少，但一个人喝足够了。晚上八点左右，二郎回来了。平时这个时候，他总会先到公寓附近偷看一眼，确认朝子是否在家，为此甚至会专门在公司加两个小时的班。

"老公，我等你很久了，肚子饿了吧？"朝子边说边高兴地把牛肉放到烤炉上。油烟响起，空气中飘散出烤肉的香气。二郎将脚伸出来，朝子便顺势帮他把袜子脱掉，给他换上了日式短布袜。他很享受这种别人给自己宽衣解带的感觉。朝子家里备有几件二郎的换洗衣物。她发现二郎的裤子有些脏了，不由得心想：大概他的太太并不怎么关心他。即便这样，自己也不能给他洗干净。虽然二人已经如夫妻般同居两年之久，但始终有着一道不可逾越的界限。这种无力感总会冲淡同居的喜悦。

两年了。朝子与已故丈夫曾一起生活过四年，但关于他的记忆已渐行渐远，几近消失。如今与田代二郎一起生活的光景占据了她的全部记忆，仿佛已渗透入肌肤。这些记忆虽然时间尚短，却深入骨髓。

朝子温了一点酒水，与二郎共饮。不一会儿，二郎就嚷嚷着喝多了，倒头睡下。朝子点燃一根男士香烟，自顾自抽了起来。一瞬间，她思绪万千，内心的感触好似溶解的液体般摇曳流动起来。

所谓的爱情和睦究竟是什么？二郎用自己一万五千日元月薪养活妻儿，朝子只能依靠九千日元的薪水自食其力。他们之间看似和睦的爱情正是建立在这样的收入基础之上。一旦收入失衡，无论是二郎丢掉工作还是朝子失去收入，都会使他们的爱情走向破裂。将来，如果他们之中有一人的生活陷入困境，另一个将爱莫能助。

但是桑岛朝子的九千日元月薪中，有一半是沾了须田的光。对于成功完成指标的员工，F互济银行会在三个月内每月增发两千日元作为特别奖金。这样一来，底薪加上奖金，朝子每月的收入便相当可观了。与此同时，她渐渐习惯了从须田那里分得业绩。

朝子无法违抗须田，因为这样做无异于自掘坟墓。而她也渐渐明白了对方的真正意图。虽然须田是个好人，但也有着六十岁老男人猥琐的一面。朝子自以为不会屈服于须田，却也没有十足的把握。总之，还是灵活应对，打消他的种种想法为妙。朝子打算在陪须田拉存款的日子里尽快掌握其中的技巧。

但是一直对须田半推半就也不是长远之计。淡淡的不安与女人的自信一同深埋于朝子的心底。她早已习惯了与须田牵手同行，甚至失去了想甩开对方的抵触感。

正如朝子亲身感受的那样，她与田代二郎的爱情虽然偶尔有和睦之时，但对方依旧苛责自己，会一如既往地在车站伫立到深夜，等待着毫无干系的电车一辆辆来了又去。如今，二郎想要独占朝子的欲望丝毫未减，而且他早已分不清自己的这种情感到底是依恋、是故意抑或是悲哀，只在心里徒留一片黑暗。

朝子终于在电车停运前赶了回来。她刚下车，二郎就看到了她那纤细的身影，便赶紧跑了过去。对于朝子来说，那段途经六七条街的黑暗小路成了二郎对自己与须田行踪刨根问底的审讯室。但是他的种种拷问都是毫无根据的。不知从何时起，每当走到暗处，须田就会用自己那宽大的手掌拉住朝子，甚至会抓着她的手来抚摸自己那泛着油光的脸颊。但他毕竟年近六十，腕力虚浮，只要朝子想甩开，便能轻易挣脱。

某个周日的下午，朝子又被须田带去拉存款。尽管路途遥远，但须田拉着年轻的朝子一同前往，心里还是十分高兴的。

因为处理业务，朝子与须田在客户家里一直待到傍晚时分，离开时，两人早已累得精疲力竭。这次，朝子任性地甩下了须田，独自先回了家。

在回家的路上，朝子并没有注意到身后正在追赶自己的田代二郎。她被吓得倒吸了一口冷气，静静地愣在原地。二郎面色苍白，对朝子说道："那个……咱们一起走吧。"说完便闷头自顾自地向前走去。朝子与须田一起走路时也是这样。"喂，我一直在后面盯着你俩呢。"二郎略带威胁地对朝子说道。看来他早在朝子离开家后便一直尾随其后，在客户家门前等了她一整天。一想到二郎竟然一直跟在自己与须田的身后，朝子就吓得不禁浑身发抖。最终她忍无可忍，扬长而去。

"你如果真的这么痛苦，就让我从互济银行辞职吧。那样的话，我就能与须田断了来往，你也会安心了。那样的话，今后就要靠你来养活我了，但你至少得具备这样的能力吧，老公！"朝子心寒地说道。

七

一天，晚上十一点左右，须田喝醉后，径直奔向朝子的公寓，同行的男子貌似他的熟人。

"啊，晚上好，桑岛。我稍微喝多了，让我在这稍稍休息一下吧。十分钟，十分钟就好。"须田含糊不清地说完，便"咕咚"一下躺倒在地。

"喂，须田……须田，你这样会给人家添麻烦的。"同行的男子一脸尴尬，边说边频频推搡躺倒在地的须田。

朝子见状，赶忙在煤气灶上煮了一壶热茶端出来。"真是抱歉啊，夫人，事情是这样的，这家伙说想去熟人家坐坐，我就顺路跟来了。"男子解释道，"喂，须田，回去啦，快起来，快起来。"说完，又继续摇晃起须田。须田翻了个身，将头枕在地板上，一动不动了。

"啊，没关系，就让他在这里稍微休息一下吧。"朝子无奈地说道。但是三十分钟过去了，须田却没有半点要起来的意思。同行的那位五十多岁男子手足无措地对朝子说道："那个……我住的地方离这里挺远的，再晚就赶不上回家的电车了。须田酒醒后，请让他自己坐车回去。给您添麻烦了，真是不好意思。"说完便急忙回家去了。

朝子在屋里无所事事地坐了十分钟。须田的身子好像被黏在了地上，躺在那里纹丝不动。她看了一眼手表，已经快十二点了。"须田，须田。"朝子推了推须田的后背说道，"很晚了，你快起来。已经十二点了，须田。"朝子又贴在须田的耳边继续喊道，但是对方毫无反应，完全没有要起来的意思。

朝子有一种不好的预感。她看着须田壮硕的背影，越发觉得他是故意的。一时间，她有点不知所措。当务之急，要赶紧去隔壁找人来陪自己熬过今晚。但是隔壁悄然无声，朝子不好轻易前去打扰。她打算孤注一掷。

朝子站起来走在地板上，突然，原本一动不动的须田将手伸了过来，想要抓住她的脚踝。但因为两人之间有一定的距离，最终他的手只在空中乱抓一气，之后又继续睡下，再次没了动静。但是刚才他的目的展露无遗。这时，玻璃窗上传来了轻微的声响。朝子急得满面通红。原来田代二郎就在外面。他站在漆黑的晾衣处，身体微微发抖。"你是什么时候来的？"朝子问道。二郎不予理会，只是一直摇晃着朝子的肩膀，力量之大使她喘不过气来。

"我要杀了那个家伙！"二郎恶狠狠地说道。虽然光线昏暗，朝子没有看清，但二郎此刻肯定已是面无血色。他将手伸到了兜里。朝子见状，赶紧扑过来抱住了他。那是一种细长而坚硬的触感，摸起来像是匕首、小刀之类的东西。用力抱着二郎时，朝子就吓得浑身发抖。"不可以，不可以。老公，别做傻事，想想你的老婆孩子！"她用尽全身力气大声喊道。不知为何，二郎听到朝子提到自己的妻儿，突然怔住了。"你在说什么！为了你，我已经抛弃了一切。我受不了了，我要杀了那个家伙！"二郎气得浑身发抖，要大步向前走。

朝子用手抱住他的头，将身体紧紧地贴在对方身上。这完全是她下意识的动作。虽然两人声音很小，但急促的呼吸声和混乱的响动声足足持续了好几秒。

"桑岛。"不知何时走到二人身边的须田喊道。朝子和二郎吓得赶忙分开。"真是抱歉，给你添麻烦了。晚安。"高大的须田站在原地，冷冷地说完这句话便转身离开了。那脚步声听起来没有丝毫醉意。

终于，我最害怕的事情还是发生了。全完了。桑岛朝子这样想着，脚下一软，瘫倒在地上。

弱　点

一

北泽嘉六睁开双眼，四周一片黑暗。

万籁俱寂。耳边隐约传来仿佛小雨淅沥沥的声音，一细听，却并不是雨声，原来是浴池里的热水满溢而出，滴答作响。

北泽嘉六将头倚在枕上，凝神细听。他细细地品味着住在温泉旅馆的妙处：还是温泉好啊，如果住在普通旅馆，恐怕是难以听到这种声音的。

他心想：既然醒了，就干脆去泡个澡吧。深夜到空无一人的温泉里泡澡是他的爱好之一。

志奈子睡在一旁。或许是比他小二十岁、年轻健康的缘故，志奈子睡得很熟。

这样说来，自己经常在半夜醒来或许是上了年纪的缘故。唉，到底是老了。他好像意识到自己与志奈子年轻肉体之间的差距在逐渐拉大。用脚一碰便知，志奈子的腿丰满细腻，如象牙般光滑，与妻子那干巴巴的肌肤触感完全不同。他无法逃离这种年轻魅力的吸引。

嘉六想叫醒志奈子，问她要不要一起去泡澡，但由于昨晚已经泡过三次，她可能不想去了吧。这该如何是好？不管了，先抽根烟再说。于是他躺了下来，用手摸索着开关，"啪"地点亮了枕边的台灯。蓝色灯罩透出幽幽的微光。

可能是因为这突如其来的亮光，志奈子翻了翻身。她朝另一边睡去，灯光打在她的头发上，如被水浸湿般光泽柔亮。这与妻子那毫无光泽的枯发完全不同。但是，自己究竟为什么要处处将志奈子与妻子相比？

他把烟灰缸拨到身前，点着了烟。屋子里十分安静，连划根火柴发出的声音都能听得清清楚楚。嘉六狠狠地吸了一口烟，又缓缓吐出一口烟圈。

烟雾在四周缭绕。他又抽了两三口。

忽然吹来一丝微风，他才意识到四周已飘满烟雾。

他忽地一惊，朝拉门看去。在台灯的光亮下，他隐约能看到拉门那儿开着一条三厘米左右的缝，宛如黑色长棍般直指门楣。

嘉六慌忙起身，心里一惊，想着该不会……

他按下墙上的开关，明晃晃的灯光立刻照亮了整个房间。他推开了留有缝隙的拉门，门后是会客室。此刻大门尽开,整条走廊一览无余。

果然!嘉六慌慌张张地跑向客厅角落的衣橱。他明明没有听到橱门打开的声响,然而此刻橱门四敞大开。

不见了。褐色外套、素雅的深棕色上衣、西装背心和裤子不见了,原本挂在一旁的志奈子的淡蓝色外套、灰色麻点套装也不见了,衣橱里只剩下嘉六的领带、衬衫和志奈子的尼龙袜,乱七八糟,散落一地。空空的衣架悬挂在衣橱里,带有几分讥讽的意味。

这可不得了!嘉六顿时气血上涌,急得满脸通红。衣服肯定是被偷了。但是,比起这个,他还有更担心的事情。

光着身子肯定是没法回去的。如果有钱,还能随便买套衣服穿着应付过去,但是如今手头的现金不多,只够二人今晚的住宿费。

要是回不去会怎样?大概警察会赶来调查,然后对身为被害人的自己仔细询问一番。这样一来,自己身为R市城市规划科科长的身份就会为人所知。再加上同行的女子不是自己的妻子,而是比自己年轻二十岁的情妇,这些都将会被公诸于众。

嘉六的脑海里闪现出各种景象:这件事登上了R市的报纸,一时间闹得沸沸扬扬;市长和助理面露愠色,同僚和下属冷嘲热讽；部长甚至会勒令自己递上辞呈。自此，身败名裂，一无所有。

可恶的小偷！要是他没有潜入自己的房间就好了。那样的话，自己就不会陷入如此困境。

没有人会同情自己，反而会耻笑"这么多年算是白活了"。那些人大概还会嘲讽道："这都是自作孽，不可活！"

他仿佛看到了妻子哭泣、尖叫着威胁自己的画面。到底该如何是好？嘉六感觉有些耳鸣，干脆一屁股坐在地上，一动不动。

二

但是人一旦被逼至绝境，总会拼死杀出一条血路。嘉六的大脑开始极速运转：有没有冲出困境的方法？有没有退路？距离天亮还有几个小时。虽然不知道在那之前能不能想出办法，但不能放弃，必须好好考虑。

在这种危急时刻，人总会费尽心思地去想办法。于是，嘉六宛如犯罪天才般找到了一条活路。

嘉六不动声色地把志奈子轻轻摇醒。

志奈子微微地睁开眼，看到嘉六后摇摇头，一脸的不情愿。嘉六竟然还能对她的这种误解报以微笑。

"志奈子,起来一下,有点事!"嘉六的话虽然让志奈子感到惊愕,但还不至于让她一时间乱了手脚,"出了点状况……"

这时,志奈子终于睁开了眼睛,清醒了过来。

"出什么事了?"她一脸疑惑地看着嘉六说道。

"你别惊讶,我已经想到了善后的对策。冷静地听我说,好吗?"

她开始变得不安起来。

"到底怎么了?你快点说啊。"

"我们的房间被偷了。在我们睡着的时候,小偷拿走了我们的衣服。"

"什么?!"志奈子猛地从床上坐了起来。嘉六轻轻地按住了她。

"没关系。别担心,我已经想到了对策。别紧张。"嘉六安慰道。随后,他向志奈子说明了事情的严重性。归根结底,这不是衣服被偷走的倒霉事。一旦警察前来盘问,两人的关系曝光,便一发不可收拾了。

"但是,没有衣服怎么回去啊?"志奈子听完嘉六的解释,略微冷静了下来,又问道。

"没事,等天一亮,我就给市议员赤堀茂作打电话。

平日在工作上，我多少给他行了些方便，他应该不会拒绝我的请求，也会替我保守秘密。不管怎么说，他算是个颇讲义气的人。他还开了一家特饮店①，估计身上有一些现金。到时让他给咱们买好现成的衣服，顺便带上住宿费过来。这个办法怎么样？"

嘉六一边问，一边偷瞄志奈子的脸色。终于想出了摆脱困境的方法，嘉六兴奋得简直想吹口哨。

天一亮，嘉六就偷偷把旅馆的经理叫了过来。

"经理，昨天有小偷潜入了我的房间，虽然把我的衣服偷了，但是我并不想把事情闹大，您就别报警了。"

听完，四十出头的经理变了脸色，瞪大眼睛说道："这可真是太糟糕了。必须报警将罪犯绳之以法啊。"

"这件事的受害人是我，但我并不想计较什么，所以您也不用特意通知警察过来了。"

尽管嘉六已经这样说了，经理却仍然固执己见："这怎么行！虽然您不想计较，但我们还是得通知警察。"事情的发展出乎嘉六的预料，他一时间有些手足无措。此时此刻，将嘉六逼向绝路的不是小偷，而是眼前的这位经理。

---

① 设有陪酒女的饮食店。

"经理,说来惭愧。其实我有难言之隐,不想让警察知道我的身份。但是,我可以保证我绝不是什么坏人。登记的时候我用的是假姓名,这一点十分抱歉。我想,您也是做生意的,大概能理解我的苦衷吧。"不得已,嘉六只好说出了心里话。

经理终于同意不报警了。嘉六暗自松了口气。

紧接着,他拿出记事本查了查电话号码,用桌上的电话拨了出去。他点燃了一支香烟,蓝色的烟雾在四周弥漫开来。

三

电话接通了。尽管听不太清,但仍然能辨出是个女人的声音。嘉六心想:要是赤堀茂作在家就好了。不经意间却将心中所想说了出来。

"请问您是哪位?"

"我是北泽,您跟他说是市政厅的北泽找他,他就明白了。"

"好的,请您稍等一会儿。"

太好了,赤堀好像在家!嘉六有种得救了的感觉。

"您好,请问您是哪位?"话筒那边传来了男人浑厚的嗓音。救星的声音听起来十分沙哑。

"您好，是赤堀先生，对吧？我是城市规划科科长北泽嘉六。"

"啊，原来是北泽先生啊。早上好，您这是从哪儿给我打来的电话啊？"

嘉六如实说出了自己的所在位置。

"哎，那您真是去了个好地方啊。您是在那里招待从东京来的官员吗？"

要是这样该多好啊，嘉六心想。到底该如何简要地跟他说明情况？嘉六的额头冒出一阵冷汗。

"没有这回事。那个……其实我在这家旅馆，在这儿碰上了小偷，被偷了……"

"被偷了？没事吧？没丢什么东西吧？"

"衣服都被偷走了。放在兜里的钱也都被偷走了。赤堀先生，我想找您帮个忙。您能不能帮我拿一套合适的衣服过来，再顺便借我一点现金？"

"没问题。我马上给您夫人打电话，找她拿衣服，然后给您送过去。"赤堀想当然地回答道。嘉六却慌了。

"不……不用去找她。其实我……我想求您帮我保守秘密，不要告诉我的妻子。因为我有难言之隐……"

说完，嘉六朝志奈子那边看了一眼。她坐在藤椅上，读着报纸，假装什么也没听到，露出白净的侧脸。

"喂，赤堀先生，那个……其实我这边还有一位同伴……才这么为难。这件事可不能让我妻子知道。"

一百二十公里外传来一阵爆笑，似乎要将话筒震破。

"北泽先生，看来您和那位同伴关系不一般哪。哈哈！明白了，我会替您保密的。您的同伴大概多大年纪？对衣服的颜色有什么要求吗？"

"她今年二十八岁。麻烦您了。"

"那还真是年轻呢。哈哈！我懂了。这就赶过去，傍晚前应该能到。放心吧！我会替您保守秘密的。"

电话挂断了，对方那沙哑的笑声仍停留在耳边，嘉六松了一口气。太好了，这下得救了。不管怎样，今后一定得好好谢谢对方啊。虽然嘉六已经有所打算，但心里依旧觉得有些沉重。

嘉六约了志奈子出门散步。走出旅馆的时候，柜台的员工表情有些复杂。看来经理已经将这件事泄露出去了，想必现在旅馆里的人都已经知道了自己的事。

溪流缓缓流经温泉町的正中央，水面上方悬着一座吊桥。嘉六穿着和式棉袍朝那边走去。总之，一直到太阳落山为止，都只能穿着这一身了。因此，两人不管走到哪儿，都觉得兴致寥寥。

刚过四点。嘉六看了看手表，猜想赤堀应该会乘这个点的火车过来。果不其然，二十分钟后，桌上的电话铃响了起来。

"有位自称赤堀的先生找您。"

"嗯，我马上就来。"

到了，这下终于可以安心了。

"我不是很想见他。"志奈子说道。她躺在藤椅上望着屋外，面露不悦。

"我明白，你不用过去。"

嘉六用近乎谄媚的语气说道。

他穿过走廊匆匆走到门口。赤堀茂作肩膀宽阔，伫立在那里。他面色红润，面带微笑，露出洁白的牙齿，宛若救苦救难的佛祖。嘉六向他举手示意。

嘉六说："咱们到另一个房间谈。"并将赤堀引至屋内。女佣拿起赤堀的旅行箱离开后，嘉六双手按在榻榻米上俯身行了个大礼。他对赤堀说道：

"赤堀先生，我实在没有什么颜面见您。您这次真是帮了我大忙！还特意麻烦您亲自来一趟，真是不知道该如何感谢您才好。"

赤堀豁达地说道："北泽先生，俗话说，好兄弟就应该两肋插刀。您无需多虑。所有的事情我都是暗中进行的,绝无泄露的可能。旅行箱里有您需要的衣物。"

"除了感谢,我不知道还能向您说些什么。"

"您不必这么客气,不知道什么时候,我也会有求于您呢。"

赤堀最后的这句话不能掉以轻心,听起来别有深意。嘉六似乎觉得自己被一条看不见的绳索捆绑起来了。

"哈哈,话说回来,您还真是年轻呢。真令人羡慕啊!"从赤堀沙哑的嗓音可以听出他此刻心情大好。

四

R市正在做城市规划。城市周围计划建设宽约十三间[①]的环状道路,沿线准备再建三座小公园。如今设计做好了,测量也结束了,就等开工了。此外,这项工程也是应对失业问题的一种解决方案。

处于道路和公园规划范围内的房子都需要搬迁,为了协调解决搬迁补偿金的问题,身为城市规划科科长的北泽嘉六忙得焦头烂额。

环状道路和公园都位于郊区,规划范围内的房屋相

---

① 1间约为6尺。

对较少，征收的大部分是田地。即便如此，房屋的补偿交涉仍比田地问题更为棘手。

某天，嘉六接到了一个电话。

"喂，是北泽科长吧？现在为您转接电话。"不一会儿，电话中传来粗犷浑厚的男声。

"喂，是北泽先生吗？我是赤堀。有些日子没见了。"电话里对方的声音听起来乐呵呵的。

"确实有些日子没见了。您身体还好吗？"嘉六寒暄道。这不仅仅因为对方是市议员，更因为那次在温泉町旅行时自己受到了对方的恩惠。

"北泽先生，您应该在忙吧？我很想见您一面，能否抽个空呢？"

"您现在在哪儿？"

"我在花乃酒家呢。您现在方便吗？"

"要不我三十分钟后过去找您吧。"

嘉六无法拒绝。他必须去。上次正是托了赤堀的福，才能平安无事，妻子到现在还蒙在鼓里，媒体那边也没有走漏风声，市政厅的同事也不知道。事情得以秘密解决，自己现在能够平安坐稳科长的位置，正是托了赤堀茂作的福。好险啊，即便现在回想起当时的情景，如临深渊般的记忆仍会令他感到脊背发凉。

三点半，嘉六快速结束工作后便往花乃酒家赶去。那是 R 市的一流料理店。

"啊，欢迎欢迎。快过来坐。"

赤堀斟好了酒，把嘉六拉到了上座。

"前些日子真是多谢您了！"嘉六前几天为上次的事情回赠了一些谢礼，所以赤堀在酒席上向其道谢。

"哪里哪里，那时候真是多亏您了，感激不尽。"

嘉六向对方低头致谢。这并不是故作客气，而是发自内心地对赤堀感激不尽。

"哎呀，您太客气了，大家互帮互助嘛。我不是也一直在工作的事情上麻烦您吗？您就别再和我客气了。"

二人开始推杯换盏。嘉六抿住杯子，猜想赤堀会开出怎样的条件。赤堀似乎看出了嘉六的意思，便把陪酒的女人们都打发走了。

"那个，北泽先生，您最近不是在忙城市道路规划的房屋赔偿问题吗？我有一间工场，就在 B 号线上。"

"哎，之前可没听您提起过。您提出赔偿请求了吗？"

"那个……说实话，我那间工场没办营业执照，是我三年前私建的，现在已经杂草丛生。我本想先这么搁置着，便没去政府申请。嗯，听说没有营业执照的建筑就没法得到赔偿金，是吗？"

"是的，按照市里的章程，无证建筑是没办法得到赔偿金的。"嘉六重重地点了点头。他大致已经猜出赤堀想开出的条件了。

"哎呀，这可麻烦了。要是章程是这样的规定，错又在我，这事可就难办了。实话跟您说，我这间工场原本是用来生产酱汁的，后来经营失败，现在处于休业状态。但是我也投了不少钱进去，损失惨重。要是这次能得到赔偿金，可就帮了我大忙了。亏损的时候，不论亏多少，总是能补就想补上，最近我正为这件事发愁呢。北泽，你怎么看？凭你的力量，能让我多少缓口气吗？"

在温泉町旅行时那条无形的绳锁终于绕上了嘉六的脖子。赤堀瞪大眼睛盯着嘉六，他那低沉的声音让嘉六感到恐惧。

"不管怎样，上面有规定，我没有太大的把握。您大概需要多少呢？"

嘉六低着头，小声问道。

赤堀眼神凶恶地瞪了嘉六一眼："大概五百万吧。"他用指尖把玩着酒杯说道。

五

阳光真好,照在身上暖暖的,风却仍带些许寒意。

嘉六把手插进外套兜里,站在一边看着眼前由荒废的棚子搭成的工场。窗玻璃全碎了,棚身也歪歪斜斜。

枯败的杂草掩住了棚子的一面,后方是叶子落光的杂木林。远处是一处红色的陡峭悬崖,有点像西洋画中寂寥的风景。

嘉六走近泛黑的棚子,从破窗朝里望去。一些机器零件和巨大的桶状物倾倒在地上,地板上散乱堆着废料和灰尘。这可不像休业的工场,倒像荒凉的废屋。

这副破败的样子,竟张口就要五百万!

嘉六呆若木鸡。这根本就是连一分钱都不用赔偿的无证建筑。这样一栋破房子竟敢要五百万?简直是漫天要价。嘉六渐渐感受到赤堀的歹心。

要是那个时候没向赤堀求助就好了。现在他满腔悔恨。当时以为赤堀是侠义心肠才找他帮忙,加上之前自己也给予了他不少便利,以为他手头宽裕,才在恍惚间想起这个人来。

"祸不单行",这几个字一直萦绕在嘉六的脑海里。确实如此,古时的谚语真是真理啊。

五百万？市政厅想必连一分钱都不会给。不能无视规章制度。不论怎么暗中操作，这都是不可能通融的。

"做不到！"虽然拒绝他不是件难事，但接踵而至的灾难威胁着嘉六。赤堀背后有黑社会势力，市议会那边也比较难对付。要是拒绝了他，会是怎样一种灾难性的后果？说不定自己会从城市规划科科长的位子上跌下来。不光如此，市政厅官员之间或嫉妒，或竞争，或敌对，不知何时就会被别人顶替、陷害。到那时，会受到强势的市议员的排挤还是会得到他们的庇护？所处的境地将会是天壤之别。

必须按照赤堀说的去办。但是，就算是一半数字的二百五十万都不知道从哪里凑得出来啊。规矩像石头墙一样堵在前路，得靠上司的裁决。

要耍些手段了。但要从哪里下手呢？

嘉六被逼到了走投无路的地步，他意识到自己又陷入手足无措的境地。

真令人头疼。他没了回市政厅的心情，便往志奈子的住处走去。

她住在脏乱的陋巷，那里离海不远，空气中弥漫着潮水的气息。周围住的大多是渔民。狭窄的通道里还晒着渔网、桨和鱼笼。几乎每家每户门前都晒着海带。从巷口往里望去，家家户户都十分昏暗。

志奈子的家和这里的住家一样又小又阴暗。她的父亲生前靠打渔为生，去世后，志奈子与母亲相依为命。嘉六刚迈进门，志奈子的母亲便出来迎接他。

"哎呀，欢迎欢迎！"说着，向他俯身行礼。将他的鞋子归置好，志奈子的母亲便朝屋内喊道："志奈子，科长大人来了！"志奈子原本在小酒馆工作，后来成了嘉六的情妇，便辞职了。二人私下的幽会巧妙地避开了所有人的耳目。志奈子从店里离职也是出于对嘉六职位安全的考虑。

也就是说，两人在志奈子家中相见十分安全。

因此，嘉六也担负起照顾她们母女俩的责任。但市政府科长的工资是固定的，嘉六从各处捞的油水虽然都瞒着妻子给了志奈子，然而这些钱不足以让她们过上体面的生活，所以嘉六和志奈子的生活都很困苦。

"能不能再多给一些？"

有时志奈子也会向他讨要财物，尽管她知道不可能得到更多了。但每当志奈子提出想要再去工作的时候，嘉六总是不允许，所以她们才过着十分贫穷的生活。志奈子心里不是很乐意。嘉六总会把事情搞砸，前段时间去温泉旅馆也是如此，本是为了哄志奈子开心才去的，结果弄巧成拙。

"志奈子,是科长先生来了哟。"

母亲对着里屋再次喊道。"科长先生"是以前志奈子在小酒馆工作时对嘉六的称呼,一直沿用至今。

志奈子明明在家,却没有从里屋出来见嘉六。每次她心情不好时都会这样。

"您不必再叫她了。"

嘉六苦笑着对志奈子的母亲说道,然后径直向里屋走去。志奈子的母亲见状便知趣地出门避开了。每次嘉六来访时,她都会独自外出,在附近散步,消磨时间。

六

晚上八点左右,嘉六离开了志奈子家。

天完全黑了。嘉六步履沉重地走在漆黑的小路上。为了安慰心情欠佳的志奈子,他使出了浑身解数。精神和肉体上的劳累使他连走路的力气都没了。

突然,赤堀的要求浮现在嘉六的脑海中。可是他至今也没能想出一个彻底的解决办法。他觉得自己已经疲于考虑,甚至可以说是已经用光所有的思考能力。

嘉六心想:我真的是束手无策了,不论是志奈子的事情，还是钱的事情，或者是妻子的事情。或许什么都不想，才是上策。

这条路鲜有行人经过，十分僻静。路旁的街灯相隔甚远，凄冷地照着嘉六的归途。

嘉六回过神来时，发现暗处有一盏提灯摇晃着朝这边移动。灯光昏暗，隐隐绰绰，让人感到一阵恍惚。随着距离的拉近，嘉六逐渐看清了那移动着的黑色轮廓是一匹拉着货车的大马——车夫一只手握缰绳驾驭马匹，另一只手提着一盏提灯。

因为处于街角，嘉六便站在原地，默默等待货车经过。不，与其说是等货车经过，不如说他是在目送那盏提灯更为合适。但是他并不想刻意去看清什么，只是呆站在原地，随着那微弱的圆形光点缓缓地移动着视线。

就在这时，嘉六的脑海里突然闪过一丝灵感，甚至将其称为若有所悟都稍嫌不足。当你无论怎样挠头苦想、开动脑筋却依旧毫无头绪时，当你丧失思考能力、大脑处于真空状态时，脑海里突然涌现出绝妙的想法，果然还是称作"灵感"更为合适。

至少在嘉六看来，这是他所能想到的最佳方案了。他的脑海里仿佛有阵阵春风拂过。他暗自在心里谋划着一切事宜。那天晚上，他回到家便倒头大睡。

第二天，嘉六一扫往日的阴郁，精神饱满地向市政厅走去。

他一整天都端坐在办公桌前埋头撰写文件。平日里，他只需浏览一下下属拿来的文件，盖好印章，再慵懒地放入既决箱①中即可，但是那天，他亲自撰写起草案文件来。

上班期间，他还外出到公共电话亭给赤堀打电话。

"喂，是赤堀先生吗？关于前几天您说的那件事，就是搬迁补贴的事情，想拿到五百万日元是绝对不可能的，但如果是二百五十万日元，我可以想想办法。"

电话那头的赤堀声音里充满了喜悦之情。

"能办到吗？真是太感谢您了。虽然只能拿到一半，不能完全弥补我的损失，但是看在您的面子上，也可以接受。这件事我知道了，就这么办吧。拜托了。"

听完，嘉六心想：说什么看在我的面子上接受了，还不知道这家伙在心里怎么骂我呢。

嘉六写好文件已经三点多了。他拿着这些文件爬上一层层楼梯，来到助理办公室门前。旁边的市长办公室门前贴有一块指示牌，上面写有"出差"二字。嘉六早

---

① 过去在日本企业中传递文件的箱子，放置已处理完成的文件，再搬运到领导的未决箱中等待批复。

就知道这件事。要不是因为市长去东京出差无暇顾及这边的事情，他想出来的花招就无法实施了。

嘉六推门进去。助理闻声，顺势把头从巨大的办公桌前抬起来。助理脸颊圆润，头发花白，面带微笑，显得和蔼可亲。

正因为助理平易近人，所以嘉六来找他。助理打算参加下一届的市长竞选，但他与现任市长关系交恶，在大小事情上互不相让。另一方面，助理正在市议员中积极培植自己的势力，没让市长将自己赶下台。

助理一直以来的愿望就是在下一次的选举中排挤掉现任市长，成功当选。因此，他对下属关爱有加，自然在他们当中拥有很高的人气。

下属们对助理的真正目的都心知肚明。狡猾的他们甚至开始利用上司的这一弱点来为自己图方便。他们深知助理的审批比较宽松，常常会在允许范围内对上司提些小要求。而嘉六正是看准了这一点，找上了他。

助理端详嘉六起草的文件。嘉六站在桌前，紧盯着助理握有印章的右手，内心狂跳不止。

"要变更计划啊，施工的事情还真是麻烦呢。"

"对啊。"

这便是他们之间的全部对话。嘉六也明白不应再多说一句。助理草草盖好章,将文件递还给嘉六。

事事挑剔的市长到东京出差,大小事情都暂时由助理代为处理。事情得以按照嘉六预想的顺利进行。总算勉强筹到了二百五十万日元。

这是嘉六计划的第一步。当初环线三号线二区排水工程有六百八十一万日元的预算,但现在嘉六以更改排水工程方案为由,要在原有预算中追加二百二十五万四千日元。也就是说,由于城市规划道路线上的搬迁补偿被章程规定得死死的,无从下手,强行捣鬼又太过引人注目,所以他选择从相对被忽视的排水工程入手,通过变更方案来获得住房搬迁费。这样做,便可以掩人耳目地挪用预算了。这就是那天夜里嘉六有如神助般在路上想到的绝妙方案。

但这个方案也有缺陷。文件中只写"因排水工程方案变更追加住房搬迁费"等字样,却没明确列出搬迁费的预算单价是多少、住房面积有多大、房屋产权归谁所有、房屋的搬迁路线等。但是,由于"宽容"的助理为了拉拢人心,敷衍了事,填补了这一漏洞。

七

不久，赤堀茂作打电话来告知嘉六，说已经拿到二百五十万日元的支付命令书，并对嘉六表示感谢。

这时，嘉六终于长舒了一口气，心想这下算是跟赤堀两清了，以后绝不会再让他得寸进尺，总算可以放心了。但是，细细想来，自己不仅成功地想到了弄钱的办案，还成功地实现了计划，可谓度过了两个危机。特别是将这二百五十万弄到手的手段，让嘉六感慨道：人一旦陷入绝境，真的会无所不用其极啊。

自从赤堀上次打来电话，嘉六有两个月没有收到有关他的任何消息。对于嘉六而言，这样反倒更让他心安。若继续与那样的男人保持联系，自己将永无宁日。现在自己亏欠对方的已经还清，甚至还有所补偿，从此形同陌路便是最好的状态。

嘉六这样想着，不久却又接到了赤堀打来的电话。

"啊，北泽先生，前些日子真是承蒙您的照顾了。这段日子久疏问候，今天一起吃个午饭如何？我在花乃酒家等您。"

听到赤堀用他那浑厚的嗓音对自己提出邀请，嘉六竟然无法拒绝。他感到一种莫名的威慑力，无力回绝对方所造成的屈辱感充斥着他的内心。

十二点多，嘉六从市政厅出发，前去赴约。

他赶到的时候，赤堀早已面露醉意，在花乃酒家二楼的包间里等着自己了。

"啊，您好。前些日子劳您费心，托您的福，帮了我大忙。我可得好好谢谢您啊。"

说完，赤堀对嘉六低头致谢。

"哎呀，您言重了，赤堀先生。一切进展顺利就好。"

虽然嘉六并没有告知赤堀文件造假的事情，但是对方多少已经察觉到那笔钱来路不正。

"不管怎么说，您帮了我的大忙。"

赤堀再次说道。嘉六从容地微笑着，暗自享受赤堀的感谢。这与他们在温泉旅馆时的处境正好相反。

二人小酌了几杯，简单地吃了顿午饭。

"那个，北泽先生，我有个东西想让您过目。"

赤堀边剥水果边对嘉六说道。

"是什么东西？"

"东西有点大，还是请您和我一起到现场去看看吧，不会浪费您太多时间。"

二人叫了辆出租车，从花乃酒家门前上车离去。嘉六并不清楚他们这是要去哪里。车子驶离繁华的商业街，又穿过安静的住宅区。行至郊外时，嘉六眼前只剩下零落的居民房。他坐在飞驰的车子里，静静地欣赏着窗外农家院墙里盛开着的白色梅花。

"就是这里了。我们下车吧。"

道路弯曲、细长，两旁分布着民居和农田，他们沿着小路向前走了约五十米。

忽然，赤堀停下了脚步。

"北泽先生，就是这个了，请您过目。"

说着，他伸手指了指右侧。

嘉六顺势望去，只见一间新建的民房出现在自己眼前。虽然只有十五六坪[①]，但是大门等处都装修得十分雅致。刚刚完工，看上去似乎还没有人住过。

"这房子很不错。"

嘉六漫不经心地奉承道。

"您还喜欢吗？"

赤堀略带深意地笑着问道。

"我想请您收下这间房子，我是因为这个才建了这间房子，就当作真正的还礼吧。"

听完，嘉六一时语塞，身体仿佛石化了，动弹不得。

---

① 1坪约合3.3平方米。

"您可以把这间房子送给志奈子小姐。哈哈。虽然上次在温泉旅馆无缘与她见上一面,但是我早就对她的大名有所耳闻。请您不要推辞,安心收下。房产登记时写的是您的名字。"

嘉六只觉周围的一切仿佛瞬间失去了颜色,一时间失去了所有思考和理解的能力。

"这间房子不是无证建筑,还请您放心。哈哈。"

八

听闻此事,志奈子欣喜若狂。

与自家那散发着鱼腥味、阴暗破旧的房子比起来,新房子简直如皇宫般梦幻。

门口、走廊、两个大房间、一个小房间、浴室、厨房、回廊,到处散发着浓郁的桧木香。门窗隔扇也十分讲究。大片的阳光照进屋内,铺着新榻榻米的客厅好似户外一般明亮。虽然附带的庭院只有四十坪大小,但是草坪、庭石、花园等应有尽有。向庭院延伸出去的,还有一座小巧可爱的阳台。

"我好开心啊,做梦都没想过有一天自己能住进这样的房子。"

志奈子高兴得手舞足蹈。

她的母亲一直对嘉六致谢，口中不停叨念着"感激不尽，感激不尽"。

看到志奈子打心底里高兴，嘉六也备感欣慰。但是否能就这么心安理得地高兴下去呢？

嘉六的内心惴惴不安。自己帮赤堀将二百五十万日元弄到手，他献上这栋房子作为报酬，貌似合情合理。

因为土地是租来的，所以必须支付一定的地租。按这栋房子的面积来估算，大概需要四万五千日元——或许还不止五万日元。真正支付的时候，怕是八十万日元也不够。尽管平白无故地拿到一笔不属于自己的巨款，付给对方三成的回扣不为过，但是嘉六并不想接受这笔交易。一旦他这样做了，今后不知道赤堀还会从自己这里要拿走什么。嘉六心想，赤堀这是想让我金屋藏娇啊！一定是这样，没错的！

但是，嘉六还是败给了欢天喜地的志奈子。因为住进了这样的房子，他在志奈子的眼中摇身一变，成了一个"有本事的男人"。他不想让自己的形象在志奈子的幻想里再次崩塌。对嘉六来说，被志奈子抛弃简直生不如死。

每当他看到志奈子那洋溢着幸福的笑脸，就仿佛雨过天晴一般，暂时忘却了一切不安。

为了庆祝搬入新居，嘉六自然邀请了赤堀来做客。

当天一早，赤堀就带着一堆礼品前来祝贺，其中有系着奉书和红白礼绳的箱装啤酒，还有双把酒桶装的名牌清酒以及新鲜肥美的大条鲷鱼等。

嘉六从市政厅下班后，特意绕了个大弯才来到新家。

"哎呀，你可回来了，科长先生。看这些东西……"

一进门，嘉六就听见志奈子用少女般的嗓音对自己说道，还指了指地板上数目众多的贺礼。

嘉六大致浏览了一下，但当他看到赠送人的名字时，着实吓了一跳。

在赤堀的名字之外，奉书的礼绳上还附着两张建筑商人的名片，他们都曾因偷工减料而臭名远扬。

嘉六不寒而栗。完了，害怕的事情终究发生了。

在当晚乔迁新居的酒宴上，赤堀茂作以"聊表敬意"为由，带着那两位商人一同前来参加酒席。

"房子虽然不大，但是很漂亮呢。"

"好羡慕科长先生啊。"

"有志奈子小姐这样的女子陪在身边，真是幸福。"

席间，他们一边喝酒，一边东拉西扯地说着，不知是在阿谀奉承，还是在冷嘲热讽。

志奈子化着浓妆，高兴地给大家来回斟酒，也时不时地与大家说笑。

嘉六不由得心想：唉，都被他们看穿了，他们知道了我所有的秘密，紧紧抓住了我的弱点，不久就会在工作上对我提出各种无礼的要求了。事到如今，就算我再怎么后悔，也无济于事了。

"科长，您这一杯没喝完啊。"

"来来来，再喝一杯，再喝一杯。"

嘉六看着与恶魔般的三人推杯换盏的自己，想到暗无天日的未来，便举起手里的酒杯，仰头一饮而尽。

情断箱根

一

八点十分刚过，中畑健吉就来到了新宿站东口。新宿站东口这一带，从地下通道一上来正对着检票口的地方，好像专门用于人们相约等候的场所，一大早就已经有三四个人在那里杵着了。与夜间的灯火繁华相比，这会儿显得冷冷清清。

不出所料，喜玖子果然还没露面。虽然跟预想的一样，不过他相信，她肯定会来。

健吉走到小田急线的售票窗口，想买两张特急列车票。他要的是当天九点发车的特急车次。工作日能买到当天的特急票实属少见，可能是因为正逢淡季。

健吉觉得杵在那儿等着有点不好意思，就时不时到公共电话室去看看，一会儿又溜达到二幸①那边逛悠逛悠。时间已经到八点半了，喜玖子她还是不见人影。健

---

① 当时新宿站名为"二幸食品中心"的标志性建筑。现已拆除改建。

吉开始琢磨：三天前，在很短的时间内匆匆忙忙地敲定了约会，她会不会弄错了地点，忘了是约在小田急车站呢？这几乎是不可能发生的事情，然而健吉心中的不安还是让他的头脑中闪过这样的念头。

健吉匆匆穿过长长的地下通道，一边走一边仔细查看人流中的每一张脸。然而小田急候车场上只有拥挤的上班族，却不见喜玖子的影子。

再次折返刚才等候的地方时，只看见一个身穿灰色外套的高挑身影，在一个少有人出入的检票口前的空地上，漫不经心地一小步一小步地踱来踱去。

"你好慢啊！我再等五分钟。你再不来，我就打算回去了。"喜玖子低声说道。虽然她眼角含笑，然而健吉明白她说的是真心话。

这个女人胆怯了。这从她的身体动作能看出来。

两个人是表兄妹，见面时一贯用这种轻描淡写的语气讲话。健吉的回答方式也一样：

"我也是啊，打算再等一分钟就退票走人了。"

箱根特急列车被称为"罗曼史·卡"。他坐在罩着雪白坐垫的座椅上，望见对面即将发车的普快列车，列车的车身甚是寒碜，里面乘客拥挤不堪，每个窗口都黑黢黢的。

"上班时间溜号,你真坏啊。"喜玖子望着对面的车对他说道。赶着去上班的人一波一波地挤上普快列车。

健吉很想说:"我一直等待着这一天呢!"却很难说出口,因为这种话一旦说出来,听上去就会显得很可笑。一直等到列车启动出发之后,他才开口说:"你真的来了啊!"喜玖子为了不让他看到自己的表情,把脸扭向窗口方向。

列车驶出城镇,车窗两边的风景由田园风光代替了民居。健吉点上一支烟,吸了一口,问道:

"阿雄他……怎么样?"

语气中透出不安,然而喜玖子没有马上回答。她朝向车窗的侧脸也一动不动。

"昨夜,他没回家。""他"指的是健吉所问的阿雄,也就是她的丈夫。这个回答之所以没有被列车轰鸣声淹没,是因为她特意用了普通的音量回答。

健吉沉默了。

看到前面座位上一对外国夫妇向服务员要红茶,他问:"要杯红茶吗?"

喜玖子点头说"好啊"。喜玖子的下巴很好看,健吉幼时记忆中的优美线条依稀可见。健吉一边想着这些,一边走向小卖部所在的二号车厢去买红茶。

列车驶过了多摩川上的铁桥。桥下的河水是冬天才有的冷冽之色。健吉觉得,这河水的颜色让他联想到喜玖子的心情。

她说"昨夜,他没回家",是在向我诉苦吗?不会的。觉得她是在诉苦,是自己一厢情愿的解读。

喜玖子的丈夫在亲属中被称为"阿雄",名叫雄治。雄治有个爱寻花问柳的毛病。身为川崎一带某大工厂的工程师,他也有那个经济实力,他还长着一副自己甚为满意也颇招女人喜欢的脸蛋儿,身材纤细修长,容貌则是具有贵公子气质的高鼻梁瘦长脸。

健吉曾两次听到喜玖子夫妇要离婚的消息。每次都由亲族中长辈出面仲裁,具体内情不是健吉能知悉的。当然,对这种事情不知情,对健吉来说反而是有利的。

他原本想把自己与喜玖子的关系定位为一见面就能互开玩笑的性质。喜玖子婚后不久,雄治就跟喜玖子说:"健吉喜欢你吧。"七年前,健吉从某个亲族成员口中听到这件事之后,更加肯定地把自己与喜玖子的说话方式固定成这样的口吻。

喜玖子这方面,虽然察觉到了健吉已经知道自己与丈夫之间有嫌隙,但从没在他面前认真地谈过这件事情。这一态度让健吉从心底里觉得,喜玖子不希望自己对这件事过度了解。这事儿甚至成为两人之间聊天话题中不可碰触的禁忌。

二

健吉就职的公司位于银座。三天前,喜玖子把电话打到公司来了。当时正好手头工作告一段落,就约在有乐町站附近名叫"阿曼达"的冷饮店见面。见面时,喜玖子手里拿着印有某商场标识的包装袋。

这间冷饮店非常漂亮,客人以情侣居多,女人们都像打磨过,珠圆玉润,非常养眼。此时此刻,四周磨砂玻璃般梦幻的氛围也在不知不觉中熏染了两个人的情绪。

"玖儿啊,你和澄儿咱们仨去金井滨那次,是什么时候的事了?"

"十四五年前的事了。当时战争还没结束呢。"

那次旅行,是与另一个已经嫁到别的家族的表妹一起,三个人从伊豆的东海岸出发,翻越天城山,跑到汤之岛去玩了。健吉私下里一直把这次旅行视为一次愉快的回忆,珍藏于心。刚才之所以问那是什么时候的事,完全是他在装迷糊。

"我说,玖儿……"健吉向前探探身,说,"这阵子,心里总是不爽快。你想不想当天往返去箱根玩一趟？"

喜玖子很快地看了健吉一眼，说："真想出去走走，去哪儿都行。"语调中有一股破罐子破摔的味道。健吉看到她的脸颊渐渐绯红，心中不禁暗流涌动。

他知道每天九点钟有特快列车从新宿发车。他十万火急地在脑海中计算自己能请假的日子，并把日期和出发时间说给她听。

喜玖子把手套戴上又脱下，一会儿又整理商场购物的包装袋，就这么一边忙忙叨叨一边听他说。看得出来，她是在通过这些小动作来掩饰心中的慌乱。然而从她的这种慌乱中，健吉肯定地判断出：她会来。

列车驶过了座间[①]。

喜玖子看了看散放的列车时刻表，说：

"你看，从汤本发车的返程列车是十七点，时间刚刚好呢！"

这么说，大概是想婉转地提醒这个男人："咱们是当天返回的旅行哟……"

"十七点……下午五点有点早啊……"

"呀，怎么会呢！这可是最后一班特快列车！"

---

① 神奈川县中部城市。

440

"咱们从小田原坐湘南电车回来不也行吗？"

"那就太晚了。"

这句话的声音很小，从这句话中能听出她昨夜未归的丈夫的存在感。健吉又点上了一支烟。

列车驶出小田原站的时候，能看见箱根群山之上笼罩着厚重的黑云，而真鹤方向的天空中，有雨云悬浮着。

乘客们纷纷起身准备下车。那对外国夫妇正在接受日本导游帮忙穿大衣的体贴照顾。车窗外已经满眼都是箱根的景色。

他们从汤本站下车出站。这一带的游客少一些。人们习惯从宫下、强罗走到湖尾，最后转到箱根。他们俩都不想走这老旧的套路。这一点，二人的想法非常一致。

"那……我们怎么转？"

"嗯……咱们转转元箱根吧。阿健，你去问问看坐观光巴士怎么样？"

观光巴士每两个小时发一趟。健吉还去问了出租车的情况。出租车司机并不积极，说：

"山里头没啥好看的，这阵子路也不好走……"

"那……这条线路怎么样？这一带我还一次都没去过。半路上步行一段路也行。"

喜玖子指着观光指示处的地图提出了建议。这条线从宫下开始走上岔路,途经木贺、宫城野、俵石、仙石原,然后到达湖尻。这是从箱根去湖尻的一条小道,而且健吉从来没走过这条路,就作出决定说:

"好的,咱们走这条线。"

他们坐巴士到达宫下。乘客和游客都很少,当地人倒挺多。从宫下到木贺没多少路,就走着去了。离底仓不远的右侧是早川湍急的溪流,悬崖边还装上了石栅栏。探头看看,离谷底还是相当高的。

"阿健,从这儿跳下去会死吧?"

喜玖子立在崖边往下张望。

"死不了吧……不过会摔伤。"

"是吗?"

三

他们在木贺坐上了巴士。巴士朝仙石原方向行驶,经过山路岔道处。

"我说……咱们下车吧,我想走走。"

健吉于是和乘务员说,在下一个停车处停一下。

在那个停车处下车的,不止健吉和喜玖子。三个背着旅行包的年轻人也从这里下车了。其中两人拐到有温泉宿舍的山路上去了，另一个年轻人走得更远些，去了玄明神岳。

这一带悄无人影，像刚刚下过一场雨，道路湿滑，走起来十分吃力。空中黑云低低地压在头顶，远方倒是有蓝天，那片蓝天下的群山被阳光照射得格外明亮。

时令虽说已是早春，山中的风景却仍呈现出笼罩在寒冬威压之下的色调。山色黝黑，森林中也还只有纵横交织的枝条。其中唯有一条窄窄的红土小道，无限延伸至看不到的尽头。

"好冷啊！"

喜玖子把大衣领子竖起来说道。饱含湿气的山风吹到身上冷冷的。

两人拉开一点距离走着。这是他们一直以来每次见面都会拉开的距离，在悄无声息的箱根山路上也保持着。

"阿健，芳子姐真幸福啊！"

指的是健吉的妻子。

"我可不认为她幸福，她总是对我满腹牢骚。不过我们彼此彼此。"

"太可惜了。"

"你说谁可惜了？"

"呀，当然是芳子姐配你可惜了！想什么呢？就像阿健你这样的……"

走了很久，很远，还是没见到任何一个人影。偶尔会看见一座房屋，也像是闲置着，门窗都紧闭着。路边时不时会看到银行或公司山中宿舍的指引路标。竟然连鸟鸣声都听不到，只是一片被昏暗的光线笼罩的荒凉的寂静。驹之岳顶一直被一大片云覆盖着。

"能来这儿真好。"

喜玖子面朝着大山说道。声音不是激动高昂的赞叹，而像是喃喃自语。山顶附近的山脊上有残雪未消。

突然，身后冒出一辆汽车。是大型出租车。两人想，在这种地方，即使是出租车也肯定不会招手即停。于是让开道路，靠着路的一侧继续前行。司机却搭话了：

"客人，要去哪儿啊？如果是去仙石原的话，我送你们呀！我这是送完客人的返程空车嘛。"

从车窗探头出来的出租车司机看起来年近四十，看面相是个好人。

"在箱根，这种情况叫回程轿子[①]呢……"

[①] 箱根在江户时代为重要关所，地势险要，翻越此关所必须雇当地人用轿子抬着才能保证安全。然而只能收单程费用，所以回程的时候，如果有客人肯搭乘，就会收取比较便宜的租用费，生意人和客人都高兴。此时出租车司机引用了古语，故两人被逗乐了。

健吉和喜玖子都被逗乐了。

"那就送我们从仙石原转到湖尻去吧!"

"好嘞!"司机喜出望外。

浓厚的云遮掩掉大半个丸山,高尔夫球场的建筑物也变得若隐若现了。高原一带呈浑浊的黄蘖色,绵延开去。

转过山脚,有些路段时不时能看见芦湖的水面了。在下坡路的途中,健吉让司机停车,下车站了一会儿。从这个地方看,芦湖的一半尽收眼底。喜玖子也从车里下来了。

山中浓云卷舒,重叠遮掩湖面,湖水呈薄寒之色。环湖群山也沉浸在阴翳中,颜色灰黑,透着杀气。

脚下的枯草饱吸了雨水,健吉的鞋子一踩上去就被沾得湿漉漉的。

"好讨厌的颜色啊!这样子的话,下到湖边也没什么意思。司机师傅,麻烦你给开到强罗方向去吧!"

先上车的健吉对司机吩咐道。喜玖子上车的时候,健吉拉了她一把,之后一直没把她的手松开。

"不要……"

喜玖子细声拒绝,试了一次抽手出来,没成功,就没再努力挣脱,只是把身体扭向一侧,脸朝向窗户,不让他看到表情。转过冷冷清清的湖尻停船场,汽车开始爬坡。健吉恍惚觉得无数次握住过喜玖子的手,然而现在意识到:今天是第一次。

"客人您要不要转到大涌谷去看看?"

司机握着方向盘一边开车问道。

"可以啊,直接开过去吧!"

"好的。"

感觉好像被司机觉察到了,喜玖子轻轻地抽出手指,把那只手的手掌捂在自己的脸颊上。她是在拼命遮挡自己脸上的表情。

车子驶过了姥子温泉。两边都是上坡路,原本翻过这条峡谷,在这个像洞穴一样的山谷对面能看到高高耸立的明神岳的身影。好像就在看到明神岳的一瞬间,健吉受到强烈的撞击,失去了意识。

四

从大涌谷放空车下来的出租车撞上了从姥子温泉方向爬坡行驶的出租车的车身腹部。这是发生在 T 字形机动车道上的一起交通事故。

被撞的出租车内有一男一女两名乘客。男乘客昏迷过去了，这辆车的司机仅受了擦伤。撞上来的那辆车的司机头部骨折，当场死亡。

车上的乘客都换乘到其他车上，送到强罗医院。男乘客已经苏醒。

乘客的伤势并不严重。都是碰撞伤，女人伤在肩部，男人伤在胸部。只有男人好像一直都很痛苦的样子。

喜玖子仰头望着医生的脸问：

"大夫，怎么样？"

采取应急处置的是一位中年医师。

"真是一场灾难啊！不过伤得倒是不重。"

"我们今天想回去呢……"

"回哪里呢？"

"回东京。"

"这个……可能不行。"

"无论如何也要回去。"

喜玖子的脸"唰"的一下就白了，眼神里满含乞求。医生面露难色。

"随你吧。不过，那位是绝对不行的。两天之内不可以活动。"

"那位"说的是健吉。医生并不知道该如何称呼他们，也判断不出他们之间到底是不是夫妻关系。

医院很小,病房里也没什么设备。医生的话,都被躺在病床上的健吉听到了。

"两天不能动,这可不行。无论如何,今晚不回去就是不行。我今晚要回去。"

健吉尖声急道。

"你胡说什么呢!"

医生责备了健吉,并向他说明了不能动的原因。健吉自己也感到很难受,这些原因他是明白的。然而,一想到若不回去,两个人将会置身于何种绝望境地,他就感到浑身直冒冷汗。现在后悔也来不及了。

警方来人了,询问他们的姓名。

"不说姓名行吗?"健吉问道。

"您是大型交通事故的当事人,不留下姓名怎么行。"

警察慢条斯理地说着,脸上露出似笑非笑的表情。

健吉看到警察的眼神,死心了。

"我说……"

他分别报上一个朋友的姓名和另一个朋友的地址。他说得很流畅,听不出是现编的。警察点点头,把他说的地址写在了本子上。警察好像相信了他提供的信息。喜玖子报上自己认识的一个女人的名字,并自称健吉谎冒那人的妻子。

警察离开后，出租车公司的负责人来探望病人了。对方主动提出可以支付医疗费和住宿费。

"住宿费……什么住宿费？"

这个医院里没有病房，对方说的应该是将要搬去的代替病房的养病旅馆，说房间已经订好了，还说是征求了医生的意见之后作出的决定。

"夫人，真是万分抱歉。不过只要您的先生能好好休息，静养两天，就会痊愈！"

出租车公司老板把用花绳纸包好的礼金递到喜玖子手里。他说已经让车子等在医院门口了。

两个人加一名护士，一起搀扶着健吉，帮他坐上出租车。喜玖子坐在健吉身旁的位子上，出租车公司的人坐到副驾驶座上。时间已经是晚上。

"我们这位是病人哪，你们慢着点啊！"

这位年约四十、肥肥胖胖、气色很好的出租车公司老板自作聪明地提醒大家。抵达旅馆之后，他也保持着这个调调。他已经擅自选好了房间。是一个八张席大小的房间，还让人把床都铺好了。他高声吩咐旅馆的女服务员，要耐心细致地招待自己的客人。看不出他是因为自己一方的过失在进行弥补，倒像是在彰显自己的和善，之后才回去。

旅馆在高处，能俯瞰强罗站的灯光。

时间比预想的要晚些，快十点了。旅馆里很安静，听不到任何声音。

"玖儿，你回去吧！"

健吉说。喜玖子默不作声，一直坐在他的枕边。

如果这会儿出发打车走，十一点大概能到达小田原车站。如果能正好赶上一辆上行前往东京的列车，到东京站时应该是凌晨一点了。喜玖子家住西荻洼最深处……说是让她回家，其实这个时候已经回不去了。

电车行驶的声音传来。

从窗户望出去，能看到从强罗站出发开往汤本方向的最后一班列车亮着一串车灯，穿越黑暗驶向远方。

这辆驶出的列车，就像割断了两人与东京之间能够连接的唯一的绳。

"失控了……"

喜玖子浑身战栗起来。

健吉伸手握着她的手指。

五

一夜不得安睡，天终于亮了。

健吉始终没能睡踏实。刚要睡着，马上又醒了。醒来时以为自己睡了挺长时间，才发现其实连一个小时都还不到。然后又陷入浅浅的睡眠，就是那种不知是睡着了在做梦还是一直醒着的断断续续的浅睡。

喜玖子不让关灯，所以电灯一直开着。她把女服务员并排铺好的床移开一些，侧身躺下，把受伤的那只圆圆的肩膀露出，盖在被子下的身体像块石头一样一动不动，脸朝另一侧，看不到她睡着了没有。

隔扇窗渐渐发白，乳白色的光投射进来。这白光正慢悠悠地、一点点逼退屋内电灯的浅黄色光。

健吉想象着这苍白的光线也照进了东京的自家和喜玖子家。

妻子这会儿还浑然未觉。她以为这只是和平时一样的一次外宿而已。等她知道事态严重性时，恐怕得到中午，或者最晚不过是今天黄昏时分。喜玖子的老公雄治会对自己老婆无缘无故的夜不归宿感到不对劲儿，他会跑到喜玖子在中野的娘家去问，这件事想必马上就会被住在附近的健吉家的人知道，事情将由此闹开、闹大。

首先是喜玖子的妈妈，也就是健吉的姨妈，会大吃一惊吧。她是一位善良诚实的老人家。健吉记得自己从小就得到这位姨妈的无比疼爱。

雄治该对这位姨妈如何大光其火？他这人白长了一张俊脸，他生气时骂脏话的狠劲儿，健吉早就熟知。

他肯定会责骂姨妈："他俩到底啥时候搞上了？"

自己的妻子可能只会哭个不停。她是一个从来不知道什么叫嫉妒的女人。健吉也从没做过那种让她嫉妒谁的事情。然而这次情况不一样，她非疯了不可。

一对男女突然一起到外面过夜，这种事正常吗？何况是一对表兄妹，竟一起外宿，任是自己的妻子也会去责问他俩这种关系："到底是从什么时候开始了……"妻子恐怕还会因为一直被欺瞒而怒火中烧吧！

健吉迷迷糊糊地想象着这些画面，昏昏入睡后做着这样的梦，甚至在梦中醒来发现自己在做梦。

再次醒来时，健吉看到从窗户射进来的晨光。这一次睡的时间最长。他觉得好像有人碰触自己的胸部，睁眼看到是喜玖子在替他换贴在胸部伤处的膏药布。

两人目光交会时，喜玖子像是笑着一样问他：

"痛吗？"

她双目通红，眼皮肿着，看起来要么没睡好，要么哭过。

健吉仰起脸望着她的脸，说：

"你今天一早就回去吧！应该回得去吧……因为我

们之间什么都没发生……"

"你呢？"

喜玖子扭过脸，小声地反问道。

"我在这里待两三天，毕竟医生不让走。我不会跟任何人说这事儿。我就待在这里。"

"任何人"指的是他的妻子。

然而直到将近正午，也不见喜玖子打算收拾行李回去。透过隔扇窗的玻璃，时不时能看见登山电车驶过。喜玖子就这么望着外面发呆。其实她此时此刻的所思所想，健吉心中一清二楚。无论如何，不可能简简单单地回到家里了。究竟怎样才能回到原地呢？

女服务员们在隔壁房间打扫卫生的动静传过来，这些声音让滞留的房客们听着备觉伤感、落寞。一种白茫茫、干巴巴的哀伤情绪紧紧地揪扯着两人的心。

整整一天，两个人像一对私奔男女蛰伏在房间里。女服务员搬来了火盆，两人像过家家一样认认真真地守在通红的炭火旁烤着。他们想象着东京的家中两点钟时会发生的慌乱情形；三点钟时，他们想象三点钟时的情形；四点钟时，则想象四点钟时会演变成什么情况……就这么于无声无息中，两个人陷入无穷无尽的想象，怅然自失。

两人在一起的第二天就这样过去了。

六

约八点钟,喜玖子起身准备下楼去浴室。这是她来到箱根后第一次打算去洗澡。

"阿健,我……明天一早回去。"

"是吗?"男人只应了一声,眼睛望向绘有网格状花纹的天花板,满脸忧惧愁苦。

屋子里只剩下自己一个人时,健吉忽然觉得一直静寂的周围的一切声响都听起来动静好大!或是人经过时的脚步声,或是车辆驶过的声音,都一一刺激着他的神经。他仿佛体验到喜玖子走后自己一个人被留在这里的深深的寂寥。她那句"明天一早回去",像乌黑浓稠的汁液灌注进他的心里。

喜玖子洗完澡回来了。她化了妆。之前疲惫不堪的容颜焕然一新,取而代之的是一张充满生机的嫩白脸蛋。她的皮肤散发出化妆品和洗澡水的味道。

健吉坐起身子,拉着喜玖子的手把她拽了过来。喜玖子也顺势躺了下来。健吉抱住她的肩膀,试图靠近她的脸时,喜玖子扭脸避开,把头抵在健吉胸前,试图从下方抽身躲开。

健吉抱紧她不让她躲。她的头发扫过他的脸颊。

"不可以。"

喜玖子在他怀抱中低声说道。

"无论如何都不可以吗?"

"不可以。阿健,明天一早,你得让我回去。"

她的哀求饱含悲伤,差点让健吉松手放开她。

喜玖子固执地躲着,不让健吉亲到自己的唇。健吉只好在她的额头不停地亲吻。她一动不动,只在这个程度接受着他。

终于分开时,喜玖子问:

"膏药,不用换一张吗?"

脸上的表情有点紧张。

健吉"啊……"地回应了一声。这么说来,好像刚刚意识到自己胸部的撞伤不怎么疼了,呼吸也顺畅多了。健吉觉得自己根本就不能忍受明天喜玖子走后一个人被扔弃在旅馆里。

"我也要回去,就明天。"

喜玖子好像早知道他会这么说。

"是吗……这样也好。"

说完,喜玖子把自己的手绢搭在竹编的台灯灯罩上。健吉的脸看起来有点阴暗。

"今晚还是别关灯吧。阿健,这点光线你能睡着吧。昨晚你好像没睡好,今晚好好睡一觉吧!"

然而,在清晨到来之前,喜玖子还是没能战胜健吉的纠缠。

他们走出旅馆的时候,已经十点多了。

他们没乘坐去往小田原站的公共汽车,也没去赶电车,慢悠悠地爬了一段上坡路,到了一个石头很多的公园。公园前竖着方便外国游客认读的招牌,牌子上写着"stone park"①的英文标识。四五个结伴而行的学生在猿之槛那里嬉闹着。穿着印有旅馆标识的外套、像是园艺师的三个男人经过健吉和喜玖子坐的地方时盯着他俩瞅个不停。

他们在中途的站点乘上缆车向早云山那边而去。这边的游客很少。他们又换乘公共汽车往箱根那边去了。

今天的天空云量稀薄,湖面明亮而宁静。两人站在那里,目送着人们乘上游船。

他们的举动与想要回去的意志正相反。勇气丧失之

---

① 意为石头公园。

际，意志就崩溃了。在太阳落山之前，两个人在这一带漫无目的地游荡。

黄昏时分，他们又回到了强罗。他们从强罗站前选了一个角度很危险的陡坡走了下去。一路上看到了一些外国人居住的房屋，还有教堂。这些建筑，透过窗户能看到灯光，还有人影晃动。在薄暮的昏暗中，唯有一条白色的路，弯弯曲曲地朝坡下延伸。

黑暗笼罩了这片盆地，微弱的灯光零星地亮着。两个人朝着有灯光的方向走下去。

他们走在从木贺通往底仓方向的道路上。左侧流淌的早川，水面尚残存一层薄暮的白光。他们并没有朝灯光较多的宫下方向走去，而是过了桥，经过御邸前，下了大路，朝着山峰的方向攀登。

脚下一片黑暗，分不清枯草覆盖之处哪里才是登山小径。他们回头望时，看到位于高山之巅的强罗宾馆灯火辉煌。

一位挑着担柴火的当地老人与一对低声呢喃的男女擦肩而过。他俩朝着早川流经的悬崖方向走去。

本书各篇翻译分工如下:

《某〈小仓日记〉传》《菊枕》与《情断箱根》由左汉卿译。

《父系的手指》《弱点》与《笛壶》由王颖译。

《青之断层》《石骨》与《红签》由徐欢译。

《火之记忆》《丧失》与《断碑》由张思婷译。

全书由左汉卿校。